我吃西红柿 著

湖南少年儿童出版社

图书在版编目（CIP）数据

飞剑问道. 3 / 我吃西红柿著. -- 长沙：湖南少年儿童出版社，2018.7
　ISBN 978-7-5562-3791-3

　Ⅰ. ①飞… Ⅱ. ①我… Ⅲ. ①长篇小说－中国－当代 Ⅳ. ①I247.5

中国版本图书馆CIP数据核字(2018)第117567号

FEIJIAN　WENDAO
飞剑问道3
我吃西红柿 著

责任编辑：阳　梅　　梁　洁　　黄香春
特约编辑：付紫薇　　李　静
装帧设计：张　鼎

出版人：胡　坚
出版发行：湖南少年儿童出版社
社址：湖南省长沙市晚报大道89号　　　邮编：410016
电话：0731-82196340（销售部）　　　82196313（总编室）
传真：0731-82199308（销售部）　　　82196330（综合管理部）
常年法律顾问：北京市长安律师事务所长沙分所　　张晓军律师

经销：新华书店　印刷：湖南天闻新华印务有限公司
书号：ISBN 978-7-5562-3791-3
印张：18　　　　　字数：262千字
开本：710 mm×1000 mm　1/16
版次：2018年7月第1版
印次：2018年7月第1次印刷
定价：32.00元

版权所有　　侵权必究
质量服务承诺：若发现缺页、错页、倒装等印装质量问题，可直接向中南天使调换。
读者服务电话：0731-82230623
盗版举报电话：0731-82230623

目录
CONTENTS

第60章 两成实力 —————— 001
第61章 万象殿 ——————— 012
第62章 街边刺杀 —————— 023
第63章 恶龙山三妖王 ———— 033
第64章 江上明月 —————— 042
第65章 猫妖王的陷阱 ———— 052
第66章 求救也没用的 ———— 058
第67章 我有一剑 —————— 068
第68章 万象殿的新报价 ——— 078
第69章 第六块符牌 ————— 089
第70章 老友相聚 —————— 099
第71章 伊萧出关 —————— 109
第72章 六方会聚 —————— 120
第73章 景阳洞府，开 ———— 131

目 录

CONTENTS

第 74 章　道藏阁 —— 141

第 75 章　飞剑白露 —— 151

第 76 章　十六皇子的脸面 —— 162

第 77 章　演化周天 —— 172

第 78 章　仙丹 —— 182

第 79 章　金丹外丹 —— 192

第 80 章　星空藏宝 —— 203

第 81 章　超品法宝金丹炉 —— 214

第 82 章　生死不相弃 —— 225

第 83 章　白色雾气 —— 235

第 84 章　三间石室 —— 244

第 85 章　先天实丹境 —— 253

第 86 章　飞剑之术轮回 —— 262

第 87 章　风起云涌 —— 275

第60章 两成实力

　　武枫郡主心中恐惧,她想要说话,但是被掐着脖子说不出来。秦云的真元进入了她体内,封住了她的法力,导致她无法挣扎。

　　"住手!"

　　"秦云,放下郡主!"

　　"一切都好说!"

　　白发老者等一众护卫都艰难地站起来,焦急地喊道。

　　"秦云公子,请放过武枫郡主!"伊采石也急了,他见秦云没反应,继续道,"我是伊萧的父亲。"

　　秦云微微一愣,回头看向伊萧。

　　伊萧只是沉默地盯着伊采石。

　　"你是伊萧的父亲?"秦云抓着武枫郡主的脖子,看向伊采石。

　　这伊采石倒是颇为俊美,身上带着一股书生气。

　　伊采石道:"秦云公子,请放了三娘吧,她不敢再动手了。"

　　"你刚才就眼睁睁地看着她用刀子割你女儿的脸?"秦云的声音中带着怒意。

"我说了，也劝了。"伊采石道。

"轻飘飘地说两句话就算了？"秦云忍不住怒道。

"我拦不住她，她不听我的！"伊采石焦急道。

"那你现在也拦不住我。"秦云冷冷地看了一眼伊采石。

"秦云公子，手下留情，手下留情！"伊采石焦急道，"当年是我欠她的，欠萧儿的，一切都是我的错。"

秦云摇头，他觉得伊采石太过窝囊。

"你的错关我什么事？她伤的是伊萧，你没资格求情。"秦云眼神冰冷地看着武枫郡主。

武枫郡主被掐着脖子，脸涨得通红，一句话都说不出来，眼中已经有了一丝恳求。

"现在知道怕了？你对伊萧出手时不是很厉害吗？"秦云一把甩开她。

"嘭！"武枫郡主被秦云扔到了伊萧面前，摔得脸上都是血。

"伊萧，有冤报冤，有仇报仇。"秦云说道。

"伊萧姑娘！"白发老者等护卫喊道。

"萧儿，都是爹的错！"伊采石道。

武枫郡主爬起来，不甘地盯着伊萧。

伊萧猛然出手。

"啪！"伊萧一巴掌打在武枫郡主的脸上，将武枫郡主打得倒飞，又释放出真元将武枫郡主抓到了她的身前。

伊萧的右手狠狠地抽在武枫郡主的脸上，带出一片虚影，"啪啪"的声音不断响起，武枫郡主脸上的血越来越多。

"你刚才在我脸上划了十二刀，我还给你十二巴掌。"伊萧说道。

"你打了我三十下。"武枫郡主声音沙哑，连说话都很艰难。

"多余的十八下，是我替我娘打的！你没资格诋毁我娘。"伊萧收回真元，冷冷地道，"你走吧，以后别再出现在我面前。一旦你出现在我面前，我还会打你。"

武枫郡主咬了咬牙。

对她来说，被那个女人的女儿打了三十巴掌，这是奇耻大辱。

武枫郡主转头就走，她暗道：你们等着吧，等着吧。

白发老者和伊采石等人都松了一口气，还好，这比他们预料的结果好多了。

"站住。"秦云声音冰冷地道。

刚走几步的武枫郡主身体一颤，停了下来，她看着秦云，道："她、她让我走的。"

秦云传音询问伊萧："伊萧，她可是用刀子划了你的脸，而且我若是没来，她的手段还会更狠。你打她几巴掌就放过她了？"

"算了，秦云，她终究是郡主。这事就到此为止吧。"

"事情已经到了这份上，她肯定会记仇的。"秦云传音道。

"我不想连累你。"伊萧传音，看着秦云。

秦云心中一暖，露出一个笑容。

他明白伊萧的想法。

"你真傻，好了，一切都交给我吧。"秦云一招手，被武枫郡主扔在地上的刀子便飞到了他的手中。

"秦云，别乱来。她也没有杀我之心，惩戒一番便可以了。"伊萧传音道。

"秦云！"

"住手！"

白发老者、伊采石等人喊道。

海盛大和尚也微微皱眉，他向秦云传音道："秦道友，还是手下留情吧。钟离氏老祖终究是我人族的仙人，是我人族的脊梁之一。"

"我也敬重钟离氏老祖。"秦云传音道，"可即便钟离氏老祖有功德，也不代表他的女儿可以为所欲为。你放心，我不会杀她。"

海盛大和尚松了一口气。

秦云持着那染血的刀子走向武枫郡主，武枫郡主脸色发白，道："你要干什么？我、我只是在她脸上划了几刀而已，都没撒上毒粉，那些伤口很快就能痊愈。那伊萧也打了我了,你还要……"

"毒粉?"秦云脸色一变,"你还要撒毒粉?"

武枫郡主更加惊慌。

白发老者等人心中无奈:郡主啊,都这个时候了,你提毒粉干什么?

"毒粉呢?"秦云冷冷地道。

"没有,我没有。"武枫郡主道。

"一旦奇毒渗透进伤口,修行人也难以祛除,伊萧终生都要顶着丑陋的伤痕。"秦云对三教九流的手段熟悉得很,他转头看向白发老者等六人,"说吧,毒粉在哪?"

白发老者等六人都摇头。

"你们想要蒙我?"秦云淡然道,"这次的事,你们六个也是帮凶,我现在只是对武枫郡主动手,还没来得及对付你们六个呢。"

"你还要对付我们?"

"我们只是听命行事。"

"我们……"

白发老者等六人慌了。

秦云扫视了他们六个一圈,道:"我怎么处置你们,还要看你们是否老实。你们现在乖乖交出毒粉,我还会对你们从轻发落。否则,我也不杀你们,只废掉你们六个的丹田,你们觉得如何?"

白发老者等六个护卫惊恐不安。

废掉丹田?

断绝修行路?

这比死还难受。

"毒粉呢?交出来吧,再不交出来你们就没机会了,这是我最后一次提醒你们。"秦云淡然道。

"在我这儿。"白发老者从腰间的乾坤袋中取出一个红色瓶子,他充满歉意地看了一眼武枫郡主,"武枫师妹,我们也是没办法。"

秦云接过红色瓶子，转向武枫郡主。

"你不能……"武枫郡主欲要后退，但无形的天地之力让她动弹不得。

"我只是以其人之道还治其人之身！"秦云说道，"你要对伊萧这么做的时候，怎么就没想到伊萧也会痛苦呢？现在我就让你尝尝这份痛苦吧。"

秦云并没有对武枫郡主手软，他打开红色瓶子，缓慢地将瓶子内的毒粉洒在武枫郡主的脸上。

"现在我可以走了吗？"武枫郡主痛苦不堪，咬着牙，声音沙哑地问道。

"别急。"秦云看向白发老者等六人，说道，"既然你们乖乖交出了毒粉，我就不废你们的丹田了。你们就将身上所有的宝物都交出来吧，这算是对你们小小的惩戒。"

"所有的宝物？"

"我们、我们积累了数十年的宝物……"

白发老者等六人都慌了。

悬浮在半空中的紫色飞剑慢慢逼近他们。

"交，我们交！"白发老者等六人应道。

"还有你。"秦云看向武枫郡主，"将所有的宝物都交出来。"

很快，一大堆宝物便堆在秦云面前，散发着强弱不同的波动。

秦云看着武枫郡主等七人。武枫郡主的脸上蒙上了丝巾，她看着秦云，眼神冰冷，道："我们可以走了吗？"

"你身上的衣袍也是法宝，交出来。"秦云淡然道。

"你——"武枫郡主眼中闪过一道厉光，但她在看到平静地看着她的秦云后，还是将身上的那套衣袍脱了下来，扔到了秦云面前的那一堆宝物中。此刻，她身上只剩下一身白色的贴身衣服。

"你们可以走了。"秦云挥挥手。

"我们走吧。"白发老者立即施展飞行术，伊采石眼神复杂地看了伊萧一眼，便走到武枫郡主身旁，心疼地看着武枫郡主。

武枫郡主一行人驾着云迅速离去。

在飞离广凌郡城时，沉默已久的武枫郡主看了下方已经变得模糊的城池一眼，才声音沙哑地道："这个仇，我一定要报。"

"三娘。"伊采石心疼地看着武枫郡主。

"你的女儿只是搭上了一个青令巡天使而已。若秦云是紫令巡天使，我是没法子对付他。可青令巡天使……"武枫郡主冷笑，"她和那秦云得意不了多久的。"

随即武枫郡主又温柔地看着伊采石，道："采石，放心，她终究是你的女儿，我不会杀她。"

秦云收起宝物。

"秦公子，你这次可彻底得罪那位郡主了。"宋郡守忍不住道。

"连法宝你都全部拿走了。"海盛大和尚笑道。

"既然已经得罪了，我就得罪到底好了。"秦云笑道，"而且海盛大师，你也知道的，我修行时间尚短，穷得很。好了，我们就不陪二位了，先走一步。"

秦云牵起伊萧的手，伊萧也任由秦云牵着，二人驾着云离开了。

伊萧看着牵着自己的秦云，心中暖暖的，有些担心，又有些自责，道："秦云，这次我们得罪了武枫郡主，她一定会想办法报仇的。"

"放心吧，没事的。"秦云微笑道，"我告诉你一个秘密。"

伊萧一愣。

"刚才那一战都在我的掌控中，而且我只发挥了两成的实力。"秦云说道。

"两成的实力？"伊萧吃惊，"可是你刚才击败了他们一众护卫，还压制了海盛大师……"

秦云微笑着道："我知道武枫郡主想要报复，哪能将全部实力都让她看到？"

伊萧又惊又喜。

秦云刚才展露的实力比击败黑妖王时强了些许，没想到只是他实力的两成。

那他岂不是能与先天金丹境的高人匹敌了？

"这事我只告诉了你一个人，其他人都不知道。"秦云低声笑道，"记住，你可得保密。"

伊萧点头，顿时安心了许多。

在燕凤楼名下的一座别院内，尘霜姑娘正在和一个红衣妇人说着话。

自从尘霜姑娘在一年多前成为花魁后，追逐她的豪客贵公子便越来越多，她的人气也一发不可收拾，如今她的地位已经完全凌驾于清秋姑娘、香衣姑娘之上了，便是江州其他郡的豪客也闻名前来见她。

论名气，尘霜姑娘在整个江州的名妓中都能排在前五了。要知道，东海郡、金秦郡、乌苏郡更繁华，青楼内的名妓也更多。

"你这位兄长，实力可真是不凡，年纪轻轻，便能力压海盛那老和尚一头。虽说海盛老和尚是故意放水，只发挥了部分实力，可秦云也没有将自己的实力全部发挥出来。在我看来，你兄长的实力应该并不亚于海盛那老和尚的。"红衣妇人看着眼前的水镜道。水镜上显现着秦云碾压武枫郡主的那一众护卫，以及和海盛大和尚交手的场景。

"云哥哥自小便勤奋刻苦，有如此成就，是上天有眼。"尘霜姑娘看着水镜，为她的云哥哥感到骄傲。

"可他喜欢的似乎是他旁边的那个姑娘。"红衣妇人笑着指了指被秦云护在身后的伊萧。

尘霜姑娘沉默了一会儿，随即一笑，道："云哥哥有了喜欢的人，我也很开心。我前些日子就看到云哥哥和这姑娘在一起了，这位姑娘在广凌待了数月，云哥哥便陪了她数月。"

"别瞒我。我看得出来，你喜欢你这个兄长。"红衣妇人说道，"更何况，他只能算是你的义兄吧。"

尘霜姑娘沉默了下，点头，道："是，我是喜欢他，可我配不上他。"

红衣妇人笑道："修行人不谈是否般配。我和你说过，你一个凡人，能让巫母蛊追逐你，必有不凡之处。若是你能进一趟巫母洞，出来后修为定是突飞猛进，即便是跨入先天，都不会遇到任何瓶颈。更何况，我之前传你的秘术你一日便能入门，如今都快要大成了，喜欢你的人越来越多了吧？这还仅仅是普通的魅惑之术。你在巫术上的确天赋极高，比我高得多，不修巫术，真是可惜了。

"而且，你今年已二十！"

"众人皆知二十岁前不入仙门终生无望一说。也就我们巫之一脉，便是一个老太婆都有机会入门。"红衣妇人笑眯眯道，"天下顶尖宗派分散在天下各地。而我们巫姥山是巫之一脉现存的唯一顶尖宗派，巫术传承也是最完整的。无论是谁都不敢欺我巫姥山。得罪了我巫姥山，死都不知道是怎么死的。"

尘霜姑娘看着秦云牵着伊萧的手离开。

"不修行，再过十年八年，你年老色衰，连现在的风光都没了。等你垂垂老矣，你那云哥哥还很年轻。"红衣妇人劝说道，"只要你进入巫姥山，便不会被岁月所扰。别的事，还用我多提点吗？"

"你说我去巫姥山的巫母洞走一遭，有五成的把握可以活着出来？"尘霜姑娘问道。

"对。"红衣妇人道，"巫母蛊这么喜欢你，你活下来的希望很大。其他的候选巫女送进去，十个中难活下来一个。可你至少有五成的把握。一旦活下来，你便是当代的巫女，一旦你达到天巫之境，你便会被尊为巫母！"

"五成把握，恐怕是你哄我的。"尘霜姑娘轻声道。

红衣妇人笑道："巫母蛊对你的喜欢，你也看到了。"

"我只有一个要求。"尘霜姑娘说道。

"说，你尽管说。"红衣妇人道，她路过广凌，只发现这么一个上佳的候选巫女，她舍不得放弃，只得想尽办法劝说。毕竟进巫母洞的人必须是自愿的。

"我镖局的数百人还有我哥谢雷，都因东龚郡的百里家而死！我要当年的幕后黑手全部陪葬！还有百里家的老祖也得死！"尘霜姑娘道，"只要他们一死，我便心甘情愿地和你去巫姥山的巫母洞走一遭。"

红衣妇人笑道:"这点小事,你尽管放心。如今我巫姥山就代表着巫之一脉,实力比好些顶尖修仙宗派还要强。杀一个百里禽,轻而易举。"

尘霜姑娘点了点头,既然已经决定踏入修行界,便要多了解一些修行界的事,于是她问道:"我想要知道,这修行界到底有哪些势力?为什么至今还除不掉妖魔?"

"论实力之强,"红衣妇人道,"我巫之一脉在上古之时丝毫不亚于顶尖宗派,只是如今没落了,许多法门遗失,连修炼战巫之法都没了。可即便如此,残余的巫术依旧颇为厉害。"

"至于妖魔……"红衣妇人皱眉道,"说来,除了四海龙宫以外,妖怪主要出自天妖宫和妖魔九脉。天妖宫与人族为善,主张彼此共存。"

"而妖魔九脉,他们修炼的传承源自域外魔神,"红衣妇人说道,"最是邪恶不过!不管是人族、天妖宫还是四海龙宫,都是与妖魔九脉为敌的。"

"妖魔九脉这么厉害吗?"尘霜姑娘惊讶道。

"很厉害。"红衣妇人点头。

"我云哥哥呢?"尘霜姑娘问道。

"他是剑仙。"红衣妇人解释道,"说起来,剑仙也很厉害,在同境界的人族中号称攻伐第一!可剑仙也有一个巨大的缺陷。"

"缺陷?"尘霜姑娘疑惑。

"嗯。"红衣妇人点头,"剑仙凭剑仙传承修炼到先天金丹境就到顶了,剑仙传承中并无突破元神之法。从古至今,就没有出现过一个元神剑仙。剑仙们是何等之强势?他们杀得妖魔哭爹喊娘,可就是因为没有元神剑仙坐镇,剑仙宗派被妖魔灭了好几次,所以剑仙传承几近消失。灵宝山也藏有剑仙传承,一到时机,他们就会主动传出剑仙传承,再度培养出剑仙宗派,让剑仙宗派开枝散叶。"

红衣妇人笑道:"当然,那是从整个宗派而言。凝聚元神何等之难?能凝聚元神成为仙人的,多少年才出一个?凭借剑仙传承达到先天金丹境的剑仙已是一等一的天才。而剑仙一脉比我们巫之一脉差了一些。我们巫姥山还有一个巫姥活着,她将来必定可以修炼到巫姥之境。到时她便等同于元神仙人。"

尘霜姑娘点点头,道:"云哥哥成不了仙人吗?"

"你想什么呢?你这兄长如今便有如此实力,将来达到先天金丹境的可能性极大。你能赶上你兄长成为巫母就算很不错了。"红衣妇人说道。

尘霜姑娘点点头。

"百里家的事我这就去安排。"红衣妇人说道,"你只管等好消息。"

说完,红衣妇人转身离去。

秦云和伊萧在一起,伊萧用纱巾蒙住了脸。

"我小时候虽然不理解我爹,但心里总觉得他是有苦衷的。"伊萧轻声道,"这次我爹真的让我很失望。那武枫郡主毁谤我娘,我爹竟然就这么忍着,毫无作为。或许,他对那武枫郡主的感情比他对我娘的感情更深吧。"

"或许他真的有苦衷。"秦云安慰道。

"苦衷?"伊萧沉默了一下才道,"不管怎样,以后我再也不会去乌苏郡的风波亭等他了。我今天算是看明白了,相比于我,他更愿意和那武枫郡主待在一起!他更不会保护我。所幸不管在神霄门还是在伊氏族地,那武枫郡主都动不了我。若是他当年不抛弃我,即便是让我永远生活在伊氏族地我也心甘情愿。"

秦云在一旁听着。

"我的事没必要多说了。"伊萧道,"现在最重要的是,那武枫郡主定气疯了,钟离氏知道后也会觉得没面子。"

"放心,我最后可是将他们的法宝都夺了过来。"秦云拿起一个乾坤袋,将袋子里的宝物倾倒出来,这些宝物中还有乾坤袋,秦云便将其打开继续倾倒。

所有的战利品全部被秦云倒出来了。

"这武枫郡主可真不愧是郡主,她的宝贝抵得上七八个公冶丙的宝贝那么多了。"秦云笑道,"连她的几个护卫的宝贝加起来,都抵得上两三个公冶丙的宝贝。"

"你怎么总是提公冶丙?"伊萧无奈。

"没办法,我杀过的先天实丹境妖魔就这么一个。"秦云看着这些宝贝,"有了这些宝贝,我的本命飞剑能再提升两品,达到四品。我秦家的阵法也能再提升许多。"

"能提升两品?"伊萧惊讶,"这些宝贝应该不够吧?"

"我不是说了吗?一旦我的实力有所突破,蕴养本命飞剑所需的材料就会大大减少。"秦云微笑道,"事不宜迟,等会儿我就去一趟巡天盟,尽快将这些东西换成需要的宝物。"

伊萧点头:"武枫郡主回返,以及钟离氏调动力量,至少也要几日。"

第61章
万象殿

"可惜我的本命飞剑要达到四品,还需要半年的时间。"秦云说道。

伊萧道:"秦云,你现在只是先天虚丹境,确定能够掌控四品飞剑吗?"

后天之境的修行者最多只能掌控七品法宝,六品法宝给他用他也用不了。

一般而言,先天虚丹境的修行人能够掌控五品法宝和六品法宝,先天实丹境的修行人能掌控三品法宝和四品法宝,而先天金丹境的修行人最多只能掌控一品法宝。

理论上这么说,但实际上法宝太过珍贵,大多数先天实丹境的修行人使用的只是五品法宝和六品法宝。

"剑仙的真元精纯,而我的真元又比同层次剑仙的真元精纯不少,所以四品飞剑我也是能掌控的。"秦云自信地道,"四品的本命飞剑在我手里可发挥出二品法宝的威能……仗此飞剑,我的实力还能再增加五六成!"

秦云太强,法宝对他的帮助虽然没有对旁人的帮助那么夸张,可是能够让他的实力增加五六成,也很不错了。

"只是不知钟离氏会有什么手段。"伊萧有些担心。

"兵来将挡,水来土掩,谁敢动手,就得做好被我斩杀的准备。"秦云并不惧怕钟离氏，他实力强，自然有底气。

崆州钟离氏是千年大家族，之前的朝廷早就将一座县城分封给了钟离氏，即便改朝换代，这座县城也依旧被钟离氏控制着，因此这县城还被称作"离城"。

夜晚，崆州离城内的一座豪华府邸内，仆人成群，井然有序。

"娘，你可得为我主持公道。"武枫郡主跪在一个妇人身旁，抱着她的大腿哭泣着。

"你就知道哭。"坐在那儿的妇人一挥手，半空中便显现出两个画面。

一个画面是伊萧打了武枫郡主三十巴掌，另一个画面是秦云在武枫郡主脸上洒毒粉。

"盯着看！看清楚了！"妇人冷冷地道。

武枫郡主不敢继续哭诉，只好乖乖地盯着那两个画面看，这场景一遍又一遍地播放着，武枫郡主越看，眼中的怒火越旺。

"你什么时候能冷静下来，什么时候再和我说话。"妇人起身离去。

武枫郡主不敢再吭声。

武枫郡主的母亲是钟离氏老祖如今的妻子乐夫人。算起来，钟离氏老祖先后有好几个夫人了，钟离氏老祖长生不老，夫人却一个个地死去了。这乐夫人原本是钟离氏老祖收的一个女徒弟，她经常和钟离氏老祖相处，最终便成了钟离氏老祖的新夫人。

乐夫人早就达到了先天实丹境，如今不足百岁，在钟离氏一族中的权势极大。

第二天天亮后，乐夫人才回来，武枫郡主依旧乖乖地跪在那儿，看着半空中显现的两个画面。

"冷静下来了？"乐夫人说道。

"冷静了。"武枫郡主点头。

"知道自己错在哪儿了？"乐夫人又道。

武枫郡主低声道："我没听娘的话，私自对那伊萧动手。她终究是神霄门弟子，是伊氏子弟。我给爹惹了麻烦，会让爹不高兴。"

"你爹虽长生不老，却也有三灾九难，你能少麻烦他就少麻烦。"乐夫人说道，"至于广凌的事，我对你很失望。"

"一是因为你不冷静，没听我的话，直接对伊萧动手了；二是因为你既然决定动手，也不知道要谋而后动！"乐夫人看着自己的女儿，"伊萧为何在广凌？她身边有没有同伴？你什么都不想就直接动手，真以为钟离氏天下无敌了吗？最终结果呢？你被伊萧扇了三十巴掌，被秦云毁了引以为傲的容貌，钟离氏的脸都被你丢尽了！"

"虽然你爹有一个先天金丹境的徒弟，可即便是你爹，都很难遭得动他，更别说我们娘俩了。"乐夫人说道。

钟离氏老祖有一个先天金丹境的徒弟，可那个徒弟也有自己的家族，扛着无法推卸的责任，绝不会轻易掺和到别人的生死仇杀中去。而且秦云潜力非凡，一旦他杀不掉，便会后患无穷。

武枫郡主乖乖听着，不敢吭声。

"前些年，你做事还挺不错。这几年你却只知道和那个伊采石游山玩水，都变蠢了。"乐夫人道，"你真以为我们钟离氏在天下能横着走吗？"

"我错了。"武枫郡主道，"娘，现在你说怎么办我就怎么办。"

"这件事你既然已经做了，也没必要后悔。"

乐夫人平静地道："那秦云只是一个小小的散修，就敢不给我钟离氏面子，对你出手如此狠毒！巡天盟的人已经知道此事，不久之后怕是天下诸多势力都会知道此事。事到如今丢的不仅是你和我的脸，而且是整个钟离氏的脸。因此，我必须教训一下秦云，否则只会让人嗤笑，以后如何在家族内服众？"

"母亲想怎么做？"武枫郡主眼睛一亮。

"还能怎么办？我直接派人杀了秦云便是，让人做得干干净净的。"乐夫人道。

"母亲怎么杀他？"武枫郡主忍不住道，"他实力很强，孩儿已经想了一些办法，可每个办法孩儿都没有绝对的把握能成功。"

乐夫人轻轻摇头："自然是找一个有把握的办法。"

乐夫人一挥手，"呼"的一声，半空中便显现出了一个画面，画面中盘踞着一条全身覆盖着深红色鳞片的蛟龙，蛟龙盯着乐夫人，周围有水流流动。

"原来是乐夫人。"血色蛟龙口吐人言，"乐夫人找我有何事？"

"我找你们万象殿是想杀一个人。"乐夫人说道。

"何人？"血色蛟龙问道。

"江州广凌一个叫秦云的剑仙。"乐夫人说道，"我希望你们能帮我除掉他，越快越好。"

血色蛟龙微微点头，道："秦云是一个新晋的青令巡天使，曾正面击败了黑妖王，他的实力不亚于银峰寺的海盛大和尚的，杀他需要三枚仙晶。"

"三枚？"乐夫人忍不住问道。

"是。"血色蛟龙点头。

乐夫人迟疑了一下，点头道："那便三枚仙晶，我希望你们能尽快杀掉他。"

"我万象殿做事你尽管放心，请尽快将三枚仙晶送到。"血色蛟龙微微点头，随即切断了通讯。

武枫郡主一直在旁边看着，没有作声。

待血色蛟龙切断通讯后，武枫郡主道："这是万象殿？包罗万象、无所不能的万象殿吗？"

"万象殿只在意宝物，不在乎要杀的是人族，还是妖魔。"乐夫人说道，"他们的确神通广大。"

"母亲能不能将万象殿的通讯印记刻录一份给孩儿？"武枫郡主问道。

乐夫人摇头，道："万象殿只给他们认可的人族或者妖魔通讯印记，不被他们认可的人是无法联系他们的。"

武枫郡主低哼："故作姿态！"

"可万象殿有实力故作姿态！"乐夫人道，"不管怎样，只要万象殿出手，那么谁都没法证明是我们动的手，此事也算做得不留把柄。现在你只管等那秦云身死的消息吧。"

乐夫人并没有将秦云放在眼里，在她看来，秦云只是一个没背景、没靠山的小辈，她弄死也就弄死了。她跟随钟离氏老祖多年，曾见过天下间最令人恐惧的存在，如仙人、魔神。她联系万象殿的通讯印记就是万象殿内可与魔神媲美的魔龙亲自赠予的。

乐夫人自视甚高，秦云敢如此对她女儿，她很愤怒。

虽然是自家女儿先对伊萧动的手，但在乐夫人看来，伊萧只是伊氏底层的一个子弟，而自家女儿是仙人之女，哪里是伊萧能比的？

"好，孩儿就等他身死的消息了。"武枫郡主满怀期待。

"你这脸上的疤痕去不掉吗？"乐夫人问道。

武枫郡主点头道："很麻烦，如果爹帮忙，此事会容易得多。"

"别急，再等等吧，等你爹出关了，你再去找他，现在不能打扰你爹修炼。"乐夫人说道。

武枫郡主忍不住问道："那得等多久？"

"这不知道，短则一两天，长则八年十年。"乐夫人说道，"放心吧，他一出来我就带你去见他。"

"好。"武枫郡主乖乖应道。

在整个钟离氏家族中，钟离氏老祖的地位是至高无上的，武枫郡主只是钟离氏老祖度过的漫长岁月中的其中一个女儿罢了。

万象殿在接单后，立即开始安排人刺杀秦云。

"广凌郡秦云？"一个俊美到妖异的男子看着面前的一面镜子，镜子上显现着一条血色蛟龙。

"百变毒叟，你可愿去？"血色蛟龙询问道，"你若是杀了秦云，便可得一枚仙晶。"

妖异男子低声道："先天实丹境的修行人我刺杀过，可巡天使我还真没杀过。你们万象殿也知道我大限之期已近，急需宝贝突破……好吧，这单我接了，一个月内，我便会杀了那秦云。"

妖异男子答应后，镜子上便浮现出大量文字。

"这是关于秦云的详细情报。"血色蛟龙说完，便切断了通讯。

"哼，秦云竟然才二十二岁。"妖异男子低声道，"我都快两百岁了，还只是先天虚丹境。"

"不过杀人嘛……我有的是办法。"妖异男子起身出了屋子。

正在屋外候着的侍女恭敬地道："公子。"

妖异男子没有应声，直接从侍女身旁走过。突然，侍女瞪大眼睛，跌倒在地，鼻孔里流出黑血，片刻之间，她便已然毙命。

妖异男子一路行走，所过之处，仆人一个个都死了。

"相公，你怎么把他们都杀了？"在一个花园内，一个女子看到仆人都倒地而亡，不由得惊慌起来，"你不是说，只要我嫁给你，你就不杀人了吗？"

妖异男子微笑着道："当初我在你王家庄子里杀了那么多护卫，又杀了一些你们王家族人，逼得你们王家不敢再吭声，这才乖乖将你嫁给我。"

"这一年多，我们王家对相公你没有丝毫怠慢。"女子有些惊慌地道。

"是啊，不过我得走了。"妖异男子说道。

"走？"女子心中又期待又害怕。

这个可怕的魔头终于要走了。

"在我走之前，我碰过的女人都得死。"妖异男子说道。

"你要杀我？"女子战战兢兢地问道。

"我一路走来，将看到的人全部杀了，他们就当作我给你的陪葬品了。"妖异男子微笑着道，"相公最后再告诉你一件事，其实老夫我已经一百九十二岁了，哈哈。"

妖异男子一挥手，女子便一瞪眼，口鼻流血地倒下了，当场毙命。

随即，妖异男子的容貌、身材便发生了变化，他变成了一个瘦小的老者，一双眸子里闪烁着冷光，他道："这次好好搏一搏，我只要成功杀了那巡天使，便可得到一枚仙晶！这仙晶可比我过去所得的宝贝加起来还要厉害，借此，说不定我就能突破到先天实丹境，寿命再增加一些。秦云？一个剑仙吗？剑仙擅御飞剑，可破绽也很明显。"说完，他嘿嘿一笑，随即"呼"的一下化风离去。

这庄子是王家的。

王家人已经发现这庄子里死了很多仆人，可他们一个个都躲得远远的，连护卫都逃了出去，待得傍晚才回到庄子。

护卫在庄子内查看了一遍。

"走了，那魔头走了。"

听到护卫的禀报后，王家人才松了一口气。

"修行人不好好修炼，不斩妖除魔，却来祸害我们凡人。"王老爷看着眼前的一大堆尸体，眼中含泪。这些尸体中除了有王家小姐，还有许多仆人。这些仆人都是被百变毒叟顺手杀死给王家小姐陪葬的。

王家也算颇有见识，所以才明白百变毒叟是极可怕的修行人。便是他们一郡的人加起来恐怕都不一定敌得过那百变毒叟，所以他们只能一直哄着那百变毒叟。

从头到尾，王家人都不知道百变毒叟真正的身份。

广陵，秦府内的阵法已经重新布置了一遍，秦云每夜都会蕴养本命飞剑，想尽快将本命飞剑提升到五品。

"云儿，云儿。"秦烈虎来到秦云的院子。

秦烈虎还没敲门，院前的木门就自动开了。

秦烈虎一眼便看到了盘膝坐在院内的秦云。"呼——"一柄飞剑飞回秦云身边后，便消失不见了。

"爹，你怎么来了？"秦云起身笑道。

"爹有一件事想要麻烦你。"秦烈虎有些犹豫，吞吞吐吐地道。

"爹有什么事要我做，尽管说就是。"秦云笑道。

秦烈虎说道："你也知道，我有一个好友，就是你徐叔，当初我任捕头的时候，你徐叔就和我关系极好，如今他搬到了金秦郡。这几日他来广凌，特地前来求我……希望你帮帮忙，将他的小儿子送进那景山派去修行。"

"景山派？"秦云皱眉，"这可是我江州唯一的顶尖修仙宗派。这等大派是不会轻易收弟子的。"

"他家的小儿子如今十二岁，已经达到炼气七层了，颇有资质。"秦烈虎说道，"若是他家的小儿子没资质，他也不敢来请我帮忙。你也知道，之前有不少人求到我们家门上，我都拒绝了，就是不想为难你。可你徐叔和我关系……实在是……"

秦云问道："景山派招弟子的时候，他没能进去？"

"他连做记名弟子的资格都没有得到。"秦烈虎道。

秦云说道："爹，你让徐叔将他小儿子带到我这来，我亲自看看。即便如今衰落，也是非同一般的修仙宗派，因此景山派收弟子的条件很苛刻。我虽然和景山派的关系颇为不错，可也不能随便送人进去。"

连二流、三流的宗派收弟子都谨慎得很，更别说顶尖的修仙宗派了。

"而且爹，徐叔和你的关系值得你如此吗？"秦云问道，"我若是开口，别的不说，一个记名弟子的名额景山派还是会给的。可这人情也是有限的，我总不能一直往景山派塞人。"

"帮帮吧！其他人我都拒绝了，只是你徐叔和我有生死交情，我不能推辞。"秦烈虎道。

"好，那就先让徐叔带他的小儿子过来吧。"秦云点头。

一个时辰后，一个胖如熊的大汉就带着一个胖乎乎的少年来见秦云了，秦烈虎也在一旁陪着。

"秦公子。"这大汉有些拘谨，"这就是我家的小家伙，叫徐烈。烈儿，还不赶紧拜见秦公子。"

徐烈直接跪了下来，眼中有着崇拜，他道："徐烈拜见秦公子。"

"快快请起！"秦云道，同时操纵着无形的天地之力将那少年托了起来。

徐烈感觉到了托着自己的无形的力量，越加崇拜地看着秦云。

"徐叔，当初我见你时，似乎比他还小一些。"秦云一笑，"转眼都过去十二年了。"

"是啊，不过秦公子你的剑术天资可比我家这小子的厉害太多了。"徐叔吹捧道，他虽然也是金秦郡的银章捕头，可在金秦郡那等大郡，金章捕头也是有的。他见识过金秦郡的一些高人，很清楚一个巡天使的分量，自然不敢在秦云面前摆长辈的姿态。

毕竟过去，两人也就见过数面而已。

"来，到我这儿来。"秦云看着徐烈道。

徐烈连忙跑向秦云。

秦云伸手抓住了徐烈的手腕，徐烈顿时不敢再动。

"嗯。"秦云微微点头，"炼气七层，更有一身好筋骨！徐烈倒是很适合修炼神魔一脉的法门或者肉身成圣的法门。"

"神魔一脉的法门只有朝廷才有，在民间很难学到高深的。"徐叔道，"肉身成圣的法门就更难得了。"

秦云点头道："我江州的太乙门倒是有肉身成圣的法门，可那太过普通，徐烈以此修炼到先天实丹境便是极致了。"

混元宗便是以肉身成圣法门著称的宗派，可混元宗收弟子的条件是非常苛刻的。那些顶尖大族以天材地宝培养出来的少年，资质了得，筋骨极佳，徐烈与他们相比，还有很大的差距。

"你擅长什么？"秦云问道。

"棍法。"徐烈连忙道，"还有，还有毛笔字。"

说完，徐烈便努力展示了他的棍法，徐叔在一旁紧张地看着。

过了一会儿，徐叔将早就准备好的笔墨纸砚放在一旁的石桌上，徐烈又开始写毛笔字。会写毛笔字是修炼符法的基本功。

"棍法和字还算不错。"秦云点头道。

这徐烈勉勉强强有资格当景山派的记名弟子。可景山派选弟子,当然是优中选优,除了看资质,还要参考人情、家族影响力,徐烈这种没背景的自然进不去。

徐大汉紧张地看着秦云,一旁的徐烈也不敢喘息。

这是决定命运的时刻啊。

秦云接着道:"徐叔,这小家伙还行。不过进入景山派后,徐烈,你可得多多用功。"

徐烈顿时露出激动之色。

徐叔更是声音颤抖地道:"烈儿他能进景山派了?"

"你带他去景山派吧。记住,记名弟子只是开始。以后要成内门弟子、真传弟子……还是要靠他自己努力。"秦云说道。

"好好。"徐叔连连点头,又忍不住问道,"不需要书信吗?"

"不用,你带他去便可。"秦云说道。

徐叔连连点头。

"云儿,那我就带你徐叔先走了,不打扰你了。"秦烈虎笑道,然后便带着激动的徐叔、徐烈离去。

秦云目送他们离去后,翻手拿出巡天令。

"嗡!"

巡天令上浮现一道虚影,正是炎道人。

"秦道友,你怎么突然找我了?"炎道人笑呵呵地道,"我听说你教训了钟离氏的那个小郡主。"

"小麻烦罢了。"秦云说道,"炎道友,我有一事麻烦你。"

"什么事?"炎道人问道。

秦云说道:"有一个叫徐烈的小家伙,十二岁,炼气七层,根基还算不错。不知景山派可否让他当一个记名弟子?"

"记名弟子?"炎道人点头道,"这简单,若是秦道友想让他当内门弟子,那便有些麻烦,记名弟子的话,我吩咐一声就行了。对了,他叫徐烈?"

"对，徐烈，金秦郡的。他父亲是一个银章捕头，之前曾在我广凌任职。"秦云说道。

"看来他还是秦家的世交。"炎道人点头道，"好，我会立即吩咐下去。"

"谢了。"秦云说道。

"小事。"炎道人豪爽地道。

第62章

街边刺杀

秦烈虎带着徐家父子喝着热茶，吃着点心。

丫鬟们将精心做好的点心送上后，徐烈便大口大口地吃了起来。

"慢点吃！"徐叔不由得瞪眼道。

"哈哈，徐烈喜欢就多吃一些。"秦烈虎笑道。

徐烈连连点头。

徐叔不由得摇头，他笑着感慨道："烈虎，在我们一群老兄弟中，你可最是了不得，连修行人都抢着去你家当护卫，郡守这等高官也是你家的门上客。"

"这哪里是因为我？全是因为云儿有出息罢了。"秦烈虎说道。

"秦公子仁慈，愿意帮我家这小子。"徐叔道，"我知道，秦公子也是看在烈虎你的面子上才帮忙的。这事我也只能记在心底，我送上的礼物，你秦家怕是不放在眼里了。"

"你说这些做什么？"秦烈虎道，"你我毕竟有过命的交情，况且这次徐烈也只是进入景山派当记名弟子，以后能如何，还得看这小家伙自己的造化。"

徐叔转头看向自己的儿子。徐烈嘴里塞得鼓鼓的，听了秦烈虎的话后连连点头，表示知道了。

"你争点气!"徐叔说道。

徐烈咽下嘴里的点心,连忙道:"放心吧,爹。"

"大路就在眼前,你好好往前冲吧。"徐叔对未来充满期待,就算是那些权势比他大得多的人想将自己的孩子送进景山派都千难万难。如今他的儿子徐烈已经领先了很多大家族的子弟一步。

洪家。

洪九吩咐道:"大哥,没有我的允许,任何人不得打扰我。"

"放心吧。"洪大少连忙应道。

"嗯。"洪九转身步入用来闭关的静室内。

"轰隆隆——"石门慢慢关上了。

这闭关的静室是洪家专门为洪九修建的,里面有许多机关陷阱,先天境以下的人几乎不可能闯进去。

"当初我虎口拔牙,从黑妖王之子那里夺得前人遗留的宝物。"洪九盘膝坐在静室内的蒲团上自语,"如今真元已经积蓄得够多了,我随时都能突破到先天境!我这次闭关一是为了修补我的宝贝,二是为了跨入先天境。一旦我出关,实力必将突飞猛进,到那时我也有资格去探一探景阳洞府了。"

洪九暗道:不过我底子还是弱了一些,如果掺和进去,最好还是拉上一个同伴。秦云的实力就极为厉害,之前他又从黑妖王手下救了我,并且他很守信,倒是适合参与进来。一切还是等我突破之后再说吧。

洪九不再多想,闭上眼开始静心修炼。

日子一天天过去了,秦云和伊萧还在想着钟离氏会怎么报复他们,却一直没等到钟离氏的人。转眼,大半个月过去,已经入冬了。

朝阳冉冉升起,阳光极好。

秦云和伊萧悠然地行走在街道上。

"你准备带我去哪儿吃?"伊萧笑着问道。

"我们有好几天没出来了,要不就去云楼吧,我想吃云楼的油泼面了。整个广凌就他们家做的油泼面特别有秦州当地的味道。我自从游历过秦州后,就好上这一口了。"秦云道。

云楼的消费水平颇高,可他们的很多菜的确很地道。

伊萧忍不住笑了起来,道:"看看你,说得都要流口水了。"

"我一想到云楼的油泼面,是真要流口水。"秦云哈哈笑道。

"好,便听你的,我们去云楼。"伊萧点头道。

街上很热闹,街道两边都是摊贩,老百姓们在路边摊前讨价还价。

在秦云和伊萧前方有一个修伞的摊位,给人修伞的是一个穿着厚棉袄的老头,他的棉袄上打着好几个补丁。

老头留着乱糟糟的花白胡子,正在那儿修着伞。别看他年纪大,手上的功夫却极好。片刻不到,一把伞就修好了,他笑着将伞递给他眼前的妇人,道:"伞修好了。"

妇人接过伞打开,又合上,重复了几次后,她又仔细看了看,才微笑着点头,从荷包里取出两个大钱递过去,道:"喏,收好了。"

老头满脸笑容,连忙伸出有些黑的手接过钱。

妇人转身离去。

老头又坐下来继续修其他客人放在他这儿的伞,阳光洒在他的身上,他偶尔抬头,看看街道上的老百姓,眼睛里满是热情。

秦云和伊萧从远处走来,也瞥见了这修伞的老头。秦云的眼光独到,他一眼便判定这是一个老手艺人。

如今的秦云即便不借助飞剑,也能感应到方圆三十丈内的地方。在这范围内,他会潜意识地进行判断。

"呼——"

修伞的老头看到秦云和伊萧,连忙露出谦卑的笑容。然后他便拿起一把伞,低头仔细看着。

面对这些一看便知道是贵公子、富家小姐的人,普通的手艺人都很谦卑。

当秦云和伊萧路过修伞老头的摊位时，修伞老头的注意力还完全在这把伞上，他按下伞的卡槽，想撑开伞仔细看看。

"轰！"

突然，修伞老头手中的那把伞射出耀眼的红色流光，比灭妖弩、追星弩都要可怕得多。

此刻，他和秦云、伊萧之间的距离只有一丈！

红色流光的速度远超声音的速度，甚至不亚于秦云的飞剑。只有这么短的距离，先天实丹境的修行人都不一定反应得过来！就算反应得过来，他也来不及抵挡和反击。

百变毒叟最擅长的便是机关术！

伞的构造本就复杂，一把特制的伞，连修行人都察觉不到它的特别之处。

此刻，修伞的老头眼中满是激动和期待：去死吧！若是我与秦云隔着一两里的距离，作为剑仙，秦云一柄飞剑就能轻易地杀掉我。我的手段再厉害，距离远了，我也奈何不了秦云。可如今秦云近在咫尺，加上机关术是朝廷秘不外传的禁术，他必定毫无准备。哼，寻常的士兵拿着追星弩便能威胁到厉害的修行，而我这把特制的伞之前可就已经杀过先天实丹境的高手，对方虽然最后反应过来了，却根本来不及阻挡。

"咻！咻！咻……"

伞一共射出九道红光，每一道都极快，极狠！

秦云眼角的余光注意到修伞老头的眼神，眼中顿时掠过一道冷光。

"嗡——"

无形的波动瞬间笼罩了四周。

方圆六丈内瞬间陷入一片死寂，内外隔绝，六丈之外的人根本看不见六丈之内的光景。那修伞老头看到周围变得一片灰暗，不由得脸色微变，可他还是满怀期待地盯着那九道红光。

无形的剑意覆盖在高速射来的九道红光之上。

"剑意外放，自成领域！"

和刚突破时不同，秦云如今的剑意领域的半径扩大到了六丈。

九道红光是借助机关术才有如此威势的，在剑意的影响下，红光的速度开始锐减，最终，它们停在了距离秦云一寸的地方。

这九道红光其实是九根黑色的钢针，之所以显现为红光，纯粹是因为速度太快。

百变毒叟瞪大眼睛，惊恐地看着秦云。

刚才发生的那一幕让他惊呆了！

秦云没有施展飞剑，就令那九根黑色钢针停了下来！百变毒叟很清楚，单凭天地之力阻拦，一丈的距离恐怕都削弱不了钢针威势的百分之一。

百变毒叟暗道：剑意领域？怎么可能？传说中的意境领域，在整个江州，一共也就六个先天金丹境的高人能够施展。这六个先天金丹境的高人也大多只是初步掌握了天道意蕴吧。秦云竟然现在便可以施展剑意领域了吗？百变毒叟觉得用"震撼"这个词也无法形容他现在的心情。

知道事不可为，他急忙传音求饶："别杀我，我是百变毒叟，擅长机关术，我修炼肉身成圣法门，最擅长变化……"

他想要活命，自然要展现自己的价值！

他的话还没说完，"噗"的一声，他手中那把残破的伞上的一块布便飞了起来，带着秦云的剑意刺穿了他的心脏。

百变毒叟瞪大眼睛跌倒在地，他的身体变回了王家庄子里凶戾的瘦小老者的模样，这才是他真正的样子。

在剑意领域内，万物皆可蕴藏剑意，化作神兵利器。

秦云看着百变毒叟，道："我剑意突破之事就我和伊萧知道，你既然知道了，就只能死了。"

伊萧从头到尾都处于震惊之中，百变毒叟的刺杀来得太快、太阴狠，若是这招是用来针对她的，她根本就来不及抵挡。

"秦云，如果他刺杀的是我，那么我必死无疑。"伊萧说道。

"战斗和刺杀是两码事。刺杀的关键就在于突然出手，出其不意，一旦失败，刺杀者几乎就再也没希望了。"秦云一挥手，百变毒叟身上的乾坤袋和他身旁的伞便飞了过来。秦云轻轻敲击每一把伞，仔细查看。

伊萧看着百变毒叟的尸体，忍不住道："刚才他就是一个普通的修伞老头，现在却变成了这样。他能轻易变换形貌，应该是修炼了肉身成圣的法门。"

论对肉身的控制，自然是修炼肉身成圣法门的人最是了得！

"而且一般而言，修炼肉身成圣法门的人更注重强身健体，容貌变化不大。而他能随意改变骨骼、容貌、胡子的颜色等等，我猜他修炼的应该是某种擅长变化的肉身成圣法门。"伊萧疑惑地道，"提起擅长刺杀的瘦小老头，我倒是想到了一个人——百变毒叟。"

秦云从那堆伞中发现了一把特殊的伞，便将它放进了乾坤袋里。

"对，他就是百变毒叟。在刺杀失败后他就立即给我传音，说他是百变毒叟，还说他擅长机关术，擅长变化。"秦云说道，"他不说还好，他一说，我就更想杀他了。百变毒叟名声太差，不知道害死了多少人，既然他自称百变毒叟，我自然是毫不犹豫地斩杀了他。"

"百变毒叟留下的罪证虽不多，但也足够让朝廷通缉他了。"伊萧点头道，"他擅长变化之术，恐怕暗中还做了很多恶事。只是他行事太低调，朝廷没法捕捉到他的行踪，而且他只是一个小小的先天虚丹境的修行人，朝廷不愿在他身上耗费太大的力气。"

秦云又用意识查看了一下乾坤袋，然后将乾坤袋放在怀里。

随即，剑意便笼罩住那百变毒叟的尸体，秦云一个念头闪过，"哗"的一声，百变毒叟的身体便瞬间完全分解了，连一滴血都没有留下。

"剑意领域倒是毁尸灭迹的一大秘技。"伊萧在一旁笑道。

"可惜我的剑意领域只有方圆六丈，否则威力就更大了。"秦云感慨道，这方圆六丈内，剑意无处不存，剑意领域里面的每一粒沙、每一粒土，包括敌人身上的物品都是他的兵器！在剑意领域里，他可以强行控制敌人的兵器！当然，如果敌人的实力太强，他就无法控制了，只能削弱其威势。

"对了，刚才那一战会不会被巡天鉴发现？"伊萧问道。

"不会。"秦云摇头道，"我只是将剑意附在一块布上杀了他，估摸着只发挥了一般先天实丹境巅峰的修行人的实力吧，这离飞剑化虹差太远了。至于他的机关术……那九根钢针只是速度极快而已，只有先天实丹境的威力，威力比我用来袭杀他的布片的还弱。"

"这就好，你掌握剑意领域的事得保密。这样，钟离氏在低估了你的实力的前提下再想算计你，只会吃大亏。"伊萧说道。

"对了，周围还有其他修行人或者妖怪吗？"伊萧问道。

秦云听了伊萧的话，立即召唤出本命飞剑，借助本命飞剑，他可以探察方圆两百多丈的地方。

在探察下，他并没发现任何修行人和妖怪的行踪。

"应该没有。这百变毒叟在外作恶这么多年，我也没听说过他有什么同伴。"秦云笑道，"我们赶紧走吧，还要去吃油泼面呢。"

"你就知道吃。"伊萧无奈地说了一句，便跟着秦云前往云楼。

他们在自己身上施展了神隐术，周围的行人没有记住他们的模样，只是对旁边突然消失了一个修伞老头，以及刚刚方圆六丈的地方陷入昏暗感到震惊而已。刚才在剑意领域内的几个行人在秦云动手之前便被排斥出去了。

"有仙人。"

"一定是神仙手段。"

"刚才那片区域都变得昏暗了。"

一个个行人如此说着。

云楼第七层的雅间内，秦云和伊萧分别坐下，一盘盘美食被送了上来，秦云的面前摆放着一大碗油泼面。

"客官，菜都上齐了。"一旁的侍女说道。

"好了，你们都出去吧，没我的吩咐，不得进来。"秦云吩咐道。

"是。"侍女推开门走出去后，带上了雅间的房门。

秦云大口大口地吃着油泼面，这是他专门点的超大份的油泼面。伊萧坐在他对面，笑着看了他一眼后，慢慢吃了起来，这是她在伊氏时养成的习惯。

而秦云毕竟是在村庄里长大的，又在外游历了六年，这六年里秦云经常和一些混江湖的人在一起。妖魔潜伏在天下各处，混江湖的人是将脑袋系在裤腰带上，为人处世自然不拘小节，秦云受其影响，吃喝起来自然很豪爽。

"我吃完了。"秦云将面吃光后，立即走到一旁，拿出百变毒叟的乾坤袋，将里面的东西全都倒了出来。

"哗！哗！哗……"里面的物品在地上堆成了一座小山。

秦云心念一动，天地之力便将这些物品分门别类地放好。

"百变毒叟竟然还有这些东西？"旁边的伊萧脸微微一红，难以置信地道。

秦云一看，原来百变毒叟的乾坤袋里还有女子的私密之物。

"毁掉！毁掉！"秦云连忙道。那些私密之物立即被剑意绞碎化作虚无，这可比火烧等毁尸灭迹的手段厉害多了。

接着，秦云仔细查看着百变毒叟的东西。

对于刚狠狠搜刮了武枫郡主一通的秦云而言，这百变毒叟积攒的宝物十分寒碜。即便如此，这些也能和公冶丙的收藏媲美了。百变毒叟毕竟是厉害的刺客，活了这么多年，积累自然远超同境界的修行人的。

"里面有好几门修炼法门。"秦云翻看了一下这些修炼法门。这些典籍的纸张都是用特殊材料炼制而成的，极珍贵。

看完后，秦云轻轻摇头道："最厉害的一门炼气法门也只能让人修炼到先天实丹境，不知道是这百变毒叟从哪儿搜集到的。可惜里面没有他修炼的肉身成圣法门。"

伊萧道："能让人千变万化的肉身成圣法门应该是他从某处学到的，至于记载这个法门典籍……他应该没资格随身携带。"

"这里倒是有记载机关术和毒术的典籍。"秦云翻看着，不由得眼睛一亮。

典籍上面记载的一门门机关术极为复杂。

"原来这个叫作飞鹤影。"秦云拿着一个手筒状的物品道。

"这叫天雷击。"秦云又拿出一个球形之物。

秦云根据典籍确定着这些机关和剧毒的名字。

"这些机关和剧毒倒是罕见，倒也有些用。"秦云说道，"伊萧，这个飞鹤影可发挥先天实丹境巅峰的威力，你需要吗？"

"我用不着，我的雷法更快，威力也不比它小。"伊萧道。

秦云点点头。

"秦云，加上这些，你应该搜集了好些修炼法门了吧？"伊萧笑道。

"是有好些了。水猿、公冶丙，还有武枫郡主等人身上的乾坤袋中都有些典籍，可大多普通。当然，里面也有些特别的。"秦云笑道，"算起来，连可以修炼到先天实丹境的修炼法门，我都凑到两门了。指导人画符甚至炼丹的典籍有一本，只是太平常。这机关术和毒术倒是颇为厉害，百变毒叟也只是将机关术学了七七八八，若是他能在此术上大成，也就拥有先天金丹境实力的人才能够挡得住他。"

伊萧在旁边轻轻一笑，道："拥有如此多的法门，你都能创立一个宗派了。"

"是。"秦云点头道，"我得到的便是完整的剑仙传承。那位前辈希望后辈能够将剑仙一脉发扬光大。待得将来实力足够，我也会创立剑仙宗派。至于这些法门，到时就让对此有兴趣的弟子兼修吧。我秦家如今也有些门客，他们功劳足够的话，我也可将这些法门传给他们修炼。"

现在秦云正处在突飞猛进期，自然没精力去开宗立派。

开宗立派之事只能等将来再做。

景山派等一些势力之所以早早与秦云交好，就是看中了秦云的潜力。只是这些大势力虽然知道秦云很有潜力，但怎么也想不到秦云在后天境就掌握了剑意，如今就可以施展剑意领域了。

百变毒叟刚死，万象殿那边便立即知晓了。

"嗯？"血色蛟龙惊讶地道，"百变毒叟的通讯印记已经消散，他竟然死了？他的机关术厉害得很，经验又丰富，那秦云虽然厉害，可终究年轻，按理说他还是有些希望的。不过失手也很正常，刺杀之事终究是说不准的。

"看来，万象殿得找更厉害的刺客去杀秦云了。"

血色蛟龙不太在意百变毒叟的死，百变毒叟只是和万象殿有合作而已，而且他死了，自然也得不到那一枚仙晶的奖励。

也就是说，万象殿只是少了一个合作者，并没有其他的损失。

万象殿的情报网极厉害，合作者可能是人族，也可能是妖魔。至于客人，他们也不愁没有。有实力或者有地位的人族、妖魔才会得到他们的通讯印记，而乐夫人能得到通讯印记，只是因为她是钟离氏老祖的夫人。

第63章
恶龙山三妖王

天朗气清,一个有着数千人口的村庄内,护村的民壮在箭塔上警戒着,孩童们在飞奔追逐,村庄里一片祥和的景象。

"呼!呼!呼!"

三股黑色狂风猛然刮来,化作三个穿着黑袍的人,他们分别是蛟龙王、豹妖王,以及猫妖王。

"妖怪!有妖怪!"

"快逃!"

"是妖怪!孩子!我的孩子!"

村民们慌乱不已,连忙去抱自己的孩子。

蛟龙王扫视周围一圈后道:"动手,尽快解决掉!"

"是,大哥。"豹妖王、猫妖王同时应道。

话音刚落,豹妖王、猫妖王便开始行动了,他们化作两道流光穿行在村庄里。

蛟龙王猛然长长吐出一口淡淡的黑色气息,黑色气息仿佛狂风一般扫过每一处,凡是被黑色气息碰到的村民全都无声无息地倒下了。

黑色气息一处处扫荡着，收割的人命越来越多，血色也越来越浓郁。

"放响箭！"

"放响箭！"

护村的民壮怒气冲冲地吼着。

顿时，响箭破空，声音刺耳，周围天地之力涌动，将声音与外界隔绝，响箭的声音被禁锢在了村庄里。

"杀！"

豹妖王、猫妖王快速地掠过各处，十个呼吸的时间都不到，死伤者众。

蛟龙王猛然吸了一口气，那带着浓郁血色的黑色气息便被蛟龙王吸入了口鼻之内。

蛟龙王当即盘膝坐下，默默修炼。

"呼——"

豹妖王、猫妖王飞了回来，也连忙坐在蛟龙王旁边修炼。

"你们好了吗？"片刻后，蛟龙王看向身旁的两个同伴问道。

"嗯。"豹妖王、猫妖王都点头。

蛟龙王这才郑重地从怀里取出了一尊奇特的黑色魔神雕像，雕像尺许高，散发着奇异的魅惑气息。

"呼——"蛟龙王张嘴一吐，一道血色流光便飞向了魔神雕像。

豹妖王、猫妖王也都照做，又有两道血色流光融入了魔神雕像中。

当血色流光融入后，原本与死物无异的魔神雕像顿时散发出奇异的光彩，眼睛也亮了许多，整尊雕像好似活了一般，看着眼前的三个大妖。

三个大妖将腹中的血光都吐光后，便停了下来。

"我们献祭了那么多给魔神了，再加上这一批，我估摸着，祭品快凑到一半了，我们只要小心行事，很快便会大功告成。"说完，蛟龙王便将魔神雕像收回怀里。

豹妖王哼了一声，道："我们在云州时一直做得很干净，修行人都不知道是我们恶龙山干的，可谁承想我们袭击的一个村庄中有一个男子竟和狐妖有私情，那狐妖为此疯狂追杀我们，惹得巡天盟也发现了我们恶龙山犯下的恶事，以至于如今我们连恶龙山都不敢回。"

猫妖王道："二哥，当初我们决定和大哥一起凑祭品时，就知道事情暴露的后果。大哥修炼到了关键时刻，只要突破便是先天金丹境高手。当初大哥冒险去屠戮，我们可都是同意的，现在也没必要后悔。"

"我没后悔，只是怨那狐妖，逼得我们都逃到鲁州来了。"豹妖王道。

蛟龙王哈哈笑道："只要我们凑齐魔神需要的祭品，魔神便会有大恩赐，有了魔神的大恩赐，我就能再进一步，突破到先天金丹境，便是二弟、三妹你们一旦得到魔神的些许恩赐，也能实力大增。到时候我们恶龙山还怕巡天盟不成？还有那六尾狐妖，一直仗着身法玄妙处处与我等作对，如今我奈何不了她，但等我跨入先天金丹境，便能直接捏死她！不，我要把她抓来，折磨她！"

"对，折磨她！"豹妖王也道。

"二弟、三妹，你们俩赶紧去处理掉村庄内的尸体，弄干净些，不要让别人发现这是我们恶龙山做的。弄完后，我们就离开这里，去另一个郡。"

"好的，大哥。"豹妖王、猫妖王答应一声，然后乖乖去办事。

片刻之后，这三个大妖便驭风离开了这个村庄。直到傍晚时分，当地的巡检司士卒过来巡逻时才发现这村庄遭难了。

巡检司士卒被眼前的场景惊呆了，立即将此事上报，紧接着消息便传到了郡守府，郡守再将此事上报鲁州州牧。鲁州州牧大怒，立即调动力量开始探察。

与此同时，蛟龙王、豹妖王和猫妖王在云层中飞行。

"嗯？"忽然，他们停了下来。

"大哥，怎么了？"豹妖王、猫妖王疑惑地问道。

蛟龙王拿出一面青铜镜子，青铜镜子上显现出了一条血色蛟龙，那条血色蛟龙的威势深不可测。

"前辈。"蛟龙王很是谦逊。

"娄离，我听说你在云州屠戮人族后，被巡天盟追杀。"血色蛟龙说道，"你也太莽撞了。"

"因为一个狐妖，我才不小心暴露了，不过，暴露便暴露，我早有计划。"蛟龙王笑道，"前辈，你们万象殿找我可有什么好事？"

"是有一件好事。"血色蛟龙说道，"在江州广凌，有一个名叫秦云的修行人，他是一个新晋的青令巡天使。"

"我听说过他。"蛟龙王点头道，"一个散修能这么厉害，的确难得。"

"杀了他，你便可以得到两枚仙晶。"血色蛟龙道。

蛟龙王眼睛一亮，点点头，道："好，这任务我接了。"

"你多久能完成？"血色蛟龙问道。

"此事不能急，三个月之内吧。"蛟龙王道。

"好，这是关于秦云的详细情报，你仔细看看。"血色蛟龙说完便切断了通讯，之后青铜镜子上面浮现出了密密麻麻的文字。

蛟龙王、豹妖王和猫妖王都仔细看着那些文字。

"大哥，我们要去杀那剑仙秦云？"豹妖王问道，"可我们不是忙着献祭之事吗？"

蛟龙王道："我们如今小心翼翼行事，每屠一个村庄都要逃到千里之外，隔上一段时间再小心翼翼动手。这样一来，虽然巡天盟难以追查到我们，可我们凑齐祭品恐怕也需要一两年。我们本就要路过各州，现在只需顺便去一趟江州，杀了那秦云，我们便可得到两枚仙晶，再加上过去的积累，我们也能换些宝物。有了宝物，说不定我就可以直接突破到先天金丹境。

"就算没能突破，我也能将根基打得更扎实。到时候我们凑足祭品，魔神给予大恩赐，我跨入先天金丹境的把握也能更大。"

虽然他如今到了快突破之时，可这次终究是从先天实丹境突破到先天金丹境，自然是准备得越充分越好。如今他并没有十足的把握。

"嗯，杀秦云时，我们也可以趁机袭击周围的村庄，伪装成大战余波的波及。"猫妖王说道。

"我们三个联手杀一个青令巡天使，的确轻松得很。"豹妖王自信地道。

这三个是恶龙山的三大妖王，大妖王蛟龙王娄离的本体乃蛟龙，蛟龙天生就实力强，而且他还修炼了魔神传承，如今积累了浑厚的真元，随时都有可能突破到先天金丹境！

另外两大妖王虽然比大妖王弱了一大截，可直逼一般的青令巡天使。三大妖王因此威名远播。在逃亡的路上，他们三个大妖曾遇到先天金丹境的修行人，但他们最终还是逃掉了。

所以，他们有资格自信。

这次他们求的是数量庞大的祭品，好让蛟龙王突破到先天金丹境。

天下妖魔众多，有盘踞一地的，也有在天下各地流窜的。

妖魔在各地流窜有两种可能。一种是保命能力弱，如果盘踞一地恐怕早就被修行人给灭了；第二种就是太过凶残，造孽太甚，如恶龙山的三大妖王，巡天盟是要全力捉拿的！他们自然不敢停留在一地，只能四处流窜。

因此第二种流窜的妖魔也更加凶残！

对恶龙山的三大妖王而言，杀秦云的任务仅仅是让他们在路过江州之时顺便干一票而已！

一个青令巡天使，他们根本就没放在眼里。

广凌的秦府内，秦云和伊萧二人在小镜湖旁谈论道法。秦府扩建后，三分之一的小镜湖就都属于秦府了。

"二公子，二公子！"站在院门口的阿贵喊道。

"嗯？"秦云疑惑地停了下来，问道，"阿贵，何事？"

"二公子，府外来了一个修行人，说是想拜入我秦府当门客。"阿贵回道。

"你秦府现在有好几个门客了吧？"伊萧笑道。

"六个。"秦云说道，"加上现在这个，就七个了。"

伊萧点头道："你这儿的修行人比很多三流宗派的都多了。也对，论实力，单单你一人就比很多二流宗派还要强。"

一般而言，二流宗派遇到黑妖王这等妖王，早就退避三舍了。

而秦云靠一柄飞剑就能令黑妖王仓皇逃窜！

黑妖王若是现在再来秦府挑衅，怕是直接就被秦云的飞剑斩杀了！不过上一次与秦云一战后，黑妖王已经被吓住了，哪里还敢与秦云为敌？

"我去看看那修行人到底是何来历。"秦云起身，对伊萧道。

"你去忙你的事吧。"伊萧说完，拿起一旁的书，悠然地在湖边看书。

秦云往自己专门用来接待客人的大厅走去。

厅内坐着一个消瘦青年。

看到秦云后，他便立即站了起来。

"秦公子。"待秦云走入厅内，这消瘦青年便恭敬地道。

秦云坐在主位，看着拘谨地站着的消瘦青年，点头道："坐。"

消瘦青年这才坐下，道："在下楚远，连海郡苍县人。我本在苍县洞阳观中修行，因得罪了草巫派，洞阳观便将我逐出观……我只能四处漂泊，如今听闻秦公子的威名，特来投靠，还请秦公子收留。"

"洞阳观只是三流的修仙宗派，自然不敢得罪草巫派。"秦云点点头，"草巫派做事的确霸道，说说你是如何得罪草巫派的。在我面前可别撒谎，若是我查出你有半点谎言，欺到我头上来，你应该知道后果。"

"是，是。"楚远连忙点头，道，"在下自然不敢欺骗秦公子，定会老老实实告知，不敢编造。"

"说吧。"秦云点头道。

"我在苍县洞阳观修行，偶尔会去周边诸多县城行走，路见不平，便会出手惩恶。"楚远道，"有一次，我打断了一个纨绔子弟的一条腿，却没想到那纨绔子弟是草巫派的一个长老之子。那草巫派因此派人对付我，幸好我逃得快，否则怕是没命了！在对付我的同时，草巫派又派人责问洞阳观，观主惹不起那草巫派，只能将我逐出观。自此我便不再是洞阳观的弟子。我知道，观主也是没法子，这样也好，不会连累道观。"

秦云点点头，问道："那纨绔子弟做了何事，你要打断他的腿？"

"光天化日之下，他竟直接将民女掳掠到马车上，我气不过便出手救了那女子，又教训了那纨绔子弟和他的护卫。"楚远道，"后来我才知道，他是草巫派长老柳震之子。那柳震是一个人巫，巫术手段莫测。"

"我知道了。"秦云点头，继续问道，"你如今修为如何？"

"我修炼的是洞阳观中的一门炼气法门长青诀，若是将它修炼到极致我也是有望达到先天实丹境的。只是洞阳观中如今已跨入先天虚丹境的只有观主一人。至于我，如今是炼气十一层。"楚远道，"我主修两门法门，一门是青火符法，此法乃我洞阳观最为出名的符法；另一门则是一气擒拿术。我大多是靠一些道符护身。"

秦云微微点头。

小门小派就是如此，可供弟子修炼的法门也就区区几门罢了。

楚远紧张地等着秦云的答复，他得罪了草巫派，想要找到靠山也不容易。草巫派毕竟是江州唯一属于巫之一脉的宗派，在整个江州都是颇有恶名的。

"从今天起，你便待在我秦府做事，年俸暂为一千两。"秦云说道，"若是你勤勤恳恳做得好，我便会赐下法门和宝物。"

"是，我定当用心竭力，为秦府效力，为公子效力！"楚远大喜过望。

请一个仆人，一年给十两八两银子的工钱就差不多了。请炼气九层的高手当护卫，一年就得给数百两银子。至于请修行人，单是银子，就得给上万两。

但是，真正的大家族或者像郡守那样的大人物，修行人是愿意主动投靠的，甚至不会要太高的年俸。

为何？就是因为大家族内藏着记载法门的典籍！很多散修求修炼法门而无门路，所以就算年俸低些他们也不在乎。

秦家就更不一样了，有秦云这个巡天使在，秦家比一般的二流宗派还要强势！

若能拜入秦家，那就是拥有了一座大靠山！而且做得好还会得到秦云赐下的法门、宝物，就像加入了一个宗派一般。即便秦家不给银子，也有修行人愿意加入。

"阿贵，带楚远去见我父亲。"秦云吩咐道。

"是。"阿贵应道。

楚远脸上满是笑容，再无往日的烦恼，他恭恭敬敬地退了下去。

他之所以投靠秦家，就是听说草巫派太上长老的家族墨台家曾经小小地得罪过秦家。在秦云成为巡天使后，草巫派还正式派使者前来赔礼，送上大量礼物！显然草巫派再强势，也根本不愿意和巡天使为敌。

他和一个长老之子的仇怨，对秦府而言，完全不值一提。

"我还没刻意招募，这就有七个修行人来投奔了。"秦云摇头道，"再过几年，秦府内恐怕会有更多的修行人，比郡守招募的修行人还多。"

巡天使的家族的吸引力自然比一个郡守的吸引力要大。

秦府里的修行人多一些也是好事，秦府的戒备也会比之前森严得多，秦府对外的一般事务也可以让修行人出面处理。

日子一天天地过去了，秦云很惊讶，自从百变毒叟死后，都过去一个月了，他竟然没再遇到新的麻烦。

秦云暗道：钟离氏不会就这么放弃了吧？以钟离氏的势力，他们怎么可能仅仅派遣一个百变毒叟？

"管他呢。我还是安心蕴养本命飞剑吧，今晚，本命飞剑应该就能突破到五品了。"秦云盘膝坐在床上，看着悬浮在他面前的那一柄银色飞剑自语。

他将腰间的乾坤袋取下，打开袋口。

"呼——"

大量宝物飞了出来，在屋内堆成一小堆。

秦云运转法诀后，银色的本命飞剑便立即开始汲取宝物中的精华，点点光华不断地融入银色飞剑中。果真如秦云预料的那般，仅仅过了十余个呼吸的时间，银色的本命飞剑便陡然震颤起来，发出了剑吟之声，汲取精华的速度陡然变快。那堆成一堆的宝物也不断地化作残渣。

片刻后，剑吟之声停歇，本命飞剑也不再汲取宝物中的精华了。

本命飞剑通体呈淡银色，表面仿佛覆盖了一层碧水，时刻有碧水流动的灵动之感。剑身原本的雾感没有了，令人感觉这飞剑更加凝实。

"真漂亮！本命飞剑总算达到了五品！由我来施展它，它便能发挥出三品法宝之威。"秦云看着眼前的飞剑，飞剑中蓄积着令人恐怖的威能，秦云感受着飞剑的变化，微微点头，"本命飞剑提升了一品，我的实力也因此增加了近两成。"

即便施展的是同样的招数，蕴含的是同样的剑意，飞剑的速度也能更快些，威能也能更恐怖些！这就是法宝之利了。

本命飞剑靠烟雨剑意蕴养而成，所以用它来施展烟雨剑，也再合适不过。

境界越高，实力也就越强。只有本命飞剑足够强，秦云的实力才会有明显的提升。对于一个掌握了剑意的绝世剑仙来说，一根树枝和一柄七品或八品的飞剑是没多大区别的。因为品级太低的法宝，对他提升实力没什么帮助。

在剑意的蕴养下，凡俗兵器也能逐渐转化为一件法宝。

当然，秦云距离那等境界还很远。

"呼——"秦云伸出手，三寸长的飞剑落在他的掌心。

"呼——"飞剑迅速变大了十倍，达到三尺长。

秦云手握飞剑，走下床，拉开门走到院内。

黑夜中，明月下，秦云握着本命飞剑，尽情地施展着自创的烟雨剑。

第64章

江上明月

本命飞剑日日夜夜都是以烟雨剑意蕴养着的,在最近数月内,秦云的烟雨剑意达到了剑意领域这一层次,所以突破后的飞剑也蕴含第二层次剑意的诸多特征。即便秦云只是随意挥动本命飞剑,剑光也会化作蒙蒙烟雨,带着淡淡的喜悦,十分灵动。

所以,秦云用起本命飞剑来自然得心应手。

秦云脑海中不禁又浮现了中秋那一夜的情景,江水的声音很温柔,月色朦胧,他在云雾上情不自禁地吻了伊萧。

那温柔的江水……

朦胧的月色……

云雾上的仙子……

"呼——"秦云收剑而立,本命飞剑轻轻吐出一口剑气。

"刺啦——"

白色的剑气一瞬间便划过广凌郡城的上空,就仿佛从江河上升起的明月,飞了二十多里。白色剑气飞出了广凌郡城,也飞出了秦云对天地之力的感知范围,之后又在云雾中飞了数十里,才逐渐消散。

剑气纵横数十里！这可不是飞剑，只是纯粹的剑气，当真恐怖！

"我终于创出这一招了。"秦云露出笑容，"就叫它江上明月吧。"

一道身影从空中飞来，落在秦云的庭院内，正是伊萧。

"刚才是怎么回事？我感觉到了很强的波动。"伊萧问道，"那应该有先天实丹境巅峰的威力。"

"我刚刚悟出了烟雨剑诀最强的一个剑招。"秦云笑道。

"秦云，你最强的剑招才这般威力吗？"伊萧疑惑地问道，她很清楚秦云的实力。

秦云笑了笑，接着道："为了不让巡天鉴感应到，我是以剑气施展的这一招，并未动用飞剑，不过即便如此，威力也比我预料的更大。"

"纯粹的剑气？"伊萧吃惊地道，"一道剑气？"

"一道剑气。"秦云点头道。

"如果你放出十道百道剑气，那威势……"伊萧忍不住惊叹道。

秦云摇头，道："这是我如今最强的一招，施展起来颇为不易，能同时释放三道剑气施展此招，已是难得。"

伊萧看着秦云的模样，忍不住道："瞧你得意的！单是剑气就有如此威势，如果用本命飞剑施展，威势得多可怕！这个剑招怎么这么厉害？它叫什么名字？"

"我刚给它起了名字，叫江上明月。"秦云看着伊萧道。

伊萧听后不自觉地想到了中秋江上的那一幕，顿时明白了这剑招名字的含意，不由得脸微微一红，看了秦云一眼。

"那一夜，我对剑意的参悟终于达到了某个极致，终于跨入了剑意领域之境。"秦云说道，"最近数月，我一直在完善烟雨剑诀，将烟雨剑意里的奥妙尽量完美地转化为厉害的剑招。我最想创出的就是蕴含着在江河之上与你共赏明月时的心意的剑招。"

秦云道："直至今日，我的本命飞剑达到了五品，我在施展烟雨剑时心有所悟，自然而然地就创出了这一招。

"这一招代表了烟雨剑意的一个巅峰。"

秦云看着伊萧，继续道："当然，它只是现在的巅峰，随着继续修炼，我会不断完善这个剑招的。"

说着，秦云走向伊萧，握住了伊萧的手。

伊萧没有躲，只是她的脸又红了起来。

"修行之路漫漫，你能和我一起走吗？"秦云看着伊萧，问道。

伊萧握着秦云的手，抬头看向秦云，道："只愿执子之手，与子偕老，生死不相弃。"

"生死不相弃！"秦云点头。

两人互相看着对方，都能看见对方眼中的深情。

秦云抱住了伊萧，伊萧静静地靠在秦云怀里。

夜很宁静，他们能听到彼此剧烈的心跳声。

"秦云。"伊萧轻声说道，"明年二月，我要回一趟神霄门。"

"回神霄门有什么事吗？"秦云问道。

"春雷引入雷池，这是我进雷池修炼的好时机。"伊萧说道，"我如今正在修炼先天一气雷法，只要先天一气雷法达到圆满，我便可修炼我神霄门最强的雷法——神霄雷法了。伊氏栽培我，我师尊教导我，都是希望我最终能练成神霄雷法。进入雷池闭关修炼只需三个月，等雷池闭关修炼结束后，我就立即来广凌和你相见。"

"嗯，修炼也很重要。"秦云点头，笑道，"三个月而已，很快便会过去了。"

伊萧轻轻点头。

秦云和伊萧在广凌郡过着神仙眷侣一般的日子。

而在鄱州境内的一个偏僻的山村中，高空中正在发生着一场战斗。

"蛟龙王，今日你们休想走！"一条条白绫当空飞舞，无数白色丝线也在空中飞舞纠缠，一个有着六条毛茸茸的雪白尾巴的绝色女子，身影如梦似幻，出现在四面八方。

"滚开!"

巨大的黑色龙爪仿佛一座小山,从云层中探下,撕碎了部分丝线,也撕碎了绝色女子的部分身影。但是绝色女子其他的身影依旧没有散去。

蛟龙王虽然在实力上占据绝对优势,但是根本碰不到对方。

"大哥,这狐妖的身法太厉害了,我们杀不了她,赶紧走。"豹妖王道。

"嗯,走。"愤怒的蛟龙王尝试了数招之后,不甘心地道,"不愧是有九尾狐血脉的狐妖,等我跨入先天金丹境后,定要将你抓来,好好折磨,才能泄我心中的恶气。"

"呼——"

蛟龙王立即带着豹妖王和猫妖王逃遁。

"轰!"

龙游于云雾中,速度极快。六尾狐妖虽然在后面拼命追赶,可追着追着,对方就逃出了她的感应范围,很快,她便连对方的蛛丝马迹都发现不了了。

片刻后,一艘金舟赶了过来,上面站着三个修行人。

"七姑娘。"为首的一个白袍男子道,"恶龙山的三妖王呢?"

"你们来得太慢了!"六尾狐妖绝美的面容上露出怒色,"我追逐数月,今天总算又找到了他们,一发现他们我就立即告知了你们。没想到你们来得这么慢,如今他们已经逃掉了!"

"赶路也要时间,我们已经以最快的速度赶来了。"为首的白袍男子解释道。

"你们巡天盟真没用,看来此事还是要靠我天妖宫。"六尾狐妖晏七娘满心怒火。

"论人手,没有哪个势力及得上我人族。"白袍男子安慰道,"那条恶龙太过狡猾,逃得也快。"

晏七娘眼中含泪,她虽然愤怒和不甘,可也明白对方说得对,巡天盟的确是以最快的速度赶过来的。

厉害的修行人又有几个能像她这样不眠不休满天下地疯狂寻找，寻到一点蛛丝马迹就一处处地仔细探察。是恨让她如此疯狂。追查数月，她总算走运地找到了恶龙山的三妖王，没想到还是让对方逃掉了，下一次也不知何时她才能找到他们。

"就算我找到了又怎样？我杀不了他们，一个都杀不了！如果不是仗着身法，我甚至都不是那蛟龙王的对手。"晏七娘心中悲苦，她想起了自己在三郎坟前立下的誓言，想起了她和三郎过去美好的日子，心中涌起了无尽的恨意，"三郎，不管如何，便是追到天涯海角，我也一定会杀了他们，为你报仇！"

晏七娘随即化作云雾，飘然离去。

金舟上的三个修行人都叹了一口气，暗暗摇头。

白袍男子道："晏七娘追那恶龙山的三妖王都快追疯了。可她即便追到了又能怎样？蛟龙王的实力太强了，他修行的是魔神一脉的传承，据我所知，他早就达到了先天实丹境巅峰！

"蛟龙王的本体又是蛟龙，虽然他还没有跨入先天金丹境，但已经能和先天金丹境的高手交手。之前我的师叔也发现了他，可最终还是让他给逃了。能从先天金丹境高手手下逃命的大妖，要杀之太难了。"

第二个人补充道："而且每一州的先天金丹境修行人就那么几个，他们要么坐镇重地，要么待在自己宗派或家族内。恶龙山的三妖王都很清楚先天金丹境的修行人在哪儿，早就特意避开了。就算那晏七娘发现了恶龙山的三妖王，先天金丹境的修行人也赶不过去啊。"

第三个人接着说道："天下间的妖魔太多，恶龙山的三妖王不但厉害，而且很狡猾，他们留下的罪证还不算明显。朝廷需要对付全天下的妖魔，对这三个一直在逃窜的妖王耗费不了太多的精力。"

白袍男子接回话，道："算了，我们奈何不得那三个妖王，就算碰到了，联手也只能勉强缠住他们。"

这三个修行人一边聊着，一边驾着金舟离去。

人族和妖魔九脉不知争斗了多长的岁月，虽然人族占了上风，但妖魔也不是那么好对付的。

"呼——"

蛟龙王三个在云雾中飞行着。

"那狐妖简直阴魂不散,我们在天下各处游窜,从来不在一个地方久留,没想到这次还是被她追到了。"豹妖王愤恨地道。

"一个凡人而已,就能让她这么发疯?"蛟龙王也气急。

"这次不巧被她追上了,我们接下来还是蛰伏一段时间比较好,最好离开鄱州。"猫妖王道。

蛟龙王微微点头,道:"这样吧,我们干脆直接去江州广凌将那秦云给宰了!"

"好。"豹妖王点头,"去江州。"

"我们去杀秦云,既可以得到万象殿的仙晶,也许还可以从秦云那得到不少宝贝。到时候大哥便能尝试冲击一次先天金丹境的屏障。"猫妖王道。

"哈哈……说不定我一举就能突破到先天金丹境了。走,我们去江州广凌!"蛟龙王大笑起来,当即改变方向。

"呼——"

他们向江州飞去。

江州广凌郡阳涉县境内的一座无名小山的山顶上,三道身影悄然出现在这儿,正是从鄱州赶来的恶龙山的三大妖王。

"这里是广凌郡的阳涉县,在广凌郡城北面,距离广凌郡城约莫五百里,距离金秦郡城一千多里。"

蛟龙王微微点头,道:"我们便在阳涉县设局,引那秦云过来!就算秦云发现了危险,通知巡天盟,巡天盟的人从金秦郡赶到这里也要好一会儿。"

"大哥太谨慎了,只要我们成功引他入局,那他就没机会求救了。"豹妖王自信地道,"要我说,我们直接去广凌郡城杀了那秦云就是了。"

"二哥,我们在人类的郡城中动手的话,一不小心便会波及无数凡人,到时人族朝廷会震怒的。"猫妖王道,"这可不是我们偷偷摸摸屠几个村庄能比的,郡城中那么多人……人皇甚至可能派遣一些恐怖的存在过来追杀我们。"

豹妖王一愣，低声道："我们小心点，别波及太多凡人就是了。"

"二弟不可小瞧这秦云。"蛟龙王道，"杀他我有把握，可杀他，还不波及周围的凡人，我可没把握。三妹，设局的事就交给你了。"

"大哥放心。"猫妖王自信地道，"只要我在这一带为祸，我就不信秦云不会过来。以我的实力，官府的士兵还奈何不了我。若是广凌郡的郡守直接向秦云求助，那秦云会来；若是他向朝廷求救，朝廷再请巡天盟出手，那也依旧会是由坐镇广凌的秦云来斩妖除魔。只要秦云来斩妖除魔，我们这三个妖魔就可以反过来斩了秦云。"猫妖王对未来充满了期待。

"好，三妹办事我放心。"蛟龙王点头。

"十天半月，只要我闹出足够大的动静，那秦云定会过来。"猫妖王微微一笑，眼睛里泛着绿光。

秦府内。

"洪九，恭喜恭喜，你跨入先天境，该好好庆贺一番。"秦云看着坐在下首的洪九笑道。

"幸亏上次秦云兄救了我，否则，我怕是早就死在那黑妖王的手里了。"洪九脸上露出一丝喜色，跨入先天境，他又怎能不喜？他自认为得到的传承了得，他虽然没法和秦云相比，也没法和修炼雷法的伊萧相比，可战力也能勉强达到先天实丹境的层次了。

伊萧终究是神霄门的弟子，修炼的是最正统的法门，她一入先天虚丹境，便可发挥出与先天实丹境高手媲美的战力。而且她将来还要修炼天下第一雷法神霄雷法，雷法又一直以强势霸道著称，所以洪九自认为比不上她。

剑仙号称攻伐第一，一剑破万法，论战力，剑仙的剑诀和神霄门的雷法属于同一层次。而秦云早就掌握了剑意，如今更是达到了逆天的剑意领域之境，实力自然比伊萧的强得多。

至于洪九，他最擅长的不是搏杀，而是推演。

"以你我的交情,这不过是小事罢了。"秦云毫不在意,在当初公冶丙对付他的时候,旁人躲他都来不及,只有洪九帮他,他永远不敢忘记这份恩情。

"我今天来还有一件事。"洪九说道。

"哦?你刚突破先天境,都还没有宴请宾客,就来我这儿,看来这件事还不小啊。"秦云微笑着道。

洪九郑重地点头:"对,不瞒秦云兄,在机缘巧合下,我得到了一件宝物。"说着,他拿出了一块有些残缺的牌子。

"宝物?"秦云看着那块牌子。

"秦云兄可以感应一下。"洪九微笑道。

秦云当即分出一股精神力探入那残缺的牌子,这一感应,残缺的牌子内便传出一道声音:"六符齐聚,可开景阳洞府。"

"什么?"秦云露出吃惊之色,"景阳真人?"

景阳真人乃江州第一修仙宗派景山派历史上赫赫有名的大人物。景山派诞生了好几个了不起的人物。景阳真人便是其中一个。

在景阳真人的带领下,景山派力压当时的神霄门。神霄门在最早的时候还算不上顶尖宗派,是在中后期才崛起的。随着时间的流逝,神霄门变得越来越厉害,到如今已经能和灵宝山、混元宗并立。

景阳真人已经是三千年前的人物了。秦云在成为青令巡天使之前还以为景阳真人只是厉害的先天金丹境的高人,在成为巡天使后,他了解了修行界的诸多秘密,才明白景阳真人其实是一个元神仙人,而且是那个时代的顶尖人物。

"景阳真人魏洪。"洪九点头,"他生前就算到了景山派将来有大劫,所以想尽办法将景山派的诸多典籍多刻录下来一份。虽然越加强大的典籍越加遭天妒,可他还是将景山派最重要的那些典籍刻录下来了六七成。他刻录下来的典籍和他的一些随身之物全藏在了他的景阳洞府中。

"随后,他将开启景阳洞府的六块符牌留在了景山派内,可惜的是,景山派后来被妖魔踏破了山门,元气大损,连六块符牌也在那次祸难中遗失了。"

秦云点头,道:"这件事我知道,景山派一直在寻找那六块符牌,而且我听说，有的符牌落在了皇族手里，有的符牌落在了大宗派手里，还有的落在了大家族手里，六块符牌分散在各处。景山派已经确定了五块符牌的下落，你这应该是第六块吧？"

"对，第六块！"洪九自信地道，"只要我将这块符牌拿出来，景山派便可凑齐六块符牌，开启景阳洞府。"

秦云惊讶地看着洪九，道："洪九，这等宝物你都能得到，你这气运，连我都要羡慕了。"

"气运终究是外物，实力才是根本。"洪九笑着道。

"你将它拿出来，就不怕我抢吗？"秦云看着洪九。

"那只能怪我自己识人不清。"洪九倒是自信，随即道，"我知道我自己一个人去，怕是得不到多少宝贝。景山派早就说过，一块符牌可以让两个修行人进入洞府，我想请秦云兄到时候和我一起去。"

秦云惊讶地道："你和我？"

"我信任的、实力足够强的修行人也就只有秦云兄一人。"洪九说道。

"我记得景山派说过，他们只要景阳洞府内的典籍，其他的宝物他们一概不取，任由其他人争夺。"秦云说道，"目前可以肯定的是，景阳真人当年随身的那件灵宝兜率神火符箓就在景阳洞府。"

圣地的任何一件灵宝，都可以当作镇宗之宝！如巡天鉴，就是镇族灵宝！

"是的，除了典籍，其他宝物都任由我们争夺。"洪九说道，"可我实力弱，需要一个厉害的高手帮忙。到时候定有皇族、大家族等势力的高手进去。而且景阳真人为了防止被恶人夺宝，也定会在景阳洞府内布下诸多厉害的阵法。景山派终究遗失了太多典籍，恐怕很多阵法连他们也没法破解。"

"据景山派放出的消息，景阳洞府是禁止元神仙人进去的。"洪九说道，"先天金丹境的高人虽然能够进去，但面对景阳真人布下的阵法，很有可能会丢掉性命。每一个先天金丹境的高人对宗派、家族都极为重要，他们必不会轻易冒险。我估计进去的人中先天金丹境的高人很少，大多都是先天实丹境的修行人。"

"你我二人去和皇族、大宗派、大家族争？"秦云笑道。

"别的我不敢说，事关占卜和阵法的话，我还是有把握的。"洪九微笑，"你我联手，我相信还是能从景阳洞府中拿走几件宝贝的。"

秦云点头。

"堂堂景阳真人，他留下的宝贝，我等随便拿几件都算赚大了。至于从里面所得，你我各一半。"洪九说道，"我是不是占秦云兄便宜，等进去后秦云兄便知。"

"符牌是你带来的，你我各一半，是我占便宜了。"秦云点头，"好，我答应你。"

秦云的确有底气，他如今便是和先天金丹境高人都有得一比，在进去之前，他相信他的实力还能再增强一些。

"好。"洪九大喜过望，"如今我拿着第六块符牌，景阳洞府什么时候开启，我说了算！我现在刚突破，需半年时间好好巩固一番，此外，我还要熟悉一下先天境的手段。所以，我不急着进去。明年夏天，我们一同进去。"

"那便明年夏天。"秦云没有意见。

对于元神仙人的手段，秦云一直很好奇。景阳真人的名气那般大，在元神仙人中他都是排在前列的。去探一探他的洞府，自己也许可以窥见些许元神仙人的手段。

秦云暗暗摇头：可惜剑仙一脉的传承中没有突破元神境界的修炼法门。成了巡天使后他就知道了，包括灵宝山在内，整个天下现存的剑仙修炼法门，最多只能让剑仙修炼到先天金丹境！

第65章

猫妖王的陷阱

广凌郡阳涉县的一个村庄里一片混乱。

一大群飞禽妖怪俯冲而下,抓捕村子里的男男女女。

"妖怪,住手!"

"杀!"

"杀死这些妖怪!"

护村的民壮愤怒不已,不断拉开弓弩。

"哈哈哈……"飞禽妖怪十分猖狂,抓着人飞走了。幸存的村民们痛哭流涕,被抓走的都是他们的家人兄弟!

"我的孩子,孩子!"

"娘!娘!"

"爹!"

村内的许多地方都哭声震天。

清晨时分,广凌郡郡守府内,宋郡守拿着一杆大枪,在练武场上练着枪法。如今已是寒冬腊月,天气很冷,宋郡守练了一会儿,身体才热乎了许多。

宋郡守呼出一口气，这一口气刚出口，便成了白雾。

"今年的冬天格外冷。"宋郡守将长枪放在一旁，旁边的仆人立即递上狐裘，宋郡守披上狐裘后，才感觉暖和多了。

统领笑道："郡守大人，您还是得好好修炼，若是炼气的境界再高一些，您岂会惧这寒冷？"

"唉，我实在没天赋，没法子。"宋郡守笑着道。

"大人，大人！"一个亲卫从远处飞奔过来。

宋郡守转头看去。

那亲卫恭敬地将一封信递过来，道："阳涉县送来的信。"

"哦？"宋郡守接过来，展信一看，脸色立即就变了。

"怎么了？"亲卫统领也走了过来。

"老曾，你也看看。"宋郡守将信递给亲卫统领。

曾统领接过后仔细一看，忍不住道："在那水神大妖被杀后，朝廷便立即调遣军队过来围杀广凌郡的妖怪，自那以后，广凌郡就没厉害的大妖了。如今整个广凌郡的妖怪都很小心，只敢偷偷摸摸地袭击我人族，根本不敢太嚣张。没想到广凌境内现在又冒出了一个新的大妖。"

"哼。"宋郡守冷冷地道，"这新冒出来的大妖统领了一大群妖怪，其中以飞禽妖怪居多。他们在阳涉县肆意为祸。老曾，你想想办法，调一营人马杀过去，灭了那群妖怪。我广凌郡绝不能让妖怪重新欺上头来！"

"郡守大人。"曾统领摇头道，"信上写了，那新冒出来的大妖擅长驭风飞行，只要他飞起来，我们调遣的军队根本就碰不到他。而且他也不傻，他既然敢如此嚣张，恐怕也是有几分能耐的。您还是得请真正厉害的修行人前去对付他。"

"对，他会飞。"宋郡守低声道，"老曾，依你看，这事我是上报求援，还是直接请秦公子出手？"

"秦公子是巡天使，巡天使历来以斩妖除魔为己任。"曾统领说道，"秦公子又疾恶如仇，水神大妖就是他杀的，他还是我广凌人，我们求上门去，相信他会出手的。"

"嗯，这还是我上任以来第一次请秦公子出手。"宋郡守点头，"走吧，我们去秦府。"

很快，宋郡守和曾统领便到了秦府，并在秦烈虎的带领下，来到了秦云的住处。

"郡守大人。"秦云正在跟伊萧下棋，他们看到宋郡守后，立即起身相迎。

"秦公子，伊姑娘。"宋郡守当即行礼，"我这次来是请秦公子帮忙的。"

"秦云受不得郡守的大礼。"秦云连忙伸手虚扶，天地之力托着宋郡守，没让宋郡守拜下去，"郡守大人有事只管说便是。"

宋郡守慨叹道："我来广凌担任这郡守时，那水神大妖刚被除掉没多久，我想妖怪在我任上不敢猖狂，我这郡守的位子应该坐得比较轻松才对。谁承想我广凌郡没了水神大妖，如今又有新的大妖冒出来了。"

"什么？又有大妖冒出来了？"秦云眼中闪过一道寒光，"那大妖在哪儿？是什么大妖？"

"那大妖如今在我广凌郡的阳涉县一带为祸。"宋郡守说道，"那大妖擅长驭风飞行，来去无踪。他到底是什么大妖，谁都不知道，毕竟他是新冒出来的。说不定他就是某个刚刚突破到先天境的妖怪头领。我一时间没什么好办法对付他，只能请秦公子帮忙。还请秦公子出手，救当地百姓于水火之中。"

秦云从小在村庄内长大，见过妖怪掳掠村里人的事。水神大妖停留在广凌郡的两百多年，是广凌郡最黑暗的岁月。

"我身为巡天使，斩妖除魔是我的分内事。"秦云说道，"郡守大人可有详细的情报？"

宋郡守一听喜不自禁，道："秦公子高义，这是阳涉县县令送来的信，详细的情报都在上面。"

秦云接过信件看了起来。

"大妖为祸十余个村庄，被抓的村民过千，被杀的村民数百？"秦云很清楚，被抓走的村民活下来的希望很渺茫。

"这事交给我吧。"秦云点头道，"郡守大人尽管放心。"

"那我便替阳涉县的百姓谢过秦公子了。"宋郡守道。

"事不宜迟，我现在就出发。"秦云说道，"郡守大人，恕我不能奉陪了。我们若迟上片刻，或许便又有人遭难。"

"辛苦秦公子了，斩妖除魔为重。"宋郡守道。

"秦云，我随你一起去。"伊萧道。

"嗯，我们走。"秦云和伊萧的脚下出现了一柄银色飞剑，两人迅速破空而去，离去时还朝宋郡守等人微微点头。

宋郡守、曾统领和秦烈虎抬头看着。

"秦公子当真高义。"曾统领说道。

"嗯，一听到妖魔为祸的消息，秦公子便立即去斩那妖魔。"宋郡守感慨地看向旁边的秦烈虎，"老秦，我们广凌郡有秦公子这样的巡天使坐镇，百姓的日子要好过得多了。"

秦烈虎微微点头，看着秦云和伊萧消失在天边。

秦烈虎还清晰地记得秦云每日勤奋练剑的样子，也记得秦云独自一人游历天下，欲叩开仙门的往事……

秦烈虎默默道：一转眼，云儿便能守护整个广凌郡了。

"呼——"

因为想尽快赶到阳涉县，秦云一路都是御剑飞行，随着境界的突破，秦云御剑飞行的速度也更快了。

"我们进入阳涉县了。"

秦云停在一个村庄上空，一眼便看到了下方的场景，村庄里很多人都穿着白色孝服，白色的纸钱在空中飘飞，一个妇人正抱着孩子的棉袄低声哭泣，整个人仿佛傻了一般。整个村庄都弥漫着一种压抑而沉重的气氛。

秦云沉默地看着下方。

"有仙人！"

"是仙人！"

有村民看到了高空中踏着巨大飞剑的秦云和伊萧。

"仙人，救救我婆娘！"

"仙人，救救我孩子！"

"仙人……"

顿时，很多村民都跪了下来，频频朝高空中的秦云和伊萧磕头。

秦云看着村民，低声道："若是他们还活着，我定会将他们带回来，只是他们中的很多人怕是已经……"

"我们走。"秦云带着伊萧继续飞行。

"秦云，你如今是巡天使。巡天使以斩妖除魔为己任，想必广凌郡这新冒出来的大妖也知道。他敢在你的眼皮底下肆意为祸，恐怕有所依仗，说不定保命能力极强。"伊萧说道。

"我们去看看就知道了，我倒要看看他的依仗能否敌得过我的飞剑！"秦云说道。

"妖怪主要是在阳涉县南部一带为祸，他们的老巢应该是在这一带的某一处，或是在山中，或是在湖泽中。"伊萧说道。

秦云点头，道："既然是老巢，里面定有许多妖怪盘踞，我们就在那一带仔细找找吧。"

"呼——"

秦云如今已可以操纵方圆三十里的天地之力。

在这范围内，聚集在一处的生命气息，秦云都去探察一番。他自然也探察到了一些村庄，看到了很多失去亲人的村民痛哭的场景，他越加沉默了。

在一座人迹罕至的大山深处的峡谷中，盘踞着大量的妖怪。

猫妖王穿着一袭紫色的衣袍，坐在石制的宝座上，翘着白皙的长腿，悠然地看着天空。一众妖怪围绕在她的周围，伺候着她。

"三妹，有两股生命气息正在以极快的速度朝这里赶来，速度这么快，来者定是修行人！很可能是那秦云到了。"隐藏起来的蛟龙王传音道。

"哈哈，看来猎物到了！"豹妖王兴奋地传音道。

猫妖王嘴角翘起，传音道："大哥、二哥，别着急，都忍着点儿，别吓跑了猎物。等猎物入了局，我们再宰了他。"

第66章

求救也没用的

秦云和伊萧御剑飞行,在天空中化作一道流光,以极快的速度直奔另一处。

"嗯?"秦云看着远处的高山,道,"那上千生命气息会聚之地就在那深山之中,寻常的大村庄又怎会藏在深山内?那很可能就是我们要找的妖怪巢穴。"

"这么多妖怪会聚,他们怕是有大妖统领。"伊萧道,"那大妖敢在广凌这么嚣张,秦云,你可得小心。"

"你放心。"秦云也是艺高人胆大,自信得很。

"呼——"

一路飞行,秦云带着伊萧迅速飞到了那高山之中,俯瞰着高山,一眼便看到峡谷中群妖聚集,如今秦云借助本命飞剑能感应周围三百丈,稍一探察,便立即感应到了下方的大峡谷内布置了阵法,有好几处地方都在自己的感应之外。秦云也不以为意,毕竟一个大妖盘踞的地方,没阵法才是怪事。

"怎么样?"伊萧问道,"此处还有活人吗?"

"有两百多人还活着。"秦云声音冰冷,"他们可是掳走了上千人,旁边大坑内尽是白骨。"

伊萧脸色微变。

"走，我们下去。"秦云带着伊萧直接往下飞去。

"有修行人来了！"

"是修行人！我们快禀告大王！"

峡谷周围有妖怪戒备，这些妖怪看到高空中一男一女踏着飞剑迅速降落，都有些惊慌。毕竟人不是飞禽，不会飞，但凡能够飞的修行人，一般都跨入先天境了，绝非普通小妖敌得过的。

"呼——"

秦云和伊萧降落在峡谷中的一处乱石堆上，他们一眼便看到了被关押在远处木牢内的人，也看到了一些被绑缚得结结实实后挂起来的人。这些人早就绝望了，可当看到有一男一女从天而降时，一个个都激动地喊起来。

"仙人救命！"

"仙人救命啊！"

一个个奋力喊着，有些人连声音都嘶哑了。

"咻——"

秦云眼中有着冷意，一挥手，剑光一闪。

飞剑犹如一条灵动的鱼儿，一瞬间就游走了一大圈，刺穿了近两百头妖怪的身体后，又回到了秦云身边。

那些看守人族、准备杀害人族的妖怪惊恐万分，跟着一个接一个倒下，皆现出原形。而那些被绑缚着挂起来的人在绳子断开后跌倒在地，一个个连忙甩开断绳，慌忙跑到一旁的木牢房，木牢房的锁也都断了。

峡谷其他地方的妖怪们吓得连忙朝远处躲，妖怪们都觉得这一男一女太可怕了，一眨眼，近两百头妖怪就全死了。

"大王，大王，这修行人太厉害！"

"男的应该就是剑仙秦云！"

这些广凌本地的妖怪在喊着。

"呼——"

飞剑回到秦云袖子内。

秦云脸色微微一变。

"嗡——"周围天地风云变幻，有一股黑暗力量笼罩了整个峡谷，隔绝内外。

一时间，秦云不管怎么感应天地之力，或是将精神力外放，都无法打破这充满黑暗力量的阻碍。

秦云暗道：好厉害的阵法！

"哈哈……"

伴随着得意的笑声，三道身影出现在峡谷中，正是一身紫色衣袍的猫妖王，以及一身黑色衣袍的豹妖王、蛟龙王。此刻他们三个都显现出了本体部分特征，猫妖王露出了猫耳朵，脸上有着绒毛，双眸也变成了绿色竖瞳。

他们现在是半人形，既能发挥出妖怪的优势，又能将人身的诸多优势发挥出来。

论战斗……对绝大多数妖怪而言，原形都不及半人形厉害。也就龙族等少数妖怪，原形能发挥更大优势。

"你们三个，"秦云目光一扫，"是恶龙山三妖王？"

"秦云。"旁边的伊萧一惊，连忙传音道，"恶龙山三妖王，两个弱一些的妖王实力都接近一般的青令巡天使，而蛟龙王实力更是直逼先天金丹境的修行人。三者联手，极为可怕。最近一年他们在天下各州屠戮一个个村落，手段极为凶残，朝廷正在通缉他们，巡天盟想必也在捉拿他们，我们现在是不是要赶紧告知巡天盟？"

"哈哈……秦云，地狱无门你自来，你死在我等之手，可怪不得我等。"豹妖王手持一杆黑色长枪，大笑道。

猫妖王漫不经心地玩弄着自己的手指，轻笑道："阵法隔绝内外，连巡天鉴也感应不到这里的丝毫波动，甚至连传信宝物也无法联系外面，谁都救不了你。"

蛟龙王声音雄浑，他哈哈笑道："秦云小子，你就别白费力气了，求救也没用的。"

"白费力气？求救？"秦云好笑地看着眼前这三个信心满满的妖王，他为什么要求救？就凭这三个？

"过去你们三妖王可都是灭一个村庄就立即逃遁，小心翼翼得很，巡天盟都一直没能抓到你们。可这次，你们来到我广凌郡，故意掳掠些人族，甚至还故意召集群妖在此，这可一点都不像你们的作风。"秦云道，"你们还布下如此厉害的大阵，连传信宝物都无法联系外界，巡天鉴也感应不到这里的波动，看来你们是专门埋伏在此想对付我。"

隔绝巡天鉴的阵法，很难得。

不过先天金丹境的大妖魔一般都有隔绝巡天鉴的阵法，他们的老巢都是长期被阵法掩藏，巡天鉴也难以窥伺他们老巢的内部情况。

恶龙山三妖王实力不凡，同样有此阵法，可这里不是他们的老巢，阵法得事先布置好。

"看来你还不傻。"豹妖王嗤笑。

"谁让你们来的？"秦云问道。

"二弟、三妹，别和他废话了，上，我们一起联手杀了他！"蛟龙王不耐烦了，他哪里会将一个新晋青令巡天使放在眼里，直接一挥手，一块青色大印立即从他手中飞了出去。这大印在空中迅速变大，仿佛一座小山！

在蛟龙王开始攻击时，猫妖王犹如鬼魅一般直扑秦云，豹妖王也手持黑色长枪悍勇无比地杀了上去。

绝大多数妖魔都肉身极强，擅长近战。

人族……大多不擅长近战！

"我还想问问幕后指使是谁呢，既然你们这么快就想找死，我便如你们所愿。"秦云一挥手。

"咻——"

本命飞剑再度飞出。

这一次飞出时本命飞剑变得凶猛无比，带着轰隆隆的滚滚雷音，剑光也充满了广凌潮那汹涌暴烈之势！剑光爆发时，犹如天崩地裂。

"什么？"猫妖王只感觉那剑光恐怖无比，瞬间就到了面前，那掀天扑地的威势让她生出无法抵挡之念，一条绳索环绕着她飞舞着，护住她的肉身，她手中也持着一柄血色弯刀竭力抵挡。

"轰——"

剑光凶猛至极，也快到极致，猫妖王的血色弯刀竟然挡了个空，只是挡住了一道幻影，那条绳索虽然挡住了秦云的本命飞剑，可本命飞剑威势太强，碾压着绳索，所以，本命飞剑依旧划过了她的肉身。

"刺啦——"

猫妖王肉身直接崩坏，本命飞剑带出一道弧线，威势再度恢复到巅峰后，直奔豹妖王而去。

"哗——"猫妖王的身体化作飞尘，只余下一些飘飞的毛发。

数百丈外，隔绝内外的阵法边缘。

一道身影凭空出现，正是猫妖王，猫妖王的尾椎上有两条尾巴在飞舞。

"我、我被杀了？一条命就这么没了？"猫妖王看了看自己的尾巴，"三百年功力就这么没了？"

猫妖王修炼已久，在刚入先天时就多了一条尾巴，达到两尾之境，达到先天实丹境后才有了第三条尾巴。想要增加一条尾巴很难很难，因为尾巴代表的可是性命。这也是猫妖王特有的天赋。

冲杀在前的豹妖王看到猫妖王的身体化作了飞尘，顿时脸色大变，猛地开始后退。

"这么快三妹就被夺了一条命吗？三妹她有三条命，我可只有一条命。"豹妖王看到那恐怖如奔雷的飞剑袭来，不由得惊慌起来。

"二弟，我来救你。"蛟龙王连忙操纵那一块犹如小山峰的大印飞来，想要保住豹妖王。

可秦云的本命飞剑速度太快了！威势一出，天崩地裂！

那大印还在全力飞过来，本命飞剑就已然杀到了豹妖王面前。

豹妖王看到那飞剑犹如汹涌潮水一般飞到眼前，心慌得很，暗道：这秦云不是才先天虚丹境吗？怎么这么厉害？怎么会这么厉害啊！

他不解，困惑，也恐惧。

这一刻的豹妖王倾尽全力施展枪法，身体周围弥漫着无形的雾瘴，本命飞剑进入这雾瘴时受到阵阵阻力，威力有所影响。这便是豹妖王最重要的法宝——五品法宝千丝瘴！雾瘴内部有一根根丝线，阻力极大。

呼呼声不断响起，豹妖王的枪法绝伦，千丝瘴环绕在他周围，没有受到本命飞剑的影响，黑色长枪和千丝瘴一起守得滴水不漏。

"嘭——"

恐怖的本命飞剑穿过千丝瘴的重重阻碍，撞击在豹妖王的长枪上，虽然他的枪法极厉害，他自己也努力卸力，可黑色长枪还是被本命飞剑撞了回来，他的身体受此一击，顿时凹陷，他喷出一口鲜血，倒飞了出去。

"轰——"那大印终于赶到了，和势头有所削弱的本命飞剑碰撞在一起。

大印在半空中震了下，本命飞剑也停滞下来。

"我活下来了，活下来了！"撞碎山石、跌倒在地的豹妖王又恐惧又欢喜，连忙疯狂朝远处飞奔。

他暗道：这个秦云太可怕了，如果不是大哥使出法宝来救我，我即便勉强挡住那一剑，怕是也挡不住他再来两三剑，如此，我也必死无疑了。

这种对方能轻易取自己性命的感觉，让豹妖王感到深深的恐惧。

上一次自己产生这种感觉……还是在那个先天金丹境高人出现之时，那次是大哥蛟龙王去阻拦，并且带着他们逃掉的。

"一个先天虚丹境的剑仙，便能媲美先天金丹境高人吗？"豹妖王不愿相信。

"轰——"

峡谷半空中，那一块小山一般的大印和本命飞剑再度交锋。这一次在凶猛如狂潮的本命飞剑的强势袭击下，那大印翻滚着倒飞，直接撞在峡谷的崖壁上，顿时无数碎石乱飞。躲在远处的妖怪们一个个吓得连忙避让，他们也想要逃出去，可如今阵法覆盖整个峡谷，禁止出入，他们根本出不去。

"这太可怕了！"

"我们得逃出去，否则这等恐怖的余波若是波及我们，我们就死定了。"

"我们怎么逃？周围都是这黑色东西。"

妖怪们都到了阵法边缘，摸了摸隔绝内外的黑色能量。

"秦云，你可别高兴得太早！"蛟龙王咆哮一声，那大印回到他身上，他化作原形，变成一条庞大的黑色蛟龙。黑色蛟龙长三十余丈，盘旋在半空中，妖魔气息弥漫开去，哧哧作响，周围的树木直接被侵蚀，树干枯死，树枝直接化作粉末，其中甚至包括在冬天都颇有生机的一些植物。

"不！"

那些躲在木牢房周围的人彼此靠在一起，心惊胆战地看着一切，当看到黑色妖魔气息朝他们这儿蔓延，所过之处，树木都枯死后，都恐惧得很。

"嗯？"秦云带着伊萧呼的一下飞到了那些人的前方。

伊萧也发挥出法宝的威力。

"嗡——"

一个巨大的光罩护住了伊萧、秦云和他们身后的一众人。

"你们别害怕，没事的。"伊萧对他们微微一笑。

这些人看着眼前的一对仙人在前方挡着，不由得心安了。

秦云遥看远处半空中的黑色蛟龙，道："这魔躯看起来很强，比公冶丙的强多了。"

"毕竟他的根脚是蛟龙。"一旁的伊萧说道。

"秦云，受死吧！"黑色蛟龙蜿蜒地飞着，突然直扑秦云，蛟龙王巨大的黑色龙爪抓了下去。蛟龙王作为一条三十余丈长的黑色蛟龙，便是一只爪子都不亚于当初的水猿大妖，龙爪锋利，力量也强横无比，蛟龙王将自身天赋发挥到了极致。

"去！"秦云心念一动，便改变了剑招。

剑招从烟雨剑诀之雷潮转为血未冷。

"咻——"

只见空中的那一柄银色飞剑瞬间化作一道血色剑光，甚至带着凄厉之意。黑色蛟龙耳边都是战场上的厮杀声，鼻子甚至闻到了一些血腥味，眼睛也仿佛看到了飘洒在那一道血色剑光周围的血滴。与雷潮相比，血未冷虽然没有那么暴烈，但是更快，更凄厉，像一个刺客，更像战场上和敌人同归于尽的将士。

"挡住！"蛟龙王的一双爪子全力阻挡，爪子极大，也颇为玄妙，还真挡住了秦云的本命飞剑。

"轰隆隆——"

与本命飞剑交锋，即使是蛟龙王也吃力得很，甚至一双龙爪都隐隐有些疼痛、发麻。

蛟龙王暗道：不好，他这飞剑太快，太狠毒。我可能挡不住。

"噗——"

紧跟着，蛟龙王的龙爪便阻挡了个空，本命飞剑在蛟龙王的腹部撕拉出了一道巨大的伤口，鲜血随之滴落下去。这蕴含妖魔气息的龙血滴落在地面，地面顿时哧哧作响，被侵蚀出一个个坑。

"身体还真强，能扛住我一剑。你这身体可能扛住我十剑百剑？"秦云眼中有着冷意。

远处，待在阵法边缘，随时准备撤除阵法远遁的猫妖王、豹妖王原本还在期待地看着，等着他们的大哥蛟龙王杀死那剑仙秦云！

"大哥乃龙族，魔躯也修炼到了极高层次，竟然都扛不住他的飞剑？"豹妖王瞪大眼睛。

"这秦云真只是一个先天虚丹境的修行人吗？"猫妖王更是不愿相信，"二哥，这秦云就算掌握了剑意，也不该如此强啊。"

站在凡人前方的伊萧看到这幕后，又看了看身旁的秦云，充满了自豪，暗道：你们怎会知道秦云在后天境界时就掌握了剑意？凝结不久的虚丹更是几乎与实丹无异。论法力精纯，他不亚于大多的先天实丹境高人，与先天金丹境高人相比也只差了一个层次罢了。论意境领域，他可比很多先天金丹境高人都高一个大层次。便是真正的先天金丹境高人来了，谁胜谁负都难说呢。

空中，蛟龙王拼尽全力，龙爪、龙尾都在全力抵挡，可伴随着轰的一声，本命飞剑猛然一击，蛟龙王庞大的身体倒飞，撞在岩壁上，鲜血染红了整个岩壁。

"大哥，这秦云太厉害了，我们敌不过啊！"豹妖王焦急传音道。

"大哥，再斗下去，我们三妖王这次怕真的要葬身在此了，我们认输吧！"猫妖王也传音道，他们俩真怕了！

"停！"蛟龙王猛然吼道，声音响彻整个峡谷。

秦云微微一愣。

银色的本命飞剑在半空中微微停顿。

"你有何话要说？"秦云看着半空中的蛟龙王。

躲在阵法边缘的很多小妖也抬头看着高空中庞大的黑色蛟龙。

蛟龙王降落下来，化作半人形，拱手道："秦云道友，这次是我等有眼无珠，冒犯了你，我们三兄妹认输了！"

"对对，我们认输了！"远处，豹妖王也连忙喊道。

"还请秦云道友你大人大量，饶过我等！"猫妖王也高声喊道。

一时间，周围看到这幕的人们、众小妖都有些瞠目结舌。

"你们竟然求饶？"伊萧也有些惊讶。

"我们三兄妹不愿再斗下去了。"蛟龙王道，"我等服输，愿意献上赔礼，还请秦云道友宽宏大量，放我等离去。"

"我等愿意赔礼。"猫妖王、豹妖王也连忙道。

这三大妖王将姿态放得很低。

"求饶？你们在求饶？"秦云开口道。

蛟龙王微微有些尴尬，嘿嘿笑道："你我再拼下去，我们三兄妹可能要死一两个在这儿，但周围的那些村民恐怕也会被我们波及，说不定连秦云道友身边的美人都会被连累，那样可就不美了。"

蛟龙王既是在求饶，也是在暗暗威胁。

他这话是在告知秦云：若真拼命，我们即使杀不了你秦云，也能威胁你周边人。

"我们奉上赔礼，你放我们离去可好？"蛟龙王笑道。

"秦云道友，还请饶过我等。"豹妖王道，猫妖王也看着秦云。

三大妖王个个低声下气地向秦云求饶。

"让我饶你们一命？那些被你们屠戮的村落，那无数村民，谁来饶他们一命？"秦云看着蛟龙王三个，"他们在哭泣在求饶的时候，你们又可曾手下留情？"

"我便告诉你们……今天你们三个，全部都得死！一个都逃不掉！"秦云冰冷的声音响彻整个峡谷。

第67章 我有一剑

秦云充满杀意的话一出口,三大妖王的心仿佛都被浇了一桶冰水,凉得很。

蛟龙王虽说曾经从先天金丹境高手手中逃了一命,可那也是基于对方在速度上不占优势的情况下,若是对方速度奇快,一直追杀,蛟龙王他们终究还是得死!而秦云呢?且不谈剑仙御剑飞行是出了名的快,即使他本人不追,单单用一柄飞剑也能够追杀敌人三十里。

三十里,蛟龙王他们三个自问,他们能逃出这么远吗?

更何况秦云一定会在后面追!

"你真要鱼死网破?"蛟龙王咆哮出声,声音轰隆,猫妖王和豹妖王的眼中也露出疯狂之色。

"鱼死网破?就凭你们,还想和我拼个鱼死网破?"秦云扫了他们一眼。

蛟龙王咬牙切齿。

"二弟、三妹,这剑仙的飞剑快得很,他怕是能御剑数十里。逃掉的希望渺茫,我们只能拼一拼,搏一搏!剑仙不擅近战,我们死中求生,只要能近身我便有望杀了他。"蛟龙王传音。

"我们和他拼了!不是他死,就是我们亡。"豹妖王也传音。

"唯有一拼，拼，我们才有一线生机。"猫妖王也明白，她虽然还有两条命，可在剑仙秦云面前，也只是让飞剑多穿梭几次罢了。

他们传音的同时，空中传来三声轰响。蛟龙王、猫妖王、豹妖王身上都散发出暗绿色光芒，无数符文在三者之间浮现，形成巨大的阵法，他们恶龙山三妖王也是有合击阵法的！只是蛟龙王的实力比另外两个妖王的强得多，合击阵法无法让蛟龙王增加多少实力，不到最后时刻，他们也没必要施展合击阵法。

"一强两弱，还玩合击阵法？"秦云轻轻摇头，"短板太明显。"

"杀！"

蛟龙王他们化作幻影，从三个方向围杀过来。

蛟龙王暗道：只要能近身，我便有望杀他。

蛟龙王状若疯狂，在向秦云飞过来的同时，身体就已经化作了一条黑色蛟龙。豹妖王也手持长枪悍勇杀来，猫妖王持着血色弯刀，借着阵法威势，倾尽全力。

"他们要以多打少，近身拼命。"伊萧在一旁，手中出现了一张道符，随时准备出手。

"以多打少？我虽然就一人，可我的飞剑多得很！"秦云一挥手。

"咻——"

紫色、黑色两柄飞剑分别直扑猫妖王和蛟龙王！这两件八品法宝不是本命法宝，秦云仗之，施展出的实力约莫只有平常的四成。可即便秦云只发挥出了四成实力，即便蛟龙王仗着合击阵法将实力提升了少许，黑色飞剑依旧轻易地缠住了蛟龙王。

紫色飞剑更是完全压制了猫妖王，让猫妖王不得不拼命抵抗。

"我借助合击阵法，将实力提升大半，还是有些扛不住。"猫妖王有些惊慌。

"该死的，我摆脱不了这飞剑！"蛟龙王也又急又怒，那一柄黑色飞剑守得滴水不漏，蛟龙王根本无法前进丝毫，更别说接近秦云了。

"大哥、三妹，救命！"最恐惧的是豹妖王。

因为秦云的本命飞剑杀向了豹妖王！

"虽说你的实力比猫妖王的强一些，但你只有一条命，所以我还是先除掉你吧。"秦云早已定计，"合击阵法虽能提升实力，可你们本身的实力也就那样，又能提升到哪儿去？"

"轰——"

本命飞剑犹如汹涌撞击的潮水，又犹如雷霆，一次次强势轰击豹妖王，幸亏豹妖王周围还有法宝千丝幛护身，他自己又全力挥舞着一杆长枪，方才连续挡住了好几下。

"我快挡不住了，大哥、三妹，我挡不住了！"豹妖王边退边拼命抵挡，甚至都不敢全力逃，因为一旦他全力逃，防守出现一点纰漏，恐怕那本命飞剑就会贯穿他的身体。

"二弟，我来救你！"蛟龙王想要冲过去，却被那一柄黑色飞剑拦住，他挥手扔出大印，嘭的一声，大印也被黑色飞剑给拦截住了。

要破秦云的黑色飞剑，真是太难了。

"不！"豹妖王露出绝望之色。

实力差距终究太大！

"轰——"

在秦云的催动下，本命飞剑不但威势恐怖，且犹如潮水一般让人难以看清本命飞剑的真身。本命飞剑第八次轰击豹妖王时，豹妖王出了一点纰漏，没卸好力。在秦云面前，即便是一点点纰漏也是致命的……本命飞剑呼啸着擦过了豹妖王的身体，断了他的一条胳膊，还在他身上划拉出一道大伤口。

"秦云道友，饶命饶命，我愿意臣服，愿从此听从你号令！"豹妖王传音，急切求饶，同时也传音给自己的大哥、三妹。

猫妖王也连忙传音："我们愿意臣服，求秦云道友饶命！"

"呼——"

秦云仿佛没听到他们的求饶，本命飞剑一个转弯又一次向豹妖王袭去。重伤的豹妖王这次根本拦不住，轰的一声，他的胸膛便被贯穿，心脏也被穿透。

豹妖王手中的长枪落了下来，豹妖王愣愣地看了看远处的秦云，看了看全力攻击那一柄黑色飞剑的蛟龙王和远处同样处于危险中的猫妖王，道："我、我要死了……"

他曾笑傲山林，曾统领诸多小妖，而后和猫妖王、蛟龙王结拜。

他们残忍地以人族为食，肆意痛快得很。

"呼——"他身体坠落，化作原形，是一头巨大的黑色豹子。

恶龙山三大妖王之豹妖王，已死！

"二哥……"猫妖王心中发冷，忍不住道，"秦云，我等愿意臣服你，你为何要赶尽杀绝？"

"二弟！"蛟龙王沉默了，豹妖王的死，让蛟龙王感觉到死亡的气息在逼近自己。

秦云冷冷地道："臣服？你们作孽太多，臣服也得死！"

"秦云可不会和你们这些妖魔勾结。"伊萧在一旁冷笑，"你们现在是乖乖臣服，怕是转头就会狠狠咬秦云一口。"

"豹妖王已死，现在轮到你们两个了！"秦云喝道，他心念一动，本命飞剑在半空中呼啸着直接杀向猫妖王。

"不！"猫妖王惊慌不已。

"噗——"

原本就能完全压制猫妖王的那一柄紫色飞剑，在合击阵法被破后，直接刺穿了惊慌不已的猫妖王的头颅。

"呼——"

猫妖王的尸体直接化作无数毛发飘散。

下一刻，她再次出现在远处蛟龙王的身旁，此刻她只剩下一条尾巴了。

"大哥，我们挡不住，我们逃吧，拼命逃吧！"猫妖王传音道。

"呼——"

庞大的黑色蛟龙化作半人形，站在了猫妖王身旁。

"三妹，我们逃不掉的。"蛟龙王看着猫妖王，"他的飞剑太快。"

"那我们就献祭，请魔神吧。"猫妖王连忙道，"我们最后拼一把。"

"噗——"

蛟龙王没有回答，他的爪子刺穿了猫妖王的胸膛，将猫妖王的心脏击碎。

猫妖王瞪大眼，低头看了一眼被刺穿的胸口，又抬头看了一眼面前的蛟龙王，难以置信地道："大哥，你、你……"

"献祭给魔神的祭品仅仅过半，你和二弟都参与了献祭，魔神若是赐予，便会赐予我们仨。如果你们俩都死了，那么魔神只会赐予我一个。"蛟龙王传音，温柔道，"恩赐分给我们两个，我们恐怕都没法活命；恩赐都给我，我的实力才能得到最大的提升，这样，我也能给你和二弟报仇，不让你们白死。"

猫妖王眼中露出疯狂之色，她盯着眼前的蛟龙王，道："蛟龙王，你好狠，你好狠！我和二哥会等着你的，你会来陪我们的！"

"你们等不到我的。"蛟龙王声音刚落，猫妖王的身体就化为了一只大猫。

"平常你们有些用，而现在，你们死了，才是对我最大的帮助。"蛟龙王爪子一挥，将猫妖王的尸体扔向远处。

蛟龙王转头看向远处。

远处的秦云、伊萧都看着这边，银色的本命飞剑也停在半空，没有急着攻击。

"自相残杀？"秦云开口道，"你们不是感情深厚吗？不是好兄妹吗？"

"哈哈……妖族本就崇尚弱肉强食。"蛟龙王嗤笑，"若是杀了我他们能活命，你信不信，他们俩也会毫不犹豫地杀了我。"

"哗——"话音刚落，蛟龙王身后的虚空忽然裂开了一道巨大的缝隙，露出了遥远处的一道巨大身影的头颅。这未知生物体形太庞大，这虚空缝隙虽大，也只能露出那身影的头颅，一双仿佛红宝石的眼睛看着这里，带着残酷和杀意，仿佛在看着一群蝼蚁。

蛟龙王从怀里拿出魔神雕像，此刻的魔神雕像通体发着红光，和蛟龙王身后虚空缝隙中的恐怖头颅的红宝石眼睛交相辉映。

"嗡——"

虚空缝隙内部的巨大头颅释放出滚滚力量，将之传入蛟龙王体内。

"域外魔神！"伊萧吃惊。

"他们屠戮村落果真是为了献祭魔神。"秦云也郑重了许多。

"去！"

秦云一挥手，腰间剑鞘内的紫色飞剑瞬间化作一道紫色流光向蛟龙王刺了过去。可蛟龙王被庞大的魔神力量包裹着，紫色飞剑竟然刺不透。

"传言果真不假。"秦云收回八品的紫色飞剑，"域外魔神赐予力量的时候，除非是元神仙人，否则根本无法打断。"

"我听说过，妖魔九脉都是传承于域外魔神。"伊萧说道，"每一个域外魔神都神秘莫测，没想到这次我倒是有机会看到。即便只是隐约看到一庞大头颅，我都感觉到……这域外魔神若是真身降临，怕是一招就能灭杀我等。"

"嗯。"秦云点头，"不过你也不用担心，这次蛟龙王以人族血肉之力献祭，打通一条通道，域外魔神方能传送力量。只有献祭的祭品足够多时，域外魔神才能传送一两件宝物。"

"对了，伊萧，等会儿你就待在我身边。"秦云提醒道。

"好。"伊萧点头。

秦云遥遥看着远处消化着魔神力量的蛟龙王，道："我就不信，他一下子能够从先天实丹境跨入先天金丹境。他就算突破了，也是刚突破，我也不惧他！"

秦云嘴上这么说，可心中不敢有丝毫大意。

这一次……被宋郡守请过来斩杀大妖，秦云本来没当一回事，虽说发现恶龙山三妖王是故意埋伏自己，秦云也只是猜测这件事很可能和钟离氏有关，但依旧没在意。

不就是三个先天实丹境的妖王吗？蛟龙王又如何？秦云只是将三大妖王当成自己提升飞剑之术的陪练而已。

三大妖王毕竟是先天实丹境，又站在秦云对立面，双方可谓不死不休，对秦云来说，他们三个都是很难得的陪练。

秦云正需要好好验证一番新创出的烟雨剑术雷潮的威力，即便秦云随意得很，但是仅仅交手片刻，便杀了两个妖王，只剩下献祭魔神的蛟龙王！

而对于传说中的域外魔神，即便只是他的少许力量，秦云也不敢有丝毫轻视。

另一边，蛟龙王通过魔神雕像，将积累的血肉之力全部献祭，打通了通道，联系到了一个处于遥远时空的域外魔神。

"伟大的魔神，"蛟龙王通过雕像，传达自己的心愿，"请赐予我力量。"

"血肉之力源于我的三个仆从，另外两个呢？"遥远处的域外魔神问道，声音随着他传输的力量传入蛟龙王脑海。

"我二弟、三妹已死，"蛟龙王传音道，"都是因为人族剑仙秦云。"

"我的确感觉不到另外两个仆从的气息。告诉我，你想要什么？你献祭得越多，从我这得到的就越多。"域外魔神问道。

"我想要提升实力，想要将《大自在天魔》修炼到第十层，好杀死那人族剑仙。"蛟龙王传音。

"你想达到第十层？可你的祭品还不够。"域外魔神回应。

蛟龙王心一凉。

果真是这样。

祭品分好几个层次，他们三大妖王凑齐的血肉之力勉强处于第二层次到第三层次之间，刚好卡在一半的位置，其实是有些浪费的。可这也没法子，谁让秦云如此厉害，蛟龙王再不献祭就要丢掉性命了，所以只能尽力一搏。

"不够？那、那请伟大的魔神赐予我应对眼前人族剑仙的方法。"蛟龙王传音道，"这人族剑仙几乎可匹敌先天金丹境的高手。"

"我可以赐予你一股生命的力量，你这层次也能使用，它能够让你的实力大增，可一旦消耗完，你的实力便会恢复到原来的样子。这是短时间最快提升你实力的办法，你可愿接受？"域外魔神问。

"接受，我接受！"蛟龙王顾不得了，这么选虽然有些浪费血肉之力，可只要能让实力大增，只要能让自己活命，一切便值得。血肉之力，自己将来再慢慢凑吧。

"好，我如你所愿。"域外魔神当即降下一股特殊的力量，那是一滴充满无尽生机的绿色液体，域外魔神直接将它送入蛟龙王体内。

"嗡——"

这滴绿色液体融入蛟龙王的身体后，蛟龙王只感觉肉身在疯狂地吞吸着这一滴绿色液体，他全身处处迅速开始蜕变，在半人形状态下，身体陡然长到约莫六丈高，身上也出现了一套黑色铠甲，黑色铠甲上有着深绿色的纹路。

蛟龙王的身体结构发生了变化，力量暴增，达到新的层次，比之前强大得多。

蛟龙王暗道：达到先天金丹境怕也只是如此吧。

他感觉自己体内的那一滴绿色液体，在自己维持这个形态时，在极为缓慢地减少着。而这绿色液体消耗一空时，就是他实力恢复原样的时候。

"我的仆从，我希望下次你能献上更多血肉之力，你献祭得越多，得到的便会越多。"域外魔神的声音在蛟龙王脑海中回荡，跟着那股浩瀚力量迅速退去。

虚空缝隙也飞快合拢。

蛟龙王将魔神雕像放回怀里，感觉着全身浩瀚的力量，当即大笑起来。

"哈哈哈……哈哈哈……"蛟龙王猖狂得意的大笑声传向四面八方，犹如浪潮席卷各处。

伊萧借助护身法宝，再次释放光罩，护住秦云、自己，以及身后的那群人。

远处，那些小妖遭到这声浪的冲击，一个个痛苦地捂住脑袋。

"别笑了！"

"大王，别笑了！"

"龙大王！"

那些小妖呼喊道。

蛟龙王停了下来，看着秦云，道："秦云，刚才我等三兄妹愿意献上礼物给你，你若是答应了，这事不就算了？可现在你逼死我二弟和三妹，逼得我献祭了准备了那么久的血肉之力，到最后，你自己也要死，你不是自找的吗？"

"蛟龙王，你三妹是死在你的手里。"秦云说道。

"这都是你逼的！"蛟龙王愤怒道，"现在，我就让你去陪我二弟和三妹！"

"轰——"

蛟龙王陡然化作一道流光，快得惊人，直扑秦云。

"去！"悬浮在秦云身前的本命飞剑犹如凶猛的潮水、奔腾的雷霆，瞬间向蛟龙王杀过去。此刻的蛟龙王根本就不屑闪躲，直接挥动爪子抓了过来。

"嘭——"

利爪和飞剑碰撞的刹那，恐怖的余波朝四面八方蔓延开去，周围山石炸裂，余波掠过远处的小妖，那些小妖都直接毙命。

本命飞剑被震得往后倒飞，蛟龙王也是身体一震，停顿了下。他露出笑容，道："哈哈，你的飞剑奈何不了我！"

"蛟龙王，我有一招，自悟出后，我还从未以之对敌，今日，我便请你品鉴一番。"秦云微笑道。

他的声音在峡谷中回荡。

"哗——"

本命飞剑瞬间划过长空，这一刻，所有看到这一剑的人或者妖怪，都感觉看到了一轮破开无数江水后冉冉升起的明月。

它太快，快得像一道耀眼的光芒。

它太美，美得犹如江上的明月。

江上，升起一轮明月。

彼此间的距离过百丈，只是刹那，本命飞剑便到了蛟龙王眼前。

"不，给我破！"感觉到威胁的蛟龙王挥动双爪，可这浩浩荡荡、精美绝伦的剑招仿佛是由天上仙人施展出来的，穿过了他竭力阻挡的双爪，刺在了他的胸口上。

"轰——"

蛟龙王在空中倒飞了一大段距离后，又在地面上连续退了数步才站稳，他身上的黑色铠甲破损了些，胸口处被划出一道伤口，大量血液渗透出来。

蛟龙王低头看了看胸膛，又抬头看了看远处的秦云，呆呆道："这招叫什么？"

"江上明月！"秦云点头，"你是第一个死在这剑招下的。"

"你的实力绝对达到了先天金丹境，不过，你还是杀不了我！"呼的一下，蛟龙王竟然掉头就逃。

"你逃不掉的！"秦云说道。

"嗖——"

天空中似乎有澎湃的江水，一轮明月从江水中冉冉升起，再次轰在那蛟龙王身上。想要逃走的蛟龙王被轰得再次倒飞开去。

江上明月，乃秦云如今的巅峰剑招。

这一招，快到极致，便是一道剑气，都能在片刻间纵横数十里！

此招虽快，却不暴烈，反而唯美，美得不似人间的招数。

"嘭——"

一轮轮明月化作一道道流光，撞在蛟龙王身上，蛟龙王根本逃不掉。

"不！"

蛟龙王开始慌了，那剑光一次次袭来，他怎么都避不开！即便如今他的魔躯比之前强横了数倍，可伤势还是在不断地加重着。

他暗想：这飞剑之术怎么这么可怕？怎么这么快？

第68章 万象殿的新报价

蛟龙王的魔躯极强壮，若是换个先天金丹境的对手，他或许能轻松应对。可剑仙号称攻伐第一，飞剑速度太快，他既然逃不掉，那就只能正面交手，但若是防不住飞剑，便有殒命之危……

如果是剑意刚刚突破第二层的时候，秦云虽然悟出了雷潮这一招，但依旧杀不了这蛟龙王。

可后来，本命飞剑达到了五品，秦云仗之可发挥出三品法宝之威。

最重要的是，秦云创出了烟雨剑诀的巅峰剑招——江上明月！

剑仙们悟出剑意后，都会努力去创造适合自己的剑诀，剑诀越完美，剑意发挥出的威力就越大。江上明月这一招，不仅蕴含了烟雨剑意，而且蕴含了秦云的情感，是真正的巅峰剑招。

这一招，不仅速度远超其他剑招，而且不含任何烟火气。

当剑招完美到一定程度时，施展出来就仿佛一幅画，美得动人心魄。

"嘭！嘭！嘭……"

如明月一般的剑光，一次次破开蛟龙王的防御，撕裂蛟龙王的身体，铠甲上的裂痕越来越大，媲美法宝的肌肉筋骨都在断裂，蛟龙王心中满是绝望：我都已经将血肉之力献祭给魔神了,实力也大增,可我怎么还敌不过?他怎么这么强?丝毫不亚于真正的先天金丹境剑仙。可他明明才达到先天虚丹境。

剑仙,一剑破万法,攻伐第一。

先天金丹境剑仙……在先天金丹境高人中的确更有威慑力,更让妖魔们心颤。毕竟先天金丹境高人擅长的各自不同,有些神魔一脉的先天金丹境高人身体强悍,擅长近战,佼佼者甚至拥有其他神通。可面对这类高人时,妖魔只要速度够快,那就能逃出生天。与之相比,有几个妖魔敢说快得过先天金丹境剑仙的飞剑?又比如面对擅长符法的先天金丹境高人时,妖魔只要远离符法的有效范围,便无性命之忧。

可飞剑呢?

在先天金丹境剑仙的操纵下,飞剑能轻易飞出百里!传说中,更有能飞出千里的!一柄飞剑追杀你千里,何等可怕?

秦云还年轻,虽然境界极高,魂魄一直在变强,但是就像人长个子需要时间,这魂魄变强也是需要时间的。在他的操纵下,现在他的本命飞剑能飞出三十里。要不了几年,百里内,他的本命飞剑杀敌是轻轻松松的。即便受限于他的魂魄,他的本命飞剑飞不了太远,可威力丝毫不会亚于真正的先天金丹境剑仙的本命飞剑的。

"呼——"本命飞剑飞回秦云袖中。

半空中的蛟龙王盯着远处的秦云,他身上露出一道道狰狞的伤口,他的心脏已经被贯穿。

秦云也并不轻松,本命飞剑进攻了数十次才扫除诸多障碍,攻击到蛟龙王那一颗被保护得严严实实的心脏。

心脏,几乎是每一个妖魔的要害。

"你的剑意达到第二层次了吧?"蛟龙王看着秦云,"没想到绝大多数先天金丹境高手都达不到的境界,你在先天虚丹境时就掌握了。娄离真是佩服,佩服!"

他的声音洪亮,但秦云操纵天地之力隔绝声音,没让小妖和村民听到。

蛟龙王说完后，眼神也暗淡了下去。庞大的身体从半空中无力坠落，那有着深绿色纹路的破烂铠甲直接崩解。一些绿色气息向四周弥漫散开，回归天地，既然蛟龙王已经身死，域外魔神赐予的力量自然也就消散了。

蛟龙王最终化作一条黑色蛟龙，轰隆一声，摔落在峡谷里。

秦云转头看向远处的那些小妖。

被大战波及后还幸存的小妖们连忙跪下来求饶，道："仙人饶命，饶命！"

有些小妖迅速开始逃命，有羽翼的小妖张开羽翼一飞冲天，能钻地的直接钻地！因为蛟龙王死后，峡谷内的阵法也停止了运转，谷内外不再隔绝。

"欺我人族，你们还想活命？"秦云一挥手。

"呼——"

三道剑气飞出，每一道剑气都发挥出先天实丹境的威力，在远处游走了一圈，不管是跪着求饶的妖怪，还是飞天、钻地的妖怪，都被剑气贯穿！一眨眼，这些妖怪个个毙命，死前他们有的瞪大眼，有的不甘心地想要怒骂，可最终尽现出原形。

"仙人杀得好！"

"仙人杀得好！"

"杀！"

被秦云护在身后的村民们都喊着，很多人都流出了眼泪。

秦云又一挥手，峡谷中剑气飞舞，蛟龙王、豹妖王、猫妖王遗留的宝物皆朝秦云飞来，连他们布阵之物，秦云都小心翼翼地一一拔出。毕竟这阵法能屏蔽巡天鉴的巡视，是他们花费不小的代价才弄到手的。

秦云准备将这阵法布置在秦家，因为他不想在自己练习飞剑之术之时，被巡天鉴感应到。

谁不想有点秘密呢？

"好多宝物！"伊萧笑道，"这宝物啊，修行人与其辛辛苦苦去各处寻找，真不如斩妖除魔来得多。"

"可斩妖除魔需要实力，实力不够，不仅得不到宝物，还会丢了性命。"秦云说道。说着，秦云拿出一个乾坤袋，一件件宝物飞入乾坤袋内，秦云随即又将乾坤袋放回腰间。

秦云拿起了其中一个物品，是一尊魔神雕像。

此刻魔神雕像的眼睛开始泛起红光，它发出声音："我的仆从，献祭得越多，你得到的便越多！无论你是想突破先天金丹境，还是想成为元神仙人……只要你献祭得足够多，我都可以满足你。我——"

魔神雕像的话说到一半，秦云的手猛然用力。

"咔——"

魔神雕像身上出现一道道裂痕。

"停下！停下！"魔神雕像发出声音，"你不想要法宝吗？三品法宝、二品法宝、一品法宝、超品法宝，甚至灵宝！我都可以满足你。"

"哦？那你给我啊，你给我一件一品法宝，我便不毁掉这魔神雕像。"秦云故意说道。

"这需要你献祭足够多的——别别，停下！"魔神雕像吼道。

因为秦云的手又开始用力了，魔神雕像上的裂痕更多了。

"我可没东西献祭给你。"秦云嘴里还在说着。

"你不想长生不老吗？你一个剑仙，不想要突破元神境的法门吗？"魔神雕像连忙道，"这些，我都可以满足你。"

秦云心中一动。

剑仙，达到先天金丹境就到顶了，根本没有往后修炼的法门。

"整个天下都没有的法门，你能给我？"秦云冷笑，"历史上一个个前辈高人，一代代下来，至今都没谁找到让剑仙突破到元神境的法门，你说能给我？骗谁呢？"

"你要信我，我什么都能——停下啊！"

"啪——"

秦云的手一用力，魔神雕像便碎成了七八片，双眸中原本的红光也消散了，盘踞在雕像内的一股特殊力量也没了。

"信你？蛟龙王就是信了你，如今有什么好下场？更何况，我一个人族，怎么会信一个域外魔神？"秦云看着手中魔神雕像的碎片。

说实话，域外魔神之话确实诱人，可秦云也有自知之明，一代代变迁，多少传说存在，可足以让剑仙跨入元神境界的修炼法门至今都没有出现，凭什么他能从一个域外魔神那得到？

就算真的有一丝希望得到，可到时候，他恐怕也堕落为一个大妖魔了。

"秦云，对妖魔们而言，每一具魔神雕像都很珍贵，这是他们和域外魔神沟通的宝物。你毁掉一具，那可是大功德。"伊萧说道。

"嗯，毁掉这魔神雕像，斩杀这被通缉的三大妖王，都是功德。"秦云说道，"我现在便告知巡天盟。"

"可是，这样巡天盟也许会察觉出你真正的实力，钟离氏也同样如此。"伊萧担心道。

"你放心。"秦云道，"那些村民根本就没看清战斗过程，豹妖王、猫妖王尸体上的伤口很普通。蛟龙王死后恢复原形，其他人也看不出他曾经实力暴涨过！我杀死一个蛟龙王，虽然会让钟离氏吃惊，可他们也无法推断出我真正的实力。"

伊萧微微点头。

蛟龙王献祭后，实力大增，秦云依旧能凭一己之力将他斩杀！钟离氏若是看到这场景，怕是会惊呆，甚至很有可能会偃旗息鼓，当然他们也有可能会准备更阴险的手段。

"呼——"秦云一翻手，拿出巡天令，将此事告知巡天盟。

半空中。

六尾狐妖一边飞行，一边俯瞰下方，同时还持着一块玉令联系着各方好友。

"十三妹，钱州有什么消息吗？"

"七姐姐，我暂时没听说钱州有村庄被屠，至于被妖怪祸害掳掠之人倒是有些。"

"没有被屠的？行，妖怪为祸的情报，你也搜集给我。"

天妖宫是妖怪当中第一大势力，比妖魔九脉中的任何一脉都要强些，很多不愿和人族厮杀的妖怪都选择拜入天妖宫，晏七娘的同门遍布天下。当然，妖魔九脉加起来……却比天妖宫强太多太多了，那是人族、四海水族、天妖宫联手才能压制的。

晏七娘很累。

"三郎，我会为你报仇的，只要我再次找到他们，巡天盟来得快些，就有望杀死他们三大妖王。"晏七娘低语。

过往美好的记忆，对三大妖王的仇恨，让晏七娘这近一年来，无法安眠。

忽然，玉令亮起。

"七姑娘，恶龙山三大妖王在广凌郡阳涉县铁鹰山被秦云杀了。"巡天盟的修行人告知晏七娘。

在高空中飞行的晏七娘顿时蒙了。

三大妖王被秦云所杀？

被杀了？

三大妖王被杀了？

这近一年来，晏七娘不眠不休地追查三大妖王的下落，都近乎入魔了，此刻一听闻此消息，头脑顿时有些乱。

好一会儿，她才压下纷乱思绪，完全清醒了。

"陈道友，你刚才说，恶龙山三大妖王死了？"晏七娘连忙追问。

"没错，他们刚刚被广凌郡的秦云巡天使杀了。"

"那三大妖王的尸体呢？是否在广凌郡阳涉县的铁鹰山？"晏七娘又问道。

"对，尸体就在那儿。"

"还请陈道友立即帮我传话给秦云道友，请他务必保留那三大妖王的尸体。"晏七娘道，"特别是头颅，我想要用这三大妖王的头颅祭拜我相公。"

"七姑娘，我这便帮你传话，希望秦云道友还未曾毁掉尸体。"

晏七娘一边传信，一边改变方向，直接朝江州飞去。

铁鹰山的峡谷内，秦云将所有宝物都收起后，看着面前的三大妖王尸体。豹妖王、猫妖王则罢了，蛟龙王的尸体可真够大的。

"秦云，巡天盟已知道三大妖王是你所杀，这场景也用巡天令录了下来，要不，我们毁掉这三具尸体？如此一来，外人便难以推断你的实力。"伊萧说道。

秦云指着蛟龙王的尸骸，笑道："我用数十剑才摧毁了他的心脏，留下这尸体就是要让别人看看……让他们知道我的飞剑平平无奇。"

"你的数十剑破的是实力暴涨之后的蛟龙王的肉身。"伊萧说道。

"可外人不知道。"秦云笑道。

忽然，秦云手中的巡天令旁边浮现出一个中年道人的虚影。

中年道人道："秦云道友，还请保留恶龙山三妖王的尸体。"

"哦？这是为何？"秦云询问，"只要巡天令录下场景，巡天盟便可认定功劳了吧？"

"这是天妖宫晏七娘的请求。"中年道人说道，"事情的始末，卷宗都有记载。"

"呼——"

巡天令内浮现出密密麻麻的文字。

秦云旁边的伊萧一看，都微微一怔。

"这晏七娘，当真是一个可怜人。"伊萧轻声道。

"人妖之恋。"秦云轻轻摇头。

"秦云道友，麻烦了。"中年道人说道。

"请陈道友转告晏七娘，我会保留这三具尸体，等她过来。"秦云说道。

"多谢秦云道友，巡天盟派出的人很快就会到达铁鹰山。"中年道人微笑道，随即切断传信。

伊萧轻声道："那情报记载，晏七娘的相公是一个凡人，在三大妖王屠戮村庄时被杀害，之后晏七娘就一直在追查三大妖王的下落，近一年不眠不休，三大妖王的踪迹被晏七娘发现了两次。只是三大妖王逃得快，等巡天盟的人到了，哪还找得到三大妖王的身影？虽失利了两次，可她一直没放弃。"

秦云忽然握住了伊萧的手。

伊萧转头看向秦云。

"不管如何，修行路上我们都会一起走。"秦云说道。

"嗯。"伊萧微笑，轻轻点头。

巡天盟的人赶到了铁鹰山。

一艘金舟飞来，领头的乃炎道人，他身后跟着一群修行人，其中很多都是刚叩开仙门的后天修行人，他们都是负责处理琐事的。像秦云这等巡天使，是无须去做那些琐事的。

"来来来，一个个说，你们都是哪个村的？"

"同一个村的待在一起。"

"不同村的分开站。"

那些后天修行人立即去安抚村民。

炎道人笑着降落在秦云、伊萧身旁，看着一旁的三大妖王的尸骸，惊叹道："秦道友，你可真厉害，恶龙山三妖王都栽在你手里了。特别是这个蛟龙王，名气颇大，极为厉害。老道我都不是他的对手。"

"是秦云侥幸。"秦云笑道。

"生死搏杀可没什么侥幸的。对了，这蛟龙王足以媲美法宝，一双爪子更是格外厉害。不知这爪子能否卖给我？我有些小用处。"炎道人一眼就发现，蛟龙全身就那爪子最是不凡。

"行啊！"秦云说道，"不过你得等晏七娘过来。"

"好。"炎道人微微点头。

又过了片刻。

"晏七娘来了。"

秦云、伊萧、炎道人都转头看去。

只见一个有着六条毛茸茸尾巴的绝美女子从远处飞来，速度极快。秦云和炎道人都有些惊叹，论容貌，这晏七娘直逼伊萧，和伊萧不同的是，晏七娘有着惊人的魅惑力。此刻，她眼中微微含泪，降落的同时，将尾巴收了起来，她是倾尽法力以最快速度赶来的。

"恶龙山三妖王！"晏七娘看着那三具尸体，眼中充满恨意。

"秦云道友。"晏七娘转而看向秦云三人，当即上前行礼，"多谢秦云道友出手，斩杀这三大妖王，否则我都不知何年何月才能报此大仇。"

"斩杀妖魔本是我等分内之事。"秦云说道，"七姑娘不必在意。"

"我有一个不情之请，我想要这三大妖王的头颅，以此祭拜我相公。"晏七娘说道，"当然，我愿以宝物相换。"

"你只管带走吧。"秦云说道，"宝物就不必了。"

晏七娘一愣，看到站在秦云身旁的伊萧，这一男一女犹如神仙眷侣，颇为亲密。晏七娘微微一笑，一挥手，一套透明的衣袍就飞了出来。她道："这是用天狐狐尾毛发编织出的遁影衣，是我师尊赐予我护身的。只是如今我修炼有成，这遁影衣对我也无用了，今天我便赠予这位妹妹。"

她一边说着，一边将那透明衣袍递给伊萧。

伊萧连忙道："这太贵重了。"

"妹妹只管收下，秦云道友帮我报此大仇，我都不知该如何报答，这一件衣袍又算什么。"晏七娘说道。说着，她直接转身走到那三大妖王尸体旁，割下那三大妖王的头颅。

伊萧看着秦云。

"你收下吧。"秦云说道。

遁影衣，他也听说过，此法宝唯有天妖宫中的天狐一族方能炼制。遁影衣虽是五品法宝，可论珍稀程度，也不亚于四品法宝。有了遁影衣，伊萧也能提高自己的防御力了。

"秦云道友，还有这位妹妹，我们留下彼此的传信印记吧。"晏七娘收起妖王头颅走过来，"以后有什么需要我帮忙的，你们尽管说。"

"我叫伊萧，是神霄门弟子。"伊萧自我介绍道。

"好名字！"晏七娘笑道，"我很少看到比我天狐一族还漂亮的人族女子，难怪连秦云道友都为你动心。"

只要不傻，谁都能看出秦云和伊萧的亲密。

伊萧脸微红。

双方留下彼此的传信印记。

"我就不多留了，你们俩都是厉害的修行人，会比我和三郎幸福的。"晏七娘微微一笑，随即便离开了。

报此大仇后，她平静了许多，如今一心只想着去祭拜相公，而后回天妖宫闭关修炼。

秦云、伊萧抬头，目送晏七娘离去。

秦云斩杀三大妖王的事，的确让人族、妖族十分震惊。之前秦云力压黑妖王就罢了，毕竟没能杀死，以一己之力斩杀恶龙山三大妖王，蛟龙王，就有些骇人听闻了。

"秦云的实力，在江州的所有青令巡天使中，怕都是数一数二的。"景山派的元符宫主和当代掌门正在谈论。

"秦云现在就这么厉害，等他跨入先天实丹境，怕是连我都擒不住他了。"元符宫主说道。

"他无门无派，又是江州人，可成为我景山派一大助力。"

江州修行界乐得己方实力提升。

另一边，崆州，钟离氏封地离城，乐夫人的豪奢府邸内。

"什么？"乐夫人惊呼。

乐夫人坐着，看着盘在半空中的深红色鳞片蛟龙的虚影。待深红色鳞片蛟龙看向自己，乐夫人忍不住道："你们放弃了？"

"是，万象殿放弃这个刺杀任务，将三枚仙晶退还给乐夫人。"深红色鳞片蛟龙说道。

"你们怎么会放弃？一次失败就去第二次，两次失败就去第三次。"乐夫人道，"你们万象殿的规矩，接了任务，便会完成。"

深红色鳞片蛟龙道："是，但如果万象殿做不到，便会退回全部仙晶。"

"退回？"乐夫人盯着半空中蛟龙的虚影。

"我们安排人刺杀了两次，尽失败。"深红色鳞片蛟龙道，"万象殿已经判定，这人族剑仙秦云的实力比我们早先预料的要高得多，所以三枚仙晶退回。你如果想要我万象殿继续刺杀他，则需付出更多的仙晶。"

"你们要多少？"乐夫人皱眉。

"三十枚。"深红色鳞片蛟龙微笑道，龙须在水中漂荡。

"三十枚？"乐夫人惊怒，"刺杀秦云怎么会要这么多仙晶？即使刺杀新晋的先天金丹境修行人，也只需五十枚仙晶而已。你们别以为我不知道，那秦云为了杀蛟龙王，可是施展了数十次飞剑，最终才破除了蛟龙王的防御，将他斩杀。"

深红色鳞片蛟龙微笑，道："我万象殿不看过程，只看结果。如今这结果是三妖王都死了，蛟龙王甚至都没能逃出峡谷。你要杀秦云，就需付三十枚仙晶。至于尸体上的伤口，是可以作假的。"

乐夫人一怔。

"三十枚仙晶，你还需要我们继续刺杀他吗？"深红色鳞片蛟龙问道。

乐夫人咬牙，深吸一口气，道："不必了。"

"好，明天我便会将三枚仙晶送回乐夫人府上。"深红色鳞片蛟龙说道，随即切断传信。

乐夫人脸色难看，咬牙道："杀一个秦云就要三十枚仙晶，万象殿还真敢开口，真当我傻？"

说着，她忍不住一挥手，一旁茶几上的茶杯飞出，摔碎在地。

第69章 第六块符牌

秦云斩杀恶龙山三大妖王的事,也让四海水族注意到了江州有秦云这么一个厉害的青令巡天使,可也只是高看一眼,毕竟蛟龙王再厉害,也只是先天实丹境的妖魔。这种实力的妖魔被杀,放在天下算不得什么大事。

不过,被天下各方知晓,已经很难得了。秦云在杀恶龙山三大妖王之前,名气还不算大,四海水族很多都没注意过他。

秦云若是哪天成为先天金丹境修行人,或者是斩杀一个先天金丹境大妖魔,成为紫令巡天使,那才会名传天下!

此战过后,便要过年了。

过年,是很喜庆的日子,广凌郡城很多地方都有戏台表演,老百姓们也换上最漂亮的衣裳,走街串巷拜访亲戚。

江州,东龚郡城的百里家却是冷冷清清。

"老祖宗,一点蛛丝马迹都查不到。"厅内跪着一个中年人。

"你爹他们那么多人,全部失踪,连一点线索都没有?"百里家的老祖百里禽坐在椅子上,眼中满是愤怒。

"没线索。"中年人无奈道。

"你继续去查，全力查！"百里禽挥挥手。

"是，老祖宗。"中年人立即退下。

在空荡荡的厅内，百里禽喃喃自语："到底是谁在对付我百里家？他们大多可都是修行人，冲儿更是跨入先天虚丹境了，他们都没能向我传信求救，就都失踪了？谁？到底是谁？"

"我百里家得罪谁了？下手竟如此之狠？"

"我一定会查出来的，不管是谁，我都要他付出代价！"百里禽眼中满是煞气。

"啊——"百里禽猛然捂住脑袋，发出痛苦的低吼。

"老祖宗，老祖宗你怎么了？"厅外的守卫们听到动静，连忙冲进来，可刚进来，就都无声无息地软倒在地，没了气息。

"咒术！"百里禽痛得蜷缩在地面上。

他的魂魄也颇强，竭力抵挡，可根本挡不住，差距太大。

"不知道是哪一位天巫？我百里禽何处得罪了天巫前辈，还请天巫前辈告知，我百里禽定会赔礼。天巫前辈饶命，饶命！"百里禽求饶了，如此可怕的巫术，定是巫之一脉中的天巫出手了，那可是相当于先天金丹境修行人的天巫。

"不，不……"百里禽感觉自己的魂魄在消散，祈求道，"求天巫前辈饶命，饶命……"

"你百里家曾纵妖怪行凶，劫掠平民百姓，更波及我巫姥山门人的家眷，我出手便是为了了结此番因果。"一道清冷的女声在百里禽耳边响起。

"巫姥山？"百里禽不敢相信，顶尖修仙宗派中最不能惹的就是巫姥山，谁不知道巫姥山是巫之一脉仅存的顶尖修仙宗派，无论招惹之人是谁，巫姥山都会狠狠报复。

"纵妖怪行凶，劫掠平民百姓……"百里禽在飘飘忽忽中，魂魄终于完全溃散。

百里禽，死！

咒术只针对魂魄。

魂魄扛得住，生！魂魄扛不住，死！

百里禽死后，连肉身都被巫姥山高手暗中毁掉，现场不留蛛丝马迹。毕竟只要厉害的修行人探察他的肉身，就能猜出他是被咒术所害。

包括百里家的百里禽、百里冲这两个先天境修行人在内，族中厉害的长老全都失踪。树倒猢狲散，百里家的门客们自然立即逃往远处，生怕被牵连。百里家平常手段太过狠毒，结下不少仇敌，此刻他们自然开始反扑，连被百里家控制的妖怪也不例外……

盛极一时的百里家，就此倒了。

尘霜姑娘和一个红衣妇人站在云雾之上，俯瞰远处的那座广凌郡城。

"广凌。"尘霜姑娘轻声道，"这里是我的家乡，我从小到大都没离开过广凌。"

"等你成为当代巫女，你随时都能回来。"红衣妇人笑道，"到时候你也是修行人，飞天遁地都是等闲事。"

"回来？"尘霜姑娘看着下方，眼神复杂，"也不知我能不能从巫母洞活着出来，或许，便一去不回了。"

"瞎说！巫母蛊那么喜欢你，你一定能活下来的。"红衣妇人连忙道。

尘霜姑娘看着下方，暗道：云哥哥，也不知你我能否再相见，若是我死在巫母洞，希望你别忘了我。

"我们走吧。"尘霜姑娘开口。

"好。"红衣妇人点头。

"呼——"

红衣妇人当即带着尘霜姑娘驾着云雾离开这里，朝巫姥山飞去。

秦府。

秦云拿着手中的信，看着信中的内容——

"云哥哥,我想出去走走,看看天南地北的风景,若是我不回来了,你可别忘了我。"

秦云抬头,看着面前的薛姨,道:"薛姨,小霜什么时候走的?"

"我也不知,我去她房内找她,发现这一封信才知道她走了。"薛姨道,"而且,有一件事我也不知该不该说。"

"说。"秦云道。

"当初小霜她大哥谢雷带领镖局的人走镖,遇到妖怪,镖局大多数人,包括她大哥都死了,只有极少数人分头逃跑才得以幸存。"薛姨道,"当时谢雷他们已发现是东龚郡百里家纵妖怪劫掠,幸存的镖局老人将这消息告诉了我们。"

"东龚郡百里家?"秦云一惊,"妖怪杀死狂人和镖局众兄弟,是百里家在背后指使的?"

"嗯。"薛姨道,"小霜一直不让我说,怕给你添麻烦,现在百里家覆灭了,我才敢告诉秦公子你。而且我感觉……在百里家覆灭前,小霜似乎就猜到了此事。等百里家覆灭后,这还没过几日,小霜便走了。"

"你怎么不早些告诉我?"秦云有些焦急。

"秦公子也别担心,小霜留下亲笔信,显然是她自己要出去走走,大仇得报,她也想要过自己的生活了吧。"薛姨说道,"其实最近几年,她一直被仇恨困着,过得很苦。"

秦云沉默。

"百里家悄无声息地覆灭,高手全部失踪,死不见尸。"秦云轻声道,"如果这和小霜有关,小霜应该是结识了厉害的修行人,那人甚至可能是先天金丹境修行人。"

便是自己出手,都做不到如此干净利落,不留蛛丝马迹。

"小霜……"

秦云虽然劝慰了自己一番,可还是有些担心。

只是天下大得很,也不知她去了哪儿。

二月，万物生长，老树也已发芽。

"秦云，看你这番模样，好像我一去要好几年，其实我也就去三个月而已。"伊萧和秦云牵着手站在小镜湖湖畔，伊萧笑道，"三个月后，我就回来了。"

"嗯。"秦云颇为不舍，道，"我听说进入雷池修炼，也有些危险，你可得小心。"

"雷池引的是天地之雷霆，进去修炼自然会有些小危险，可有我神霄门历代前辈积累的经验在，再加上雷池内有诸多阵法，我不会有问题的。就算出了点问题，也要不了命。"伊萧微笑，"进入雷池修炼，可是我等修炼雷法者梦寐以求的，机会难得。"

"我要走了。"伊萧看看天色，"我再不走，到神霄门都天黑了。"

"好，一路小心，有什么事，你就传信给我。"秦云说道。

"好。"伊萧点头，"三个月后，我们便可再见。"

"三个月后再见。"秦云微笑。

伊萧上前，亲了秦云一下，随即便笑着后退，驾着云雾离开了。

秦云抬头目送伊萧离去，轻声自语："三个月后再见。"

伊萧离去后没多久，在广凌郡城远处的高空中，一个胖和尚笑呵呵地一挥手，一道流光飞出上百里，落在广凌郡的秦府。

"嗯？"秦云本在湖边盘膝而坐，修炼飞剑之术，忽然感应到一道流光高速飞来，当即一招手。

"咻——"一道剑气飞出，将那一道流光卷到了秦云身前。

"这是？"秦云看着眼前的璀璨夺目的晶石，"仙晶？一枚仙晶？"

秦云很吃惊，仙晶是极为珍贵的，公冶丙留下的所有宝物加起来，也比不上一枚仙晶。

"谁白白送给我一枚仙晶？"秦云疑惑，一感应，"这仙晶上还附着印记？"

秦云立即拿出巡天令，将那印记输入自己的巡天令内，联系对方。

"嗡——"

半空中浮现出一个画面，那是一座水府的内部，周围水流涌动，深红鳞片蛟龙盘踞在那儿，龙须飘荡，气息深不可测，深红色鳞片蛟龙眼中带着笑意，看着秦云，道："我是万象殿使者，那枚仙晶便是我万象殿送给秦云剑仙的小小礼物。"

"万象殿？"秦云疑惑，笑道，"恕我孤陋寡闻，第一次听说万象殿。不过第一次见面就送一枚仙晶当礼物，你们万象殿可真是好大的手笔。"

深红鳞片蛟龙微笑道："我万象殿包罗万象，法宝、功法、灵果……又或者各族美女、功名利禄，又或者是想要杀谁，想要拜谁为师，想要什么仙丹，只要你付得起代价，我万象殿都可以帮你办到。"

春红落尽，夏木成荫。

秦云坐在湖边的大石上，看着前方，阳光透过树叶洒在小镜湖上，几只鸟儿飞过，在湖面上留下几圈涟漪。

"燕归来，花落去，五月也近了，也不知伊萧在神霄门雷池修炼得如何了。"秦云心情颇好，右手轻轻一挥。

"咻——"一柄如烟如雨的飞剑划过长空，在周围一带随意地飞着，半空中留下一道道气浪。

"我的本命飞剑也算四品法宝了。"秦云轻声低语，"接下来要达到三品可就难了，即便我境界到了，宝物也凑够了，本命飞剑要到三品，怕也要一两年工夫。"

蕴养本命飞剑分几个阶段，早期是很容易的。

比如九品，就算只用破铜烂铁蕴养，本命飞剑也能轻松达到。

可是随着品级的提升，本命飞剑对材料的要求越加苛刻，若想让本命飞剑达到四品，秦云则必须掌握剑意，只有用剑意蕴养，本命飞剑才能跨入四品法宝之列。

只有用达到剑意领域境界的剑意蕴养，本命飞剑才有望达到三品。

剑意达到剑意极境，加上用诸多天地奇珍蕴养，本命飞剑才能达到二品。

掌握剑道，以剑道蕴养，以天地奇珍之力浇灌，才能将本命飞剑提升到传说中的一品。

此规则不局限于本命飞剑，而是适用于所有本命法宝。无论是哪种法宝，品级越是往上，提升便越加艰难，可威力也会越来越恐怖。一品本命法宝在主人手里，便能发挥出媲美灵宝的威力。而灵宝极少，能冠灵宝之名的，都足以用来镇压一古老宗派及一族气运，因此也号称镇宗灵宝或镇族灵宝，威势可想而知。

可惜掌握剑道的修行人太罕见，像辰道人积累的诸多剑诀中，达到剑道层次的只有三门，最早的一门剑诀都是上万年前所创的了。

"四品本命飞剑，仗之，足以和先天金丹境高人争雄。"秦云微微一笑，忽然略有感应，当即一招手，嗖的一声，在远处施展剑术的本命飞剑立即飞回，落入秦云袖中。

"二公子，洪九公子求见。"院门外传来阿贵的声音。

秦云一挥袖，门就打开了。

"洪九，进来吧。"秦云看了一眼院门外的洪九。

洪九持着木杖走进来，阿贵等洪九进门后便立即带上了院门。

秦云有些惊讶地看了一眼洪九，秦云何等境界，对天道意蕴感悟何等之深，一眼便发觉洪九走路带着奇异的韵律，道："洪九，数月不见，进步颇大啊，你这是掌握了一丝天道意蕴？"

"秦云兄高看我了。"洪九笑道，"天道意蕴岂是那般好参悟的？我才天人合一，想要掌握天道意蕴，没下十年苦功，想都别想……当然，我闭关数月，的确实力大进，也有些底气进入那景阳洞府了。"

"哦？"秦云眼睛一亮，"你准备好进去了？"

"嗯。"洪九点头，"短时间内我的实力难以再有大的提升，如今我也该进去了，更何况，还有秦云兄陪同。秦云兄刚刚斩杀了恶龙山三大妖王，威名远播，和秦云兄一起进去，我还怕什么。"

"你就别捧我了。"秦云道,"我们进去,也得有所准备,我这人你也清楚,仅擅长飞剑之术罢了。不知洪九你有何擅长的?"

洪九微笑,他自信地道:"占卜、阵法都是我擅长的,甚至过去未来,我也能推算出一二。"

秦云吃惊,道:"推算过去未来?"

"我只能推算出一二。"洪九道,他在跨入先天境后的近半年里,将传承中诸多先天境的道法一一学会,将传承法宝成功炼化,方有底气说出这话。

"天下间,擅长推算的,少;敢说能推算过去未来的,少之又少。在先天虚丹境就敢说这话的,我甚至都没听说过。"秦云说道。

"天下间,在先天虚丹境层次能说出这话的,包括我所在的这一脉在内,一共只有三脉。"洪九道,"其他两脉,一是灵宝山,二是巫姥山,只是我听说巫姥山中的占卜类巫术遗失了不少,传承有所残缺。其实我这一脉之传承也残缺了好些。"

秦云笑道:"在传承有所残缺的情况下,你能做到这步,更是了不起。看来这次进景阳洞府夺宝,要靠洪九你了。"

"正面对敌,还得靠秦云兄。"洪九道,"我这终究只是旁门之道,还有,此事还请秦云兄保密。"

"你放心。"秦云点头。

"这样,事不宜迟,我便和景山派元符宫主约在明日见面吧。"秦云说道,"如今已是四月底,我们进景阳洞府的时间……定在六月往后,如何?"

五月,伊萧就出关了。

秦云想和伊萧见面之后,再进景阳洞府。

"好,一切听秦云兄的。"洪九一翻手,拿出了那块有些残缺的符牌,"这符牌便放在秦云兄这儿,和景山派的人见面时,秦云兄就说这符牌是你发现的。我也担心景山派的人生出抢夺之念,毕竟我没把握能保住这符牌。"

符牌飞向秦云。

"你如此信我?"秦云看了符牌一眼后,看向洪九。

"我若不信秦云兄,便不会请秦云兄和我一同进景阳真人的洞府了。"洪九道。

秦云当即伸手接过,道:"好,明日你和我一道去容坛郡。"

景山派。

"秦云这么神神秘秘的,我问到底何事,他也不肯细说,非得见面说。"元符宫主须发皆白,一袭道袍,一迈步便站在了云雾上。景山派负责守山门大阵的弟子们一看来者乃元符宫主,自然立即放行,元符宫主飞出景山派阵法覆盖范围后,这才身化雷霆。

"嗖——"

一道雷霆划过长空,直接朝容坛郡城飞去。

容坛郡城内。

元符宫主很快降落在一座酒楼的门口,周围的行人们仿佛都没看到他,都自然而然地无视了他。

元符宫主悠然进入酒楼,来到二楼一个雅间,推门而入。

雅间内,秦云、洪九二人早已起身。

"元符前辈。"秦云率先打了一声招呼,虽然如今他的实力和对方的很接近,可对元符宫主,他还是心怀敬意的。一是元符宫主乃江州本地的先天金丹境修行人,论速度,雷法比飞剑之术还快,论斩妖除魔,江州的先天金丹境修行人中,元符宫主斩杀得最多;二是当初他都逃往东海了,是元符宫主带人过来,将他引入巡天盟的。他自然感激不已。

当时,逃往东海的秦云都已经绝望了。元符宫主追来,邀请他加入巡天盟的那一刻……他一辈子都忘不了,自然对元符宫主很是亲热。

"秦云,什么事你不能直接传信说?也不去我景山派,而是选择容坛郡城内一座普通酒楼?"元符宫主笑着坐了下来,拿起筷子夹起一块鱼肉,旁若无人地吃了起来,"你旁边这位是广凌郡的洪九吧?"

"洪凌通见过元符前辈。"面对江州顶尖的修行人，洪九也谦逊得很。

"这次的确是有一极重要之事，而且此事要尽量保密，所以我才在这普通酒楼见元符前辈。"秦云说道。

"保密？"元符宫主惊讶，"你说说，到底何事？"

"景阳洞府。"秦云开口道。

元符宫主一惊，看着秦云，道："我景山派景阳真人所留洞府，并非秘密，你提这是为何？"

"我知道，要进这景阳洞府，需凑齐六块符牌。"秦云说道，"而且如今景山派已确定了其中五块符牌的下落。"

元符宫主盯着秦云。

"而我这儿，便有第六块符牌。"秦云一翻手，手中便出现了那有些残缺的符牌。

"什么？！"元符宫主忍不住站了起来，激动得白胡须都在抖动，他的感应何等敏锐，只是瞬间，他便将这符牌处处都感应了个明白，之后便热切地盯着这符牌，欢喜道，"好好好，太好了！有生之年，我总算看到第六块符牌了，六块符牌终于聚齐了！"

说着，他大笑起来，眼中似有泪光闪过。

当初的景山派曾被妖魔攻破山门，诸多积累被掠夺一空，很多典籍都毁于一旦。幸好景阳真人在景阳洞府内留下了景山派的诸多典籍，不管之后景山派传了几代，这些都是景山派的弟子最渴望得到的。

第70章

老友相聚

元符宫主很快便冷静下来，他坐回座位，朝秦云、洪九二人笑了笑，慨叹道："我有些失态，让两位小友见笑了。"

"元符前辈也是牵挂宗派未来。"洪九道。

元符宫主点头，笑道："老道我年纪大了，怕是见不到我景山派重新成为顶尖宗派的那天。可只要诸多典籍回归，我景山派就能不断变强，一代强过一代，数百年乃至上千年后，我景山派定能重新成为顶尖宗派。"

秦云、洪九二人点头。

其实天下大势力对景山派的典籍并不是太在意，一是因为景山派不可能将典籍给外人；二是各大势力都有自己的传承。就像秦云，他修炼的乃剑仙传承，他体内的法力都是剑仙法力，他根本没法转修其他流派的传承。伊萧也是如此，没法转修雷法以外的传承。

只有修炼粗浅法门的修行人，才有可能用强大法门强行转修。

修炼的法门越是顶尖，修行人便越是无法转修。

"两位小友，我也不瞒你们了。"元符宫主道，"另外五块符牌的确早有消息，都不在我景山派内，我景山派和他们五方都有约定，每一方最多派出两个修行人，只有我景山派方能派出三个修行人，不过，我景山派早就宣布过，景阳洞府内的宝物，我们只要典籍，其他宝物……任由六方去争，谁争到归谁。"

"在此，我再强调一遍，典籍必须归我景山派！我景山派早就在景阳洞府周围布置了重重阵法，没有我景山派之人带领，就算有符牌也进不去。"元符宫主说道。

景山派虽然没有符牌，却将景阳洞府看守得很紧。

"我一个剑仙，也没法转修其他法门。"秦云说道，"我和洪九都不会拿其中任何一本典籍。"

"我相信秦云小友。"元符宫主点头，"只是有些话得提前说清楚，还有，另外五块符牌的下落，我也可以告诉你们。另外五块符牌，有一块在皇宫内，有三块分别属于三个千年大家族，还有一块符牌在一个先天金丹境的修行人手上。"

"这五方，来头可都不小。"元符宫主笑了笑，"景阳真人所留宝物让朝廷和那些千年大家族都眼馋得很，元神仙人也不例外。不过景阳真人布置的阵法很厉害，因此禁止元神仙人进入，至于先天金丹境的修行人进去，也有性命之危。"

"除了阵法危险以外，就算你们最终得到宝物出来了也很危险，得到的宝物很一般就罢了，若是你们得到了灵宝，秦云，恐怕朝廷、各大家族都会想要从你们这儿强行夺走。"元符宫主说道，"即便你们愿意卖给其中一方或几方，灵宝换得的宝物也太多，也会惹太多人或者妖族眼馋。"元符宫主笑着看了一眼秦云。

"元符前辈，你的意思是？"秦云看着他。

"我景山派只要典籍，不要宝物，如此方超然于事外，其他各方才不和我们争。"元符宫主说道，"我说这些，是提醒秦云小友，没有足够的实力，是护不住宝物的。即便是先天金丹境的修行人，除非是最顶尖的那几个，否则也不敢独占一件灵宝。"

"目前看来，以秦云小友的实力，怕是连一件一品法宝也护不住。"元符宫主说道，"毕竟，一品法宝大多在元神仙人手里。"

"若得不到一件像样的法宝，你们进入仙家洞府，冒那么大风险，便不值得了。所以我觉得……秦云小友你可以将这符牌卖给朝廷，或者卖给千年大家族等大势力。"元符宫主说道，"这样，你们又没危险，又得到了大笔宝物，外人又不知。"

"这符牌能换多少宝物？"秦云问道。

"估计一件三品法宝还是能换到的。"元符宫主说道，"想要换更多的宝物怕就难了。毕竟进去一趟，冒大危险，也不一定能得到更好的宝物。"

秦云和洪九相视一眼。

"我不想换。"洪九传音道，"你我联手，得到的宝物一定比这多多了。而且我们悄无声息地得到的宝物，只要我们不说，不公开示人，谁知道是我们拿的？"

"我们还是打算进景阳洞府瞧瞧。"秦云说道。

元符宫主点头："你们想好了便行，如今六块符牌已经聚齐，我景山派也得准备一下，你们打算什么时候进去？"

"如今已是四月底，便六月份吧，或者六月往后也行。"秦云道。

"好，现在我就回去，并且和其他五方谈好，一旦定好日子，我便通知你们。"元符宫主说道，"你们这边，是你们两个进去？"

秦云带洪九来见他，元符宫主就有所猜测了。

只是他有些疑惑……秦云为何带洪九去景阳洞府？为何不请更厉害的高手？难道秦云觉得洪九实力弱好欺负，想独占更多宝物吗？

"是的。"秦云道，"元符前辈，关于我们的消息，我希望你能保密。"

"你放心，不过在进入景阳洞府那天，你们六方见面，这就没法保密了。"元符宫主说道。

"那都是进去之时了，自然无须元符前辈继续保密。"秦云道。

"好，那我便先回去，这次真的要谢谢两位小友，让我景山派凑齐了最后一块符牌，我景山派得到遗失的传承有望了。"元符宫主端起酒杯，秦云二人也端起酒杯。

三人喝了杯中酒。

之后，元符宫主便起身，推开一旁的门，走到外廊道上。跟着哗的一声，化作一道雷霆划过长空，直奔景山派而去，消失在远处的天际。

"好快！"洪九起身，走到外廊道上，扶着栏杆眺望远处，"在江州，论飞遁之术，元符前辈当数第一了吧？"

"对，元符前辈的遁术的确江州第一，被他盯上，妖魔们可都逃不掉。"秦云也走到栏杆旁。

"马上就要进景阳洞府了，我倒有些紧张了。"洪九道。

秦云看了一眼身旁的洪九："你如今实力一般，就敢进景阳洞府，我都有些佩服你。"

"我不是扯着秦云兄和我一起嘛。"洪九笑道，"秦云兄，我们现在回广凌吗？"

秦云却瞥了一眼远处，若有所思。

"你先回去吧，我还有些事。"秦云道。

"好。"洪九当即悄无声息地离去。

秦云看着远处，略有些惊讶："我应该没看错。"虽然双方隔着好几里地，可秦云视力非凡，还是看清了对方的模样。

秦云当即迈步，离开了酒楼，当然，酒楼的酒钱早已付了。

秦云在街道上的人群中穿梭着，在神隐术的影响下，周围的行人根本没注意到他。他随意走着，速度却极快，转眼，他已经离酒楼有数里远了。

在喧闹的人群中，秦云看着前方，暗道：我没看错，那人的确是玉清妹子，只是玉清妹子怎么落到这般地步了？

秦云年少时，经常在西山剑园练剑。当时西山剑园有近四十人，却只有一个女子，那女子便是玉清妹子。

秦云暗暗疑惑：大家不是说玉清妹子的父亲调任南明郡，她也随之去了南明郡，并且嫁给南明郡豪族归海家的病公子了吗？

街头上。

黎玉清裹着头巾，穿着普通布衣和布鞋，身后背着一个小娃娃。

她腰间挂着一柄剑，眼神凌厉地扫视周围的一群护卫，而她的正前方站着一个三角眼青年，这三角眼青年的脸上还有一颗黑痣。

此刻，这三角眼青年面带冷笑地看着黎玉清："弟妹，你可真能逃啊，都逃到容坛郡了！不过，你以为你逃得出我的手掌心吗？"

"归海程，我夫君刚刚过世，你便要如此逼迫你弟弟的妻子吗？"黎玉清咬牙。

"我三弟都死了，你还想要给我那病死的三弟守一辈子的寡吗？"归海程嗤笑，"而且我是他兄长，他死了，我照顾他的妻子和女儿有错吗？"

"你这是逼我。"黎玉清咬牙道。

"你的剑术挺不错，可在我面前，你以为你能反抗得了吗？"归海程嗤笑道。

黎玉清看了一圈周围那一个个为虎作伥的护卫，锵的一声拔出剑，直接将剑横在脖子前。

"你要再逼我，我便自尽于此。"黎玉清眼中闪着泪花。

归海程道："怎么，你不要你女儿了？"

"我会带着女儿一起死。"黎玉清道，眼中有着决绝。

归海程紧紧盯着眼前的黎玉清。黎玉清一进他归海家的门，他就看上了。在他看来，黎玉清是真美，不同于青楼名妓，不同于他见过的任何一个美女。黎玉清不仅容貌极美，且因喜爱剑术，剑术颇高，自有一股剑侠的气质。

他盼来盼去，病恹恹的三弟总算死了，黎玉清的父亲也在对付妖怪时死了，在他看来，黎玉清没了依靠，终于要落在自己手里了。只是谁承想黎玉清竟如此刚烈，宁愿带着女儿逃离归海家，都不愿从了他。

"李兄，你有把握拿下她吗？可别让她死了。"归海程传音道，他也是修行人。

"她剑术颇高,不过我现在离她很近,我若突然施展法术,有九成把握拿下她,不让她自杀。二公子,可要我出手?"被归海程称为李兄的修行人传音道。

此刻,黎玉清紧张万分。

她感受着如今才一岁多的女儿的体温。

"莲莲,别怪娘。"黎玉清眼中含泪,低声道,"娘也很想照顾你长大,可娘实在是做不到了。"

她低声说着,同时也小心地注意着周围。

"玉清妹子,好久不见!"一道声音响起。

黎玉清的心微微一颤,"玉清妹子"这称呼太久远了。年少时,她特立独行,加入会聚着一群男子的西山剑园,是其中唯一的女子。那些少年们因为她年龄很小,一个个都喊她玉清妹子。

后来,随着她年龄的增长,她的父亲就不允许她再去西山剑园抛头露面。

她父亲调任南明郡后,很快便给她定下一门亲事,将她嫁到了归海家。自此她便入了豪门,长年都待在深宅大院内,很少离开府邸。毕竟归海家是南明郡数一数二的豪族,族内规矩极多。她就长年在后院内绣花画画陪夫君,偶尔没旁人的时候,在夫君面前,她也能练几次剑法。

有夫君在,她的日子还好过些。

可夫君病死后,仅仅生了一个女孩的她,日子就难过了。

"玉清妹子?"黎玉清循声看去,"是谁在喊我?"

只见一个青年笑着走了过来:"玉清妹子,可还记得当年在西山剑园的老朋友?"

秦云走来时,根本没搭理那些包围着黎玉清的护卫,寻常行人早就躲得远远的,根本不敢靠近这些带着兵器的护卫。

"嗯?"归海程皱眉,看向秦云。

"滚开!"站在秦云前方的两个护卫直接挥刀喝道。

"我和你们无冤无仇,第一次见面你们就挥刀相向,这可不好。"秦云笑道,他一边朝这边走,一边躲开挥来的大刀,露出一副受到惊吓的模样。不过,在躲避的同时，秦云用手指轻轻点了一下两柄大刀，改变了两柄大刀挥舞的方向，噗噗两声，这两个护卫的刀竟都砍在了对方的手臂上，虽然他们最后收了力，可他们的手臂还是出了血。

这两个护卫连忙扔下手中的刀，捂住自己受伤的手臂。

"你们只是区区护卫而已，对普通人，下手还是别太狠，否则害人害己。"秦云说着就走到了黎玉清身旁。周围的那些护卫都有些诧异，归海程也忍不住微微一惊。

他们都看得出，这管闲事的青年实力极强，单单两指，就让两个炼气六层的护卫受了伤。

"朋友，可别多管闲事。"归海程冷冷地喝道。

秦云没理他，只是看着黎玉清。当初活泼的少女，西山剑园的玉清妹子，如今已嫁为他人妇，穿着如普通民妇，脸上故意弄脏了些许，背后背着的那个女娃娃还在熟睡中。

"你是云疯子？"黎玉清认出来了，秦云虽然成熟了许多，可相貌和年少时还是有很多相似之处。

"玉清妹子，这么多年不见，刚见面就喊我云疯子？"秦云打趣道。

"云哥。"黎玉清心中一暖，可看到周围归海家的一众人，还是连忙道，"这些人都是归海家的，你不用管我了，赶紧走吧。"

"玉清妹子，当年我可是我们西山剑园的剑神。"秦云笑道，"如今八年过去了，我可比当初厉害多了，还怕这几个小毛贼不成？"

"哼！"归海程冷笑道，"一个亲热地喊妹子，一个喊云哥。我说弟妹，你不是对我死去的弟弟忠贞不二吗？怎么现在当街就和这个小白脸勾搭起来了？"

"小白脸？"秦云惊诧地看向归海程，"还难得有谁说我是小白脸呢，难道我也能靠脸吃饭了？"

"嗯，不过和你相比，我长得还是挺赏心悦目的，你这副尊容可真是……"秦云露出嫌弃的表情，"大街上随便拉一个人出来，和你一比，都能算小白脸了。"

"你的嘴倒是挺厉害。"归海程脸色一沉。

"云哥,他是归海家的归海程,乃修行人。"黎玉清道,"归海家势力大,你惹不起的,还是别管我了。"

归海家是南明郡数一数二的豪族,自然势力大。

归海程冷笑道:"想逃?晚了!"说着,他用眼神朝身旁一个手下示意了下。

"是。"他旁边的独眼护卫一挥手,一柄飞刀瞬间飞出,射向秦云,不过因为他们不愿在郡城内杀人,这飞刀射向了秦云的手臂。

"呼——"

飞刀扔出后,在空中画出一道弧线,之后便落在地面上了。

周围的护卫们个个惊讶不已。

独眼护卫扔出的飞刀先是轻飘飘飞出,仿佛没受力一样,而后坠落在地面上,都没碰到秦云呢!

"嗯?"独眼护卫瞪大了那一只独眼,他的飞刀绝技怎么可能出这么大的纰漏?他明明调动了体内的真气,就是一块大石,这飞刀都能贯穿,如今怎么会轻飘飘地坠落?

"独狼,你是不是扔飞刀时没用力?"他旁边的一个同伴忍不住低声道。

归海程也皱眉。

他可是亲眼看到,这柄飞刀扔出后,旁人都没碰它,它便轻飘飘地坠落了。

"不可能。"独眼护卫不信邪,又扔出第二把飞刀。

"呼——"

飞刀仿佛被孩童扔出,依旧无力,仅仅飞出几丈远,都没到秦云面前,就轻飘飘地掉落在地。

秦云也装作一副惊愕的模样,低头看了一眼地面上的飞刀,又抬头看向三角眼青年身旁的独眼护卫,道:"嗨,一只眼,你这是怎么回事?是饭没吃饱,还是舍不得伤我?我随便找一个孩子,都比你扔得远呢。"

"见鬼了这是。"那独眼护卫脸色涨得通红,继续扔飞刀,嗖嗖声不断,他接连扔出六把飞刀，每一把都轻飘飘地落在秦云脚下。

秦云身旁的黎玉清也有些发蒙。

"住手！"归海程喝道，独眼护卫这才停下。

"看来你也是修行人。"归海程看着秦云，"不知你从哪儿学来的旁门小法术，故意吓人呢？"

"旁门小法术？"秦云惊讶，"什么法术？我怎么不知道？"

一个隐藏在护卫中的修行人传音给归海程："二公子，我察觉到容坛郡的捕快们正在朝这儿赶过来，他们距离这儿也就一里地，我们虽然没杀人，可被他们抓到还是有些麻烦。我们还是尽快动手，然后赶紧走吧。"

"好，你我一起动手，拿下这故弄玄虚的小子。"归海程传音道。

二人几乎同时动手。归海程一挥袖。

"轰——"

一团火焰直接飞向秦云，一旁的黎玉清脸色大变："云哥，快走！"

另一侧，"咻！咻！咻！"一阵响，众护卫中的一个青袍护卫瞬间向秦云射出三根碧绿的飞针。

秦云笑呵呵的，没人见他动手，火焰和碧绿飞针却越飞越慢。

那一团火焰和那三根碧绿飞针到了秦云近前的时候，便停在半空一动不动了。

这一幕场景，让周围人个个目瞪口呆。

护卫们都蒙了：火焰停下了？这飞针也停下了？在半空中也掉不下来？

黎玉清也十分吃惊。

归海程和青袍护卫则是脸色大变。

"呼——"

秦云轻轻吹了一口气，那悬浮在眼前的一团火焰便直接熄灭了，紧接着，秦云转头看了一眼悬浮在一旁的三根飞针，仅仅一眼，三根飞针就直接崩解化成粉末坠落了。

归海程和青袍护卫都不由得咽了咽唾沫，双腿发软。

青袍护卫暗道：他仅仅看一眼，我的法器就化成粉末了？

青袍护卫感到全身在冒汗，恐惧让他感到窒息。

"扑通——"

归海程直接跪了下来，求饶道："前辈饶命，饶命，我归海程冒犯了前辈，有眼无珠，前辈饶命啊！"

青袍护卫也跪了下来，道："前辈，小的只是奉命行事，前辈饶命！"

二人都算有见识的，知道刚才看到的场景何等可怕！只有传说中实力可怕的修行人才能做到。

"云哥，这是……"黎玉清也有些瞠目结舌，等她反应过来后便狂喜不已，感觉脑袋嗡嗡地直响，此刻，她已明白一点：她有救了，她女儿有救了，她们不用死了！

"我是归海家子弟，叫归海程，还请前辈饶命！"归海程求饶道。

秦云淡然道："南明郡归海家的名头在我这儿可不好使，至于如何惩罚你，还是让玉清妹子来定夺吧。玉清妹子，这个归海程，还有周围护卫，有谁对付过你，你尽管说，他们一个都跑不掉。"

黎玉清一听，便咬牙切齿地指了指一旁的三个护卫，道："除了归海程和那青袍护卫，还有他们三个，不过，云哥，我和莲莲能活下来就好，你没必要大动干戈。"

"你对他们心软，他们却不会对你心软。"秦云说道。

"呼——"

这时候，有捕快从远处赶来，为首的是一个银章捕头。

"你们这是在干什么？"银章捕头喝道。

秦云一翻手，拿出了巡天令。

银章捕头一看令牌，顿时吓得脸色一变，连忙恭恭敬敬道："拜见巡天使。"

第71章
伊萧出关

"巡天使?"

"他竟然是巡天使,这、这……"

跪在地上的归海程、青袍护卫脸色煞白。他们俩都是修行人,自然知晓巡天使意味着什么。

二流修仙宗派的很多老祖都是没资格当巡天使的,整个江州能当巡天使的修行人都少之又少。

背着女儿的黎玉清则愣愣地看着身旁的秦云。

她曾是官家大小姐,自然也听说过巡天使。

秦云是巡天使,这让黎玉清难以置信,她暗道:这才八年没见,云哥他便成巡天使了?

西山剑园,那个痴迷于练剑的少年,如今都成巡天使了?

"巡天使,您若有什么事,尽管吩咐卑职,卑职定当竭力去办。"银章捕头恭敬道,他身后的一众捕快也都躬身行礼。

秦云点头,道:"在场这些人都是南明郡归海家的人,我要带走五个,你把其他人带回六扇门,好好审问。将事情查明后,你们便传信于南明郡归海家及广凌秦府，告知我等。"

"广凌秦府？"银章捕头立即明白，当即躬身，道，"是，卑职明白。"

"嗯。"秦云点头。

"广凌秦府？他是秦云？"归海程嘴唇都在颤抖，他向青袍护卫传音道。

"听说他去年刚斩杀了恶龙山三大妖王。恶龙山三大妖王之首蛟龙王，曾和先天金丹境高人正面交手，后来逃之夭夭，最终却死在秦云手里，那三大妖王一个都没能逃掉。"归海程旁边的青袍护卫也传音道，"我师尊说了，这秦云巡天使的实力深不可测，疑似江州青令巡天使中的第一人。"

"别说了，你以为我不知道吗？我们现在得想想办法怎么活命。"归海程传音，十分焦急。

"归海家在秦云巡天使面前，根本不值一提，现在我们想要活命，就得靠黎玉清了。"青袍护卫传音道，"黎玉清若是肯帮我们说几句话，我们或许能活命。"

"她帮我们？"归海程心中焦急，思索着办法。

这时，秦云对一旁的黎玉清笑道："玉清妹子，你现在若是没地方落脚，便暂且随我回广凌吧，在广凌，你可是有许多朋友的。"

黎玉清眼中闪着泪花，点头道："好，我去广凌。这次一路逃命，我也是想着逃回广凌的。也就在广凌，我认识的朋友最多。"

"哈哈，好！"秦云点头。

秦云又扫了一眼归海程、青袍护卫以及刚才被黎玉清指认的三个护卫。

"定！"秦云轻声开口。

在法力引导下，天地之力瞬间便渗入这五人体内，犹如无形枷锁从内到外地困住了这五人，这五人全都不能动了。

定身术！

一般而言，修行人必须达到先天之境，且天人合一，方能施展定身术。

"呼——"秦云随即施展飞行术，云雾升腾，一成形，这五人便被扔在了云雾上。

"玉清妹子，我们走。"秦云带着黎玉清母女以及那五人，驾着云雾迅速离开了。

"仙人！"

"有仙人！"

远处的行人们激动不已，一个个抬头目送秦云等人驾云离去。

在秦云飞远后，银章捕头才直起身子，当即朗声喝道："快，将这些归海家的人全部关进大牢，严加审问！"

"是！"一个个捕快立即上前抓捕。

这些护卫没有一个敢反抗。

若是平常，一个银章捕头面对南明郡归海家，还是得给些面子的。可现在既然秦云开口了，银章捕头自然得铁面无私。

银章捕头暗道：我得赶紧禀报郡守大人。

秦云带着七个人离开容坛郡城，一路朝广凌飞去。

云雾上。

归海程等五人心惊胆战，可他们被施展了定身术，个个都动弹不得。

黎玉清抱着女儿，再次紧张地看了看下方，道："当初在西山剑园就属云哥的剑术最是了得。云哥你十三岁就人剑合一，十五岁就成了广凌郡年轻一代的第一人，八年过去，如今云哥你都是传说中巡天盟的巡天使了。"

"我成巡天使的事，之前你就没听说过？"秦云说道，"归海家也是一个大家族啊。"

"没听说。"黎玉清轻轻摇头，道，"我夫君身体不好，甚少出府，我嫁入归海家后，也大门不出，二门不迈，几乎一直待在内院陪着夫君，平常也只是和杏儿妹妹，还有几个丫鬟说上几句话，哪里知道外面是什么情况，更不知道谁成了巡天使。"

"你父亲呢？"秦云问道，"他就忍心看着你被归海家的人如此欺负？"

"我爹带兵对付妖怪时，被妖怪杀了。"黎玉清眼中含泪。

秦云轻声叹息。

官兵对付妖怪，有所折损是难以避免之事。

"我爹死了，待得我夫君病死后，我也就没了依靠，归海家看到我生的是个女儿，根本就不在意我。"黎玉清看着怀中的女儿，"若不是舍不得莲莲，我早就去陪夫君了。"

"他们五个又是怎么回事？"秦云问道。

归海程等五人都乞求地看着黎玉清。

黎玉清却是眼中含泪，咬牙盯着这五人，道："我夫君死后，这归海程颇为照顾我，我心想他毕竟是我夫君的兄长，还当他是好心。谁承想他却是狼子野心，三番五次算计于我，我陪嫁的杏儿妹妹都被他坏了身子，惨死于他们手中，我若不是炼气有成，怕也早就被他们糟蹋了！

"那次被下药后，我凭着剑术艰难逃了出来，知道再留在府内肯定逃不出他们的魔掌，便带着女儿逃出归海家，一路往北，想要逃回广凌。"

秦云点点头，道："你为何专门指出这三个护卫？"

"他们三个，就是归海程的爪牙，诸多恶事，属他们三个做得最多。杏儿妹妹也是被他们三个糟蹋而死的。"黎玉清道。

"哦。"秦云点点头。

三个护卫露出惊恐之色。

秦云扫视一眼。

"咻——"

这三个护卫便直接化为粉末消失在天地间。

剑意达到剑意领域之境后，毁尸灭迹对于秦云来说已不是难事。

归海程、青袍护卫见到这样的场景，吓得都快窒息了。

"他们三个就这么化成粉，消失了？"

"秦云会不会也这么对付我们？"

他们俩惊恐地互相传音，唯恐下一刻便死了。

黎玉清也有些吃惊，跟着便郑重地道："杏儿妹妹，你在天有灵，也可以瞑目了吧。如今这三个恶贼也恶有恶报了。"她本是隐忍之人,只是这三个护卫是她最恨的归海程的爪牙。

"三个爪牙都如此狠毒,归海程这幕后主使想必不会无辜。"秦云说道。

"云哥,他终究是归海家的修行人。"黎玉清忍不住道。

"你就是太能忍了。"秦云摇头道,"不过,我也不急着杀这二人。等归海家的人来了,我再和他们好好说道说道吧。他们就这么对待他们归海家媳妇的?"

黎玉清低声道:"归海家没在意过我,也许并不知情。"

"无论如何,我都要让归海家给个说法。"秦云道。

回到广凌郡城后,秦云带着黎玉清等人进了秦府。

"来人,将这二人关进地牢。"秦云吩咐下人,归海程和青袍护卫早就被封住了法力。

"是!"

如今秦府内的仆人、护卫众多,听到秦云的吩咐后,立即有人出来将归海程和青袍护卫给押了下去。

"玉清妹子,你只管安心在我这儿住下。"秦云说道。

"嗯。"黎玉清抱着女儿,低声应道,这段日子她一直心慌恐惧,如今终于能放下心了。

"云儿。"秦云的母亲常兰从远处廊道走过来,看到黎玉清,笑道,"这是你朋友?"

"娘,你不认识了?这是当年黎大人家的玉清妹子啊。"秦云说道。

"玉清小姐?"常兰有些惊讶,眼前这抱着小孩儿与普通民妇无二的妇人,和她记忆中的英气十足的少女的确有很大差别,只是容貌有些熟悉。

黎玉清当即低声道:"玉清见过夫人。"

"你爹最近如何?"常兰有些疑惑地问道。

"我爹带兵对付妖怪,被妖怪杀了。"黎玉清低声道。

常兰一怔。

"娘，你帮忙安排下吧，让玉清妹子先在我秦府住下。"秦云说道。

"好好好，我来安排。"常兰有些心疼地看着黎玉清，当即带着黎玉清进屋叙旧去了。

在了解了前因后果后，不管是当初和黎大人有同僚之谊的秦烈虎，还是心善的常兰，都很气愤归海家的所作所为，也很同情黎玉清的遭遇。

第二天一早，秦云在院内练飞剑之术。

"嗯？"忽然，秦云有些惊讶，一翻手拿出巡天令。

"嗡——"

半空显现出一道虚影，正是元符宫主。

"元符前辈。"秦云开口。

"秦云小友。"元符宫主笑道，"昨天回到景山派后，我便将第六块符牌已有下落之事告知我景山派，在内部商议后，我等又和拥有符牌的其他五方一一传信，终于将进景阳洞府的日子定下来了。"

"这才一天时间，你们就定下了，可真是快。"秦云眼睛一亮，笑道。

"我景山派等这一天等太久了。"元符宫主微笑道，"日子就定在了六月十二，午时之前所有人在我景山派内集合，如何？"

秦云笑着点头，道："好，就六月十二，午时之前我们一定到。"

越州，地处岭南区域，这里部落极多，也不乏修仙宗派。古老的剑仙宗派越门便位于越州，在天下修仙宗派的中名列前茅。

相比于蜀州剑阁，越门的实力要弱了一截，也低调许多。

在上古时期，越门的名气极大，乃天下剑仙宗派之魁首。只是随着时间的流逝，天下各大势力重新洗牌，数个剑仙宗派或崛起或没落，越门虽一直延续至今，可在天下顶尖修仙宗派中只能算是普通剑仙宗派了。

天蒙蒙亮。

越门，白猿洞内有一老者盘膝坐在蒲团上，忽然，他睁开眼看向远处。

远处有一中年人在越门弟子的引领下往白猿洞的方向走着，此人名叫方虞。

"师尊他老人家就在白猿洞中修炼。"越门弟子笑道。

方虞微微点头，看向周围。此时，越门弟子们正迎着朝阳，在平地上用心练剑。无论如何，至少在越州，能够成为越门的弟子，是无数人梦寐以求之事。

走了片刻，方虞来到了白猿洞前。白猿洞就是一个大洞穴，简陋得很，洞穴内有许多剑痕。

"方老弟，进来吧。"白猿洞里传来声音。

方虞听了便走进白猿洞内。

"袁公。"方虞拱了拱手，才盘膝坐到另一个蒲团上，"不知袁公这么急着召我来，所为何事？"

方虞还是颇为敬重对方的，眼前的老者乃越门当代袁公，俗家名万茂，越门每一代都有一个袁公，地位不亚于越门门主。

"方老弟。"袁公微笑道，"不知你可还记得我和你说过的景阳洞府之事？"

"景山派的景阳洞府？我当然记得！袁公你说过，进入景阳洞府的符牌有一块就在你这儿，若是洞府开启……你便邀请我一同前往。"方虞眼睛一亮，"怎么，洞府要开启了吗？"

袁公微微点头，道："如今景山派已经集齐六块符牌，很快，那景阳洞府便将开启。方老弟，你可还愿随我进去？"

"我求之不得！"方虞喜不自胜，"有袁公一同前往，我还怕什么。更何况我阵法造诣不错，再和袁公联手，定能得到很多宝物。至于宝物分配，便按袁公说的，你八我二！且剑仙一脉的宝物都归袁公。"

"嗯。"袁公微笑着点头，"方老弟的阵法造诣，当属越州第一！有你助我，我也有信心得到飞剑白露了。"

"哈哈，我便预祝袁公成功了，飞剑白露到手后，和越门的飞剑青水双剑合璧，那可是能匹敌超品法宝的。"方虞道。

袁公微微点头。

飞剑白露、飞剑青水，本都是越门的飞剑，且都是一品法宝。只是后来飞剑白露遗失，落入妖魔之手，后来又落到了景阳真人的手里，当时越门和景山派之间有矛盾，景阳真人在恼怒下，将飞剑白露也放在自己的景阳洞府内，让越门的白青二剑分离了数千年。

"方老弟，你且去准备，六月十一，再来我这儿。"袁公道。

"好，我这便去准备。"方虞当即起身道，"我先告辞了。"

"静儿，替我送送你方师叔。"袁公吩咐道。

洞外的越门弟子当即热情地带领中年人向越门外走去。

此刻，方虞也有些心潮澎湃，暗暗激动：那可是元神仙人的洞府。越门虽然厉害，可终究只是剑仙宗派，从未出现过真正的元神仙人，论底蕴，和景山派比差远了。不过袁公的飞剑之术的确了得，我和他一同进去，即便只分得两成宝物……也是我前所未有的大机缘了。

他还在心中暗暗盘算：这次我定要准备充分了，还得小心袁公翻脸。

方虞乃先天实丹境的修行人，也是青令巡天使，阵法造诣极高。他瞬间布下的阵法，便是先天金丹境高手短时间内都难以破开。在阵法上，他可以毫不谦虚地号称越州第一！这也是袁公请他一同入景阳洞府的原因。

白猿洞内。

袁公暗道：多年来，六块符牌一直没能凑齐。可景阳洞府里的宝物实在太吸引人，即便没有符牌，依旧有大限将至的修行人强行进入探察过，可他们都没能活着出来。连他们自己的宝物，也就此遗失在了景阳洞府内。

这也是越门虽然一直很想得到飞剑白露，但还是没去硬闯的原因。也就大限将至的修行人愿意去试一试而已。

袁公暗道：我越门一直在查剑老人，按照剑老人留给后辈的讯息来看，他应该也是去了景阳洞府。剑老人可是悟出了剑道的前辈高人，他一直致力于创造足以让剑仙一脉跨入元神之境的修炼法门。他虽然将诸多宝物留给了后人，可他当初进入景阳洞府时，他至少带上了他的本命飞剑。灵宝和超品法宝，我就没必要去夺了。可飞剑白露和剑老人所留的东西，我必须拿到手。

袁公野心倒也不大，他也知道，灵宝就算到手，越门也是守不住的。

江州广凌，秦府门口。

"玉清妹妹，你不必送我们了。"

"玉清妹妹，过两日我再来找你玩啊。"

两个雍容华贵的妇人和黎玉清告别。

黎玉清也笑着同她们告别。

逃亡这么久后，她很开心能和儿时的姐妹们坐在一起聊天。

"黛青姐姐，上我的马车，路上我们也好有个伴。"两个贵妇人当即上了同一辆马车，很快，她们的仆人和护卫就驾着马车离开了。

黎玉清遥遥看了一会儿后才转身回府。

马车内。

两个年轻美貌的贵妇人在一起嘀咕。

"玉清妹妹年少时就喜欢舞刀弄剑，可现在还不是不如我们嫁得好。"一个贵妇人轻声笑道，"她嫁给了归海家的一个病秧子，还被归海家的人欺负，若不是秦二公子帮忙，她现在都不知落到哪一步田地了呢。"

"过去她在我们面前总是很得意，现在呢……"另一个贵妇人也捂嘴笑道，"当然，她舞刀弄剑还是有好处的，这不，她现在又攀上了秦二公子的高枝！"

"秦二公子也瞧得上她？"

"你可别这么说，如今她可住在秦府呢，说不定什么时候就翻身成了秦二公子的妾室。"

"一个带着拖油瓶的女人，秦府还要她？我不信！"

"秦二公子是神仙中人，可不在乎世俗规矩，而且他们还有些年少的情谊在，此事难说，难说呢。"

"也是，此事也的确难说。"

也是因为黎玉清如今住在秦府，否则她们俩还真懒得对黎玉清如此热情。

鄱州，神霄门，雷池。

雷池在山腹之内，里面是天地之雷霆。

"轰隆隆——"山门轰然开启。

五个修行人从中走了出来，除了一个负责护持的外，其他四个都是神霄门里较为年轻的弟子，年龄都未曾超过百岁，其中就有伊萧、薛永二人。雷池是神霄门的重地，即使是伊萧，往年也是没资格进入雷池的。能进入雷池的都是神霄门的精英，是神霄门认定的有希望跨入先天金丹境的天才弟子。

这四人中，大师兄薛永、神霄门张氏的张五灵，都是先天实丹境，且他们都掌握了天道意蕴。

"伊萧师妹，恭喜恭喜！"

"伊萧师妹，如此年轻就掌握了天道意蕴，真让我等羡慕！"

雷池外，一众神霄门弟子都在恭喜伊萧。

连伊萧的长辈们，也都笑吟吟地看着伊萧。

"这次虽出现了些小意外，导致天雷灌体，可你凭一己之力化险为夷，不但吸收了天雷，更从中悟出了雷霆意境，真是不错。"一个道袍女子笑吟吟地看着伊萧。

"师尊，我也是侥幸罢了，天雷灌体时我只能孤注一掷，强行将雷霆引入五脏。"伊萧说道，"幸好我吸收成功了。"

"也是因为你根基扎实。"道袍女子笑笑，"好了，你先回去歇息吧，这三个月你也累了。"

"嗯。"伊萧点头。

伊萧很快便返回了自己的住处，还没坐下歇息，就感应到传信宝物在颤动。

"嗯？"伊萧一翻手，拿出了一块神霄符牌。

"嗡——"

半空中显现了一个中年人的身影。

"老祖宗。"伊萧连忙恭恭敬敬地行礼。

这中年人便是伊氏老祖，在全天下都赫赫有名的强者。

"伊萧。"伊氏老祖微笑道，"我得到消息，你在雷池修炼时掌握了雷霆意境？"

"是。"伊萧点头。

"好，你先天一气神雷应该圆满了吧？"伊氏老祖问道。

"已经圆满。"伊萧恭敬道。

"我会让人传你神霄雷法。"伊氏老祖点头，"之后再让人赐予你一张四品的神霄符箓。"

伊氏和神霄门关系极为紧密，算是同气连枝，伊氏子弟一般也是送进神霄门修行。因此伊氏老祖说安排人传授她神霄雷法，也并非虚言。

"神霄符箓？"伊萧吃惊，四品神霄符箓……论价值不亚于三品法宝。

"嗯，你好好修炼，一个月后，我会安排你和你二叔一同去办一件重要之事。"伊氏老祖笑道，"也算是我对你的小小考验了。"显然伊氏老祖知晓伊萧掌握了雷霆意境后，开始倾力栽培伊萧了。

"重要之事？"伊萧有些疑惑。

"一个月后，景阳洞府开启，我伊氏会安排两个人进去，便由你和你二叔一同去吧。"伊氏老祖道。

第72章
六方会聚

伊萧有些吃惊,连忙道:"老祖宗,景阳洞府,我也进去?我担心我……"

"只是小小的磨炼罢了,你们能得到什么宝物,一切随缘。"伊氏老祖微笑着吩咐道。

"是。"伊萧当即乖乖应命。

"这是关于景阳洞府的情报。"伊萧手中的神霄符牌上浮现出密密麻麻的文字,跟着传信便断了。

伊萧低头看着文字,有些犹豫,她暗道:六月十二所有人就得进去吗?这个月,师门长辈还要传授我神霄雷法,我也要修炼雷法,怕都没时间去广凌了。

随即伊萧心念一动。

"嗡——"

半空中浮现一道虚影,正是秦云。

"伊萧。"秦云露出喜色,"你出关了?"

"嗯。"伊萧微微点头,也露出微笑。

另一边。

在秦府的院子内,秦云看着巡天令上显现的伊萧的虚影,看着伊萧的笑容,心中暖暖的。

"你在雷池闭关修炼得怎样？"秦云问道。

"我还真出了点小麻烦。"伊萧忍不住道，"雷池引动的毕竟是天地之雷霆，这天地雷霆，威力时大时小，没法随心所欲地控制。这次我在修炼过程中……有一道春雷炸响，那威势太可怕了，在我神霄门也数年难得一见，而且这春雷刚好离雷池很近，完全被引了进来。在雷池修炼的四个小辈中，我实力最弱，没能隔绝天雷，便被天雷灌体了。"

秦云听到这里心中一紧。

他明明知道现在已经没事了，可此刻听起来，他还是不由得担心不已。

"好在雷池本身就有诸多阵法，我就算没扛住，也最多重伤，损伤根基，还不至于丢掉性命。"伊萧笑道，"我不愿服输，既然我已经被天雷灌体，我就孤注一掷将天雷引入五脏，欲将其吸收，当时情况的确很险……我亲身感受到了天地雷霆的可怕之处，因此领悟了雷霆意境，并成功吸收了这些天雷，如今先天一气神雷已圆满，宗门很快便会传授我神霄雷法。"

秦云听完松了一口气，也露出笑容："你这可是因祸得福，都要修炼神霄雷法了，这可是天下第一雷法。"

如今伊萧的修行路可比自己的宽阔多了。

神霄雷法号称天下第一雷法，修炼起来一路畅通，借此，伊萧将来也有望凝聚元神，成为仙人，长生不老。

剑仙一脉，一剑破万法，看似强大，可修炼到先天金丹境便到顶了。

"有一件事，我得和你说一下。"伊萧轻声道，"近期我应该不能去广凌了。"

"怎么了？"秦云疑惑，"你有什么事吗？"

之前伊萧答应秦云，待她出关后，她便来广凌和秦云相聚。

"近期我得修炼神霄雷法，而一个月后我要去景阳洞府。"伊萧低声道，"这是我伊氏老祖宗的吩咐，我没法违背。"

"景阳洞府？"秦云惊愕万分，眨了一下眼睛。

"你怎么这副表情？"伊萧忍不住道，"既不担心我，也不好奇，一副傻傻的样子。"

"我本来也要告诉你一件事的。"秦云也忍不住笑了，"一个月后，我和洪九要去景阳洞府。"

"啊……"伊萧有些发蒙。

"事情是这样的。"秦云仔细解释着，这事也没必要瞒着伊萧。

两人聊了好一会儿。

"没想到这么巧。"伊萧笑了。

"听说这六块符牌各属一方，其中有三方都是千年大家族呢。"秦云说道，"幸好有伊氏，没那钟离氏，否则此行还要多些波折。"

伊萧笑了起来，道："你可得小心点，听起来，六方中，就你们这一方实力最弱呢。"

"我弱吗？我可是能匹敌先天金丹境高手的剑仙。"秦云道。

"至少表面上看，你这一方最弱。"伊萧笑道，随即提醒，"你还是得小心点，在进景阳洞府前要一直保密。就算得到宝物，只要没被他人发现，你们也别公开。据我所知，里面有好几件宝物，连元神仙人们都眼馋。不单单是我人族，妖魔也会盯着。他们虽然进不去，可等我们出来，很有可能会抢我们的。"

"嗯。"秦云点头，伊萧关心他，他还是很开心的，"那你便好好修炼，多多提升实力，进入景阳洞府也更安全。"

"好。对了，你说说，最近这几个月，我不在广凌，你都干了些什么？"

"我啊，好，我一件件和你说……"

秦云和伊萧就这么通过传信宝物，看着彼此的虚影，聊着天。

南明郡，归海家唯一的先天修行人归海靖从南海归来，此刻正脸色阴沉地坐在厅内主位上，归海家其他宿老一个个都站着不敢吭声。

"蠢货，一群蠢货！"归海靖的目光扫过厅内这些宿老。

宿老们都脸色微变。

"三弟……"其中一个老者忍不住开口。

"闭嘴!"归海靖喝道,"过去我给足了你们面子,可你们也太让我失望了!"

这些宿老顿时闭嘴,他们都感觉到了归海靖的怒火。

"我一心在南海修行,整个归海家都交给你们在管,可是你们是怎么管的?竟然捅了这么大的娄子!还有,官府发的信函到了我归海家,你们知道此事牵扯到秦云巡天使,还不拼命以最快的速度找我,竟然拖到今天才告诉我?"归海靖十分愤怒。

"三弟,我们有找过你,只是你在南海,我们便找得慢了些。"一个老者连忙道。

"蠢!真是蠢!我在南海修行,你们找不到我,可直接找我同门,找我师尊啊,再让他们传信给我,不就能找到我了吗?"归海靖气得一肚子火,"官府的信到我们家足足十一天了,我才知道!还有那个归海程……天下女人多的是,他怎么就看上自己的弟媳了?啊?此事传出去,我归海家丢不丢脸?"

旁边一个胖老头道:"三哥,程儿是我们归海家叩开了仙门的子弟,而且那个黎玉清也就是个妇人,我们便没当一回事。"

"可她和秦云巡天使是好友!"归海靖气得冒火,"你们可知道,恶龙山三妖王都死在秦云手里,一个都没逃掉。我连秦云巡天使的一招都扛不住。幸好秦云巡天使不是心狠手辣之辈,他若是狠毒之辈,我们归海家就完了!完了你们知道吗?"

这些归海家宿老不敢吭声了。

"你们看看,看看,归海程这蠢货!我归海家叩开仙门的子弟就那么几个,他不好好修炼就算了,还总是寻花问柳,甚至对自己的弟媳下手!你们就是这么教导后辈的?看来我之前放任不管,也是错了。这次我得好好管理一下家族事务了。"归海靖的确气得快发疯。

"黎家人呢?"归海靖喝道。

"我们早已将黎家人请到府上,向他们赔礼了。"立即有老者道。

"嗯，现在我便去见他们。"归海靖起身。

归海靖在回家族的当天，便亲自去见了黎家人，并送上诸多厚礼。

跟着，中午时分，他便带着黎家人腾云驾雾离开了南明郡，因为长距离飞行又带着很多人，所以他的速度并不快，一直到天黑，他们才抵达广凌郡。

第二天上午。

归海靖便带着黎家人去秦府。

"娘！哥！"黎玉清远远地看到母亲、哥哥等人，立即跑过去扑进母亲怀里哭了起来。她一直不能和亲人诉说自己的苦，此刻看到亲人，她便再也忍不住眼泪。

"玉清。"归海靖在一旁叹息道，"一切都是我管教无方，其实我归海家年轻一代，孝恭是悟性最高的，可惜他命不好，早早病死。不管怎样，你都是我归海家的媳妇。这件事是归海家对不住你，我自会给你一个交代，也希望你不再记恨。"

黎玉清没说什么。

"我家主人在等诸位，诸位请进。"修行人楚远道。

归海靖肃容，带着手下一同往里走。

秦府，一迎客的大厅内，秦云坐在主位。下方，归海程和青袍护卫跪在那儿，此时的他们十分恐惧。

"主人，归海家的人到了。"楚远将人带到厅内后，便站到一旁候着。

归海靖刚进入厅内，就感到了无形的压力，全身皮肤都有被针刺着的感觉。他一眼便看到了坐在主位上的青年，当即躬身："南海通明派弟子归海靖，拜见秦云巡天使。"

"三叔，救我，救我！"归海程低声哀求道。

归海靖却瞪了归海程一眼。

"归海道友。"秦云淡然道，"如果不是我刚好路过容坛郡，恐怕我玉清妹子和她女儿都没活路了。"

"是，官府已发来信函，我已知道事情的来龙去脉。"归海靖点头，"也是因为我一直在外修炼，没管家族内的事，才让家族内的小辈如此肆无忌惮。"

归海靖走向归海程，冷冷地道："程儿，你叩开仙门时，我还为你高兴，只是没想到，你不安心修炼，却祸害良家妇女，甚至都祸害到自己的弟媳身上了。你弟弟孝恭可刚去世没多久，你怎么就如此心狠？这心入了魔，实力越强，所造之孽便越大。也罢，我便亲自送你上路，黄泉路上你也别怪三叔心狠。"

归海程瞪大眼，惊道："三叔，你要杀我？"

秦云只是在一旁看着。

"常在河边走，哪有不湿鞋？"归海靖道，"你要怪也只能怪你自己！"

"别杀我，三叔，别杀我！"归海程乞求，"我改，我改！"

"多行不义必自毙。"归海靖摇头，随即拍下一掌，无形的真元拍在归海程的头上，归海程身体一颤，鼻孔流血，当即软倒在地。

"至于你……"归海靖看向一旁的青袍护卫。青袍护卫恐惧不已，连归海家子弟都被杀了，他还能有活路吗？

"你是程儿的护卫，倒也没做什么恶事，只是没规劝程儿，便受三年锁脉之苦吧，三年后我会亲自给你解开。"归海靖凌空一点，有一符文飞出，符文瞬间融入青袍护卫体内。

青袍护卫顿时痛得脸色通红，即便如此，他还是恭敬磕头，道："谢主人饶命。"

仅仅受三年锁脉之苦，没被废掉丹田，青袍护卫已经很庆幸了，只是这三年折磨是逃不掉了。

"秦云巡天使，我长期在南海修炼，之前也不知这一切，以后我一定会弥补黎家，弥补玉清。"归海靖说道。

秦云看了看归海靖，点点头，道："你归海靖在修行界中的名声也不算差，接下来就看你归海家怎么对待玉清妹子吧。"

"秦云巡天使只管看着便是。"归海靖笑道，"对了，这是我第一次和秦云巡天使见面,所以准备了些薄礼,还请秦云巡天使笑纳。"

说着,他从身后的下人手上接过一个箱子,将之放在了一旁的茶几上。

"若是秦云巡天使无事,我便告辞了。"归海靖说道。

"我就不送了。"秦云道。

归海靖微微躬身,归海家的下人立即带上归海程的尸体一同离去。

秦云看着他离去。

"主人,您就这么放归海靖走?他会不会记恨您?"一旁的楚远低声道。

"这些时日我查过,归海靖为人还行,且一心修行,不理俗事。"秦云点头,"这事就到此为止。"

若归海靖名声差,也是品行低劣之辈的话,秦云可不会这么轻易便放过他。

转眼,已到了六月十二日。

秦云盘膝坐在草地上,飞剑在他手掌上方轻声环行。

"二公子,洪九公子到了。"院外传来阿贵的声音,也就秦府的一些老人还是习惯称呼秦云为二公子。

秦云心念一动,飞剑便飞入了他的袖中。

木门开。

拄着一根木制拐杖的洪九同样气度不凡,他面带笑意地走向秦云,道:"秦云兄,我们该出发了。"

秦云点头起身,道:"对,我们该出发了。"

府内之事他也早就交代安排好了。

"走,我们去景山派。"秦云带着洪九,嗖的一声化作一道流光破空而去。

在秦云和洪九前往景山派之时,拥有符牌的另外五方有的正在赶路,有的则已经抵达景山派了。

一团云雾上,有一壮硕青年和一少年。

少年笑眯眯的,腰间挂着一把刀。

"八弟，我可一点都不懂阵法，我看你每天也只是吃了睡，睡了吃，景阳真人布置的阵法，你真有把握破解？也不知道老祖是怎么想的，让你和我去。"壮硕青年嘀咕着，"我觉得与二爷爷同行，我才更安心呢。"

"放心吧，论阵法，二爷爷可比不上我，你听我的，准没错。"少年盘膝坐在云雾上，从腰间的乾坤袋内拿出包裹好的点心，吃了起来，"而且大哥你的混元真身都修炼到第六层了，身体跟法宝一样，你还怕什么？"

"小心为上，小心为上。"壮硕青年嘀咕。

少年瞥了一眼自己的大哥。

混元宗是肉身成圣一脉的，他大哥已将混元宗的镇宗法门混元真身修炼到了第六层。可以说，放眼整个天下，甭管是神魔一脉的朝廷中人，还是修炼魔躯的妖魔九脉中的妖魔，又或者是四海龙族，单单在先天实丹境层次，论肉身之强，他大哥算是顶尖的了。

"你就是胆子太小了。"少年嘀咕，"大哥，这次去景山派的还有皇族和其他一些大家族，你可别给我们老朱氏丢脸。"

"我一切听你的就是。"壮硕青年连忙道。

"嗯。"少年点头。

原州朱氏，是天下屈指可数的千年大家族之一，实力丝毫不比昆仑州伊氏、崆州钟离氏弱。因为原州朱氏与混元宗关系紧密，就像伊氏和神霄门的关系一样，这原州朱氏子弟一般也是拜入混元宗的。

且朱氏子弟也很争气，混元宗中名震天下的强者，不少都是朱氏子弟。

可以说，混元宗有三成弟子都来自于朱氏。

要知道，混元真身是最强的炼体法门，比神魔一脉、妖魔九脉的都要厉害。朱氏子弟也是出了名的刀枪不入。

另一处，有两个女子驾云而来，她们俩的容貌都极美，不过其中一个神色十分冷漠。

"姐姐，也不知道其他五方来的都是哪些人。"红衣女子笑道，"这次我们可得想办法将灵宝兜率神火符箓拿到手。这等灵宝，放在现如今的景山派手里，就有些糟蹋了。"

"嗯。"白衣女子面色清冷，点头道，"当初的景阳真人是了不起，可现如今的景山派比过去弱太多了，兜率神火符箓在他们手里也发挥不出多少威力。天下间，论对兜率神火的掌控，还是三老祖最擅长。你我联手，又有老祖赐下的宝物，还是有把握得到兜率神火符箓的。"

红衣女子也点头，此刻，她充满了斗志。

白家，乃天下最古老的家族。

相传……

当初灵宝天尊在无名山讲道，灵宝天尊传下道统后，这天下间方有修行人，那座无名山便自此称为灵宝山，而白家老祖就是当时聆听灵宝天尊讲道的人中的一个，漫长的岁月一晃而过，白家一直发展至今，在灵宝山中是实力第一的大家族。

广凌郡离容坛郡比较近，且秦云飞剑飞行的速度可比之前快多了，半个时辰都没到，秦云便带着洪九抵达了景山派所属的山下。

"秦云道友。"炎道人热情地飞来迎接，"这位就是洪九道友吧，年纪轻轻便跨入了先天，真让老道我羡慕不已啊，像我们这些一只脚已经跨进棺材板的，只能过一天少一天喽。"

"等会儿不是要开启景阳洞府了吗？到时候你们将诸多典籍整理出来，说不定，炎道友还能更进一步，跨入先天金丹境。"秦云笑道，"那样，你可就又多了两百年寿命。"

炎道人笑得嘴巴都歪了，道："哈哈，老道便承秦云道友吉言了，走走走，老道带你们进去，已经有三方到了。"

"好。"秦云和洪九在炎道人的带领下进入了景山派。

今日的景山派戒备森严，诸多阵法都在运转。

秦云和洪九也不敢随意走动。

在炎道人的引领下，秦云和洪九很快就来到了一个雅致的园子内，有好些修行人正在园子里闲聊。

"嗯？"秦云一眼就注意到了一个老者，那个老者也看向秦云。

"这位是越门的当代袁公。"炎道人立即上前引见，"袁公，这位是我江州广陵的秦云。"

"我虽在越州，可也听说过秦云的大名。秦云道友乃无门无派的散修，却凭一己之力叩开了剑仙一脉的仙门，年纪轻轻……就能斩杀恶龙山的三大妖王，当真了不起！"袁公笑道。

袁公旁边的一个中年人微微拱手，道："在下方虞，见过秦云道友。"

秦云当即道："秦云见过袁公，见过方虞道友。"

洪九也上前行礼。

双方闲聊起来，袁公和秦云还挺聊得来，毕竟他们二人都是剑仙。

"看来这次去景阳洞府的人中，就你我二人是剑仙了。"袁公笑道，"到时你我可得联手，毕竟景阳真人所布阵法极为了得，即便大家合力，恐怕都有诸多困难，若是彼此还要内斗，那可就更危险了。"

"到时还请袁公提携我等晚辈。"秦云则谦虚道。

秦云一眼就发现，在场不止一个先天金丹境高手。

既然如此，他自然得低调。不管别人说什么，他都是一副"我是小辈，我只是一个青令巡天使"的样子，让其他五方降低对他的戒心，这样一来，或许他还能多弄些宝物。

和袁公、方虞聊了一会儿后，秦云和洪九就到一旁候着了。

"白家的人到了，白家是灵宝山第一家族，同时也是天下最古老的家族。"洪九辨认着来人，向秦云传音道，"一个家族，为了景阳洞府的宝物，不惜派遣一个先天金丹境的修行人来冒险。白家的底蕴果真深得很。

"袁公他们，也有先天金丹境的实力。

"混元宗朱氏，倒是派遣了两个先天实丹境修行人，在阵法一道上，混元宗的朱八怕是不弱于我。"

洪九继续向秦云传音:"皇族也到了,这可是现如今毫无疑问的天下第一家族,那个老头我不认识,不过他看起来是在场之人中气势最强的,应该是先天金丹境的修行人吧。他旁边的是人皇颇为喜爱的十六皇子。"

秦云听了,往皇族那边看了一眼。

十六皇子是一个瘦削的冷峻青年,他正看着秦云这边,眼神冰冷。

秦云暗道:听说他也在追求伊萧。

"伊氏的人也来了。"洪九看向远处的门口,"不过,伊氏没派遣先天金丹境的修行人,也是,如今伊氏似乎只有一个先天金丹境的修行人,应该舍不得让他来冒险吧。嗯,这次六方中,只有越门、皇族、白家,这三方派遣了先天金丹境的修行人。"

"情况还好,我们的实力不算太弱。"洪九传音。

秦云的目光却是落在了从门口走进来的一道身影上,此人正是伊萧。

"伊萧姑娘!"十六皇子高声喊道,十分热情。

伊萧看了看十六皇子,点点头,随即便朝秦云这儿走了过来。秦云也走了过去,分别四个多月后,他们俩都牵挂着对方。

"秦云。"

"伊萧。"

他们俩站在一起,看着对方,明显亲密得很。

第73章

景阳洞府,开

十六皇子的表情僵住了,他盯着远处谈笑着的秦云、伊萧二人。

十六皇子暗道:没想到一个散修便能勾引到伊萧,这伊萧还真是目光短浅,过去我还高看她了。

他虽这么想,心中的妒火却熊熊燃烧起来,毕竟伊萧是他所见女子中最美、最有气质,也是最令他心动的。

他暗骂:一个散修,便敢和我抢女人,真是找死。

十六皇子身旁的光头老者虽然穿着一身长袍,却难掩他的雄壮,连他露在外面的皮肤,都隐隐泛着金光。光头老者也是全场气势最强的人,他眼神冰冷地扫视着周围。不管到来的是伊氏、朱氏等家族子弟,还是与灵宝山渊源颇深的白家子弟,他都只是冷冷地看着,根本懒得挤出一丝笑容。

不过……当他看到十六皇子热情地和伊氏的那个小姑娘伊萧打招呼,伊萧却和秦云走到一起,十六皇子的脸色突然变得很难看时,这光头老者似乎心有所悟。

"弘义。"光头老者传音给一旁的十六皇子,"别让儿女私情影响到大事。"

"烈老放心，既然父皇这次将任务交给我，我自然会全力助烈老夺取那灵宝兜率神火符箓。"十六皇子传音道。

光头老者微微点头，传音道："我们不仅要抢到灵宝兜率神火符箓，还有超品法宝金丹炉。景阳真人当年所创的《金丹外丹三篇》，如今有两篇藏在皇宫宝库内，可至今也只有景阳真人炼出了金丹外丹。陛下曾说，要炼制出金丹外丹，怕是缺不了景阳真人当初用来炼丹的金丹炉，所以，超品法宝金丹炉也是我们的目标。"

"烈老，我明白，我一切都听你的。"十六皇子传音道。

"嗯，陛下颇为看重你，这次也是难得的磨炼，你定要把握住机会。至于你喜欢的那个伊萧小姑娘，"光头老者笑道，"有适合的机会，我再悄无声息地杀了秦云。"

十六皇子眼睛一亮，传音道："好！大局为重，有机会你再杀了秦云。不过，此事不能让伊萧知道，否则伊萧必会记恨我，到时事情就麻烦了。"

"这点还需要你教我？"光头老者嘴角带着笑意。

"是。"十六皇子连忙道。

秦云和伊萧在园子的一角聊着，洪九识趣地没来打扰。

"秦云，这次六方中，有三方派遣了先天金丹境的高手。"伊萧传音道，"好在先天金丹境高手只有三个，分别是越门袁公、白家的君月仙子，以及在场实力最强的皇族高手姬烈。"

秦云一惊，传音道："姬烈？他最强？"

"嗯。"伊萧连忙将这些情报告诉秦云，在伊萧看来，秦云这边最没底蕴，连厉害的宝物也没几件，这让伊萧颇为担心，"姬烈和你一样，也达到了意境领域这一层，不过人家是先天金丹境，而且皇族一定让他带了厉害的法宝。"

秦云暗惊。

"六方中，论实力，姬烈是无可争议的第一，其他人联手也敌不过他一人。"伊萧传音，"实力第二的则是君月仙子，君月仙子是白家人，白家的底蕴颇深，君月仙子一定也携带着厉害的宝物。借助宝物，她恐怕是在场唯一一个能勉强和姬烈斗一斗的人。

"袁公虽是先天金丹境的剑仙，可论实力，他也只能排第三。秦云，你的实力应该和袁公接近吧，只是论法宝，你不如他。"伊萧道。

"我的本命飞剑也达到四品了。"秦云忍不住传音道，"你也别太小瞧我了。"

"袁公可是修行了数百年的先天金丹境剑仙，他的本命飞剑也蕴养到四品了。"伊萧说道，"只是因为他其他境界不够，他的本命飞剑才只是四品。并且作为越门袁公，这次进入景阳洞府，他虽然不太可能携带着一品法宝，可总要携带两三件二品法宝吧。不管他携带的是几品法宝，也不管他携带了几件法宝，可以肯定的是，他一定携带了用来保命的宝物。而你呢？你就一柄四品本命飞剑。"

秦云无语，半响才传音道："好吧，我只是一个散修。"

除了秦云和洪九，袁公是六方中背景最弱的。

可不管怎么说，袁公也是越门当代仅有的两个先天金丹境修行人之一，越门虽舍不得拿一品法宝去冒险，可从上古延续至今，底蕴深厚，让袁公带两三件二品法宝以及其他保命之物还是很正常的。

修行人搏杀时，宝物也很重要。

白家和皇族姬氏就更不用说了，这是天下间最强大的两大家族。他们恐怕早就盯上了灵宝和超品法宝。

伊氏和朱氏也都是千年大家族，幸好这两个大家族派遣的只是先天实丹境修行人。

"其实秦云你也有优势，论实力，你和袁公、君月仙子接近，只是法宝少了些，手段也少了些。"伊萧传音，"再说他们恐怕都没将你当成真正的对手，这也是你的优势。"

"对。"秦云看伊萧处处为自己考虑，他非常开心。

"诸位。"忽然有几位道人走进了园子中，说话的是一个胖道人。

"宫掌门。"

"见过宫掌门。"

皇族、白家等各方，包括秦云和洪九，都连忙行礼。

这胖道人是宫掌门，乃江州第一高手！江州的六个先天金丹境修行人中，只有他达到了意境领域层次，当然，这只是明面上的。当初景山派毕竟是顶尖宗派，据秦云所知，景山派即便如今衰败，暗中依旧有一个元神仙人坐镇。只是一个元神仙人、两个先天金丹境高手的实力，并不足以和顶尖宗派媲美。

要知道，顶尖宗派联合起来，比朝廷还要强。

"既然诸位已聚齐，"宫掌门微笑道，"那事不宜迟，我们现在就出发，前往景阳洞府！"

"好。"

"我们听宫掌门的。"

很快，在宫掌门的带领下，一众人一同腾云驾雾离开了景山派，前往景阳洞府。

"除了景山派，进入景阳洞府的共有十二人，分别是白家的白君月、白君语，伊氏的伊风谷和伊萧……"

朝廷立即得到了消息。

得到消息的不仅有朝廷，朱氏、伊氏、白家，还有参与此次行动的其他几大家族。

知道的人一多，消息也就瞒不住了。

"景阳洞府开启？景山派和六方高手一同进入？"万象殿也得到了详细情报，"这情报可颇为值钱，能卖个好价钱。"

云魔山乃妖魔九脉之一，传说是一座悬浮在云层上的魔山。

事实上，云魔山位于钱州境内，的确在云层之上。云魔山内常年有阵法在运转，周围黑雾缭绕。一般修行人、妖怪即便在云魔山周围飞来飞去，也根本找不到云魔山。

而此刻，云魔山中，有两个魔神碰面了。

一个是胖乎乎的白袍老者，一个是持着扇子的俊美男子。

"这是万象殿给我的消息，你也瞧瞧。"胖老头笑着一挥手，半空便显现出一段文字。

俊美男子轻轻摇动扇子，看着半空中的文字，露出惊讶之色："景阳洞府开启了？我听说景阳真人极厉害，当初连山主你都差点栽在他手上吧。"

"嗯。"胖老头微笑着点头，"当初我刚创立云魔山一脉时，意气风发，心高气傲的我和景阳老鬼约战东海，然而那一战，我败了。不过过刚者易折，景阳老鬼沾了太多因果，三灾九难下，最终还是死了。所以说，既然成神成仙了，就少折腾。不过他的洞府既然在江州，又已经开启，我云魔山便要去插一脚。当初妖魔九脉将江钱二州划为我云魔山的地盘，这江州境内景阳洞府的宝物，我云魔山若是不去争，必会被天下妖魔耻笑。"

"云魔山当然得争。"俊美男子合上扇子，道，"不过我们进不去景阳洞府，有景阳真人布置的阵法在，妖魔进去，必死无疑。等他们拿到景阳洞府的所有宝物，从景阳洞府中出来了，我们再出手。"

"这件事就交给你去安排。"胖老头道。

"好。"俊美男子看着半空中的文字，指着其中一段，笑道，"你看，这进去的六方，其他五方就罢了，都有些背景来历。这一方竟是两个散修？秦云和洪九？"

整个天下，人族、妖族都迅速知晓了景阳洞府开启之事，也知道了进去的六方高手的来历。

包括景山派在内，一共七方修行人驾驭着云雾，朝景阳洞府飞去。

过了小半个时辰，他们便看见了一个大湖泊，湖泊中央隐约是一座岛屿，岛屿上云雾缭绕。

"景阳洞府到了！"宫掌门、元符宫主二人俯瞰下方，都难掩内心的激动。

"三千年了，后人无能，到今日才凑齐六块符牌，"元符宫主忍不住低喃，"还得将典籍之外的所有宝物都让给外人，才有望得到典籍。后人无能，无能啊。"

他说话的同时，也在隔绝着声音以防他人听到。

宫掌门同样表情复杂。

"我们到了！"

"景阳洞府。"

皇族姬烈以及十六皇子，还有白家的白君月姐妹等各方修行人，都两眼放光，期待地看着下方。

袁公暗道：灵宝和超品法宝我是不敢想了，可飞剑白露以及剑老人遗留的宝物，我必须夺到手。

"八弟，这次我们是来历练的，进去后夺什么宝物，我全听你的。"来自朱氏的壮硕青年和少年也在传音。

伊风谷、伊萧同样是抱着历练的想法，能得到什么宝物纯粹看运气。

毕竟朱氏、伊氏虽说都是千年大家族，可朱氏当代仅两个先天金丹境高手，伊氏当代更是只有一个先天金丹境高手。两个家族都不愿让先天金丹境高手来冒险。

按理说景阳真人对人族不会太狠，这次景阳洞府之行应该没有性命之忧，可一切都难说啊，谁能保证景阳真人临死前，没有将阵法布置得足以取人性命？

也就皇族和白家，才敢派先天金丹境的高手来冒险。越门袁公也是年龄大了，孤注一掷想来拼一把，让飞剑白露回归越门，让越门多一件镇宗法宝。

"到了洞府内就看我们各方的手段了。"洪九充满斗志地传音道。

"低调，低调。"秦云笑着传音，"我们这一方，表面上可是最不起眼的。"

"呼——"

云雾降落在岛屿上。

"掌门。"景山派弟子早早等候在此，连忙过来迎接。

"嗯。"宫掌门点头，随即朝秦云等一众人微微一笑，"诸位，请随我来。"

众人沿着青石铺成的小路前行。

很快，前方便出现了一个高达十余丈的巍峨山门，山门上写着两个大字——朝霞。如今这朝霞门被缓缓旋转着的巨大的八卦阵封住了，还有八个道人盘膝坐在山门旁看护。

这八个道人看到从远处走来的宫掌门等人后，立即起身行礼："拜见掌门。"

"诸位看守景阳洞府辛苦了，今后便无须再守了。"宫掌门微笑。

这八个道人微微点头，只是他们对着宫掌门身后的六方修行人时，脸色并不好看。

他们都知道，这次进去，他们景山派的人只能带走典籍，宝物都由其余六方争夺。景阳洞府里可都是景阳真人留下的宝物，可没办法，谁让如今的景山派不够强呢？

"你们撤去阵法吧。"宫掌门吩咐。

"是！"

八个道人立即操纵阵法，很快，封住整个朝霞门的八卦阵法开始消散。

朝霞门渐渐露出全貌，它的风格十分古朴，看起来普普通通，仅仔细看时，方能够感觉到它的恐怖之处。之前的八卦阵是那般张扬，可实际上只能阻挡元神境以下的修行人。朝霞门看起来普普通通，实际上却蕴含着让仙人魔神都惊惧的力量。

"景阳洞府本是景阳真人修行的别院。"宫掌门笑着解释道，"那时，景阳真人推算到我景山派将有劫难，于是提前做了些准备，将典籍以及诸多宝物藏于此地，留给我景山派后人。"

"今日开启景阳洞府，我景山派只取典籍，宝物尽皆不取，任凭六方去争。"宫掌门微笑，"眼前的朝霞门乃景阳洞府的唯一入口，即进入的正道，因此，多年来我景山派也只是守着这朝霞门。从岛屿其他地方进入景阳洞府，那都是找死。有不少修行人不死心，从其他地方进入，却没一个能活着出来。那些死在景阳洞府的修行人的宝物，诸位也可去争。"

"嗯。"

秦云他们也早已知道。

宫掌门微笑道："朝霞门乃真正入口，可若是没符牌，想强行进入，那也是自寻死路。就算是仙人、魔神，若实力不够，也破不了景阳洞府的大阵。即便是实力足以破开山门的仙人、魔神，也不敢强行破阵。

"因为朝霞门一旦被强行破开，景阳洞府的阵法便会调动周围三百里的天地之力，一旦如此，周围二百里内的山石草木便会全部化为齑粉，三百里内的凡俗妖怪牲畜也都会殒命。

"此等大因果，便是仙人、魔神也承受不起，一旦他们如此做，三灾九难便会立即爆发，而且威力极其恐怖。如此一来，他们必死无疑。

"不但是朝霞门，仙人魔神不管从何处潜入景阳洞府，一旦被景阳洞府的阵法感应到，情况与他们从朝霞门进入无异。所以三千年来，他们都不敢硬闯。"

"景阳真人好狠，"洪九传音给秦云，"竟将三百里内的生灵与洞府绑在一起。这大限将至的仙人，的确什么都做得出来。"

"所以就连仙人、魔神都不敢进入。"秦云传音道。

"诸位，且将符牌取出，待朝霞门开启后，诸位必须于十息之内进入。过了十息的时间，朝霞门会重新关闭。"宫掌门道，"至于出来，诸位倒是不必担心，朝霞门只会阻挡外来者进入，不会阻挡从景阳洞府出来的人。"

各方也早已知道这些基本情报，此时都取出了符牌。

六块符牌一拿出，不经持有者施法，便立即一起飞向了山门。

"嗡——"

六块符牌合为一体，形成一个圆盘，直接融入"朝霞"二字。原本看似普通的朝霞门，实际上被一层肉眼看不见的空间膜包裹着，这一层空间膜便是仙人魔神都不一定破得开，此刻，这一层空间膜却消失了。

"按照我们之前约定好的，我景山派可进去三人。"宫掌门一马当先走在前面，身后跟着两个先天实丹境的弟子。

"宫掌门亲自进去？"

"这……"

其他六方都有些惊讶。

宫掌门可是江州第一的修行人，就这么毫不犹豫地去冒险了？

"此次景阳洞府里的典籍，我景山派志在必得。"宫掌门的目光一扫，"诸位，一同进来吧。"

皇族一方的光头老者姬烈眉头微皱，本来他是六方中实力最强之人，可现在宫掌门也进来了，这便不好说了，宫掌门的实力绝不亚于他。由此他也明白这次景山派对景阳洞府中的典籍势在必得，连掌门都来冒险，想必他们也会带着一些极厉害的宝物。

姬烈暗暗揣测：这景山派掌门不会在里面下黑手吧？论对景阳洞府的了解，哪一方都比不上景山派。哼，不过他们就算有十个胆子，也不敢对我动手，我到的背后可是朝廷！我若是死在里面，无法传信给外界，陛下想必也是能推算出来的。

人皇可是统一天下，威慑四方之人。

姬烈猜景山派没胆子挑衅。

众人一同跟随着宫掌门入内。

"秦云。"一道声音在秦云耳边响起。

秦云转头，便看到了十六皇子满是寒意的眼睛。

十六皇子带着一丝讥讽，继续传音道："你一个散修都敢进景阳洞府，可真是胆大包天。不过我得提醒你一下，这次进入景阳洞府的六方高手的情报，估计已经传遍天下了，恐怕妖族的顶尖势力都已经知晓。"

秦云暗惊。

此事已传遍天下了？

秦云知道一旦六方会聚，自己和洪九的身份就会暴露，可消息这么快便传遍天下，还是让秦云有些吃惊。

十六皇子传音道:"进景阳洞府取宝物很危险,可得到宝物从景阳洞府出来后,更危险。

"你还是赶紧放弃吧,这样还能保住一条小命。否则……在景阳洞府里,你是有可能会死;出了景阳洞府,你便必死无疑。总之,你死定了。"

"我说这些可都是为了你好,你现在若是放弃,还能保住自己,这可是你活命的唯一机会。"十六皇子嘴角的笑意加深。

秦云知道十六皇子在警告他,但是他并没有搭理十六皇子。

在十六皇子传音的同时,众人也在一同前进,通过了朝霞门。

很快,朝霞门的阵法再次运转,空间膜再度出现,隔绝内外。

第74章
道藏阁

秦云转头看了一眼巍峨的朝霞门，他用意识仔细感应着，没过多久，他便模糊地感应到朝霞门上隐隐有一层无形之物隔绝内外，让他无法查看外界。

秦云暗道：景阳真人布置的阵法的确厉害。

十六皇子瞥了一眼秦云，传音道："你既然有胆子进来，还是小心点好，景阳真人留下的阵法可不知道留情面，你年纪轻轻，若死在景阳洞府内，就太可惜了。"

"殿下，你也得小心些，景阳真人的阵法可认不出你是皇子，同样不会手下留情。"秦云微笑着传音。

"哼！"十六皇子没再多说。

在场包括景山派在内有七方，共十五个高手。

此时，大家沿着青石板路前进，都能看到一两里外的青石板路尽头有一座府邸。

"那是？"

秦云一眼便看到了远处荒地上的一些残破衣裳，旁边还凌乱地放着几件法宝，一块大印在那放着五色彩光，一根黑黝黝的石棍插在泥土中，虽然石棍看起来很古朴，可秦云他们都能感觉到这石棍表面的符文引动的丝丝波动，这是一件极为强大的法宝。

"有法宝！"

"那里也有！"

在场的皇族、白家、伊氏等各方高手个个都发现了，在府邸外围荒地上的好些地方，法宝都随意放在地上。

因为受到景阳洞府阵法的影响，精神力无法外放感应周围，可众人单单用肉眼观看，便发现了十二处地方有残破衣裳、发黑的血迹、零散的法宝，以及金银之物。

大家虽然发现了法宝，可一时间都没动，这里毕竟是景阳洞府，傻乎乎地强行乱来，只会白白送命。

"诸位。"宫掌门扫视一圈周围后，笑道，"景阳真人府邸外围布置了大阵——风沙阵，生灵进入这阵法后，只要用了一丝法力，周围便会风沙齐作，一个不小心，便是先天金丹境修行人也会被绞杀。"

秦云等人个个倒吸一口凉气。

秦云暗道：仅仅是外围阵法就这么厉害？！

"这三千年来，虽然我景山派守住了山门，但还是有很多修行人从岛屿的其他地方硬闯景阳洞府，或者是为了谋取宝物提升实力，或者是为了长生，总之，三千年里，进来搏命的修行人还是有的，但他们几乎都死在了这外围的阵法中，只有实力极强的人才能继续深入。"宫掌门说道。

"而如今六块符牌齐聚，山门开启，我等进来后，面对的更多是阵法的考验，并非不留情面的灭杀。当然，即便只是阵法考验，如果实力太弱，被阵法灭杀了……那也怪不得谁。"宫掌门笑道。

"宫掌门。"俊美少年朱八眼睛一亮，道，"你的意思是，如今景阳洞府诸多阵法的威力大减？包括这风沙阵？"

宫掌门微笑着点头，道："对，阵法的威力都大减。如今已是三千年后，大家从山门进入，即便闯入风沙阵，也只会激活一重风刀阵，而不是真正的风沙阵。风刀阵的威力只有风沙阵的一两成吧。"

宫掌门的话音刚落，嗖的一声，朱八旁边的壮硕青年朱丰便猛然冲出。他犹如雷霆一般，一迈步就到了远处。在他行动的同时，荒地上的空气顿时微微扭曲，一柄柄风刀向他切割而来。

"大哥别急！"朱八连忙喊道，却晚了。

"噗——"

风刀割在朱丰的衣服上，衣服却丝毫无损；风刀劈在他的脖颈上，哧哧作响，却没有划出一点痕迹。

这让秦云、伊萧、洪九、袁公等人都暗暗咋舌。

秦云暗道：不愧是混元宗的朱疯子，这肉身也修炼得太强了，按照情报，放眼整个天下，在先天实丹境，甭管人族、妖族，论肉身，这混元宗的朱疯子可是顶尖的。

论修炼肉身，混元宗排第一是毫无争议的。

而朱丰便是混元宗先天实丹境的弟子中最强的那一个。

在风刀割过来时，朱丰只是嘿嘿笑着，一伸手就将那处地面上的一件件法宝全部抓到怀里放进乾坤袋内。

"唉，大哥这么急干什么？"俊美少年朱八捂着脑袋，有些无奈。

其他人却借此确定了阵法的威力。

"这风沙阵果真只有风刀！"

"威力不算太强，每一柄风刀约莫有先天实丹境巅峰之威。"

"嗖——"

秦云也动了，他脚下踏着一柄紫色飞剑，直奔有好几件法宝的远方。

同时行动的，也就姬烈、白君月、袁公、伊风谷等四人。

虽然如今这风沙阵只是启动了一重风刀阵，可也不是一般的先天实丹境修行人敢闯的。

姬烈、白君月、袁公且不说，都是先天金丹境。朱疯子的肉身……在当代先天实丹境的修行人中可是顶尖的，便是和一些修炼肉身的先天金丹境修行人的肉身都能比一比。

秦云曾斩杀恶龙山的三大妖王，也有这个自信。

伊风谷是伊氏选出的老牌先天实丹境修行人，能和先天金丹境高手斗个十招二十招。

至于其他人，十六皇子因为突破到先天实丹境不久，不愿冒险；伊萧刚掌握雷霆意境，攻杀厉害，但保命的能力偏弱；方虞、白君语、洪九、朱八都是擅长破解阵法的，也不愿去冒险。

"风沙阵即便只发挥了部分威力，也没那么好闯。一个先天虚丹境的剑仙都敢往里冲？"十六皇子轻声嗤笑。

景山派的人只是看着没出手，他们早就说过，不取其他宝物，只取典籍。

"呼——"

秦云刚冲出，一柄柄风刀便从半空中呼啸着割来，威势极大，速度极快。

一柄红色飞剑从秦云手中飞出。

紫色飞剑与红色飞剑乃秦云新换的两件五品法宝，本命飞剑一般是不会换的，其他飞剑自然是随着修行人实力的提升不断换成更好的。

"噗——"红色飞剑在周围飞舞，留下一道道轨迹，轻易便挡住了一柄柄风刀。秦云最擅长的就是防守，这些风刀……对秦云来说一点压力都没有。红色飞剑和紫色飞剑在外效力，本命飞剑藏在秦云袖中，随时准备飞出。

在景阳洞府里，秦云不敢松懈一刻。

"宝物！"秦云飞到一处，便放出真元，卷住地面上的一件件法宝。伴随着嗖嗖声，一件件法宝飞往秦云张开的乾坤袋内。

"这是四品法宝，这、这是一件二品法宝？"秦云眼睛都亮了，看着手中散发着五彩光芒的大印。

秦云有些激动，他暗道：不知死在这儿的是谁，大概是一个先天金丹境的修行人吧，进来冒险前，他应该给后人留了一些宝物，身上只是携带了最常用的法宝。可即便如此，我在这一处的收获就比我杀死恶龙山三大妖王时得到的多多了。

开玩笑，二品法宝啊！

远处的十六皇子暗暗皱眉：他这么轻松就挡住那些风刀了？倒是有些实力。

此刻的秦云被那一件二品法宝给刺激到了。

他暗想：快快快，抢抢抢，手快有，手慢无！他一挥手，伴随着嗖嗖声，四柄飞剑便立即飞了出去，这四柄飞剑都是他早期兑换的八品法宝，以两柄为一组搜刮着法宝。

"呼——"飞剑上都蕴含着强大法力，一柄柄风刀随之凝聚成形，割向这些飞剑。

可即便只是八品法宝，在秦云的操纵下，这些飞剑也能挡住这些风刀。

一柄飞剑阻挡风刀，另一柄飞剑便搜刮法宝。二者联合，迅速将法宝送了回来。

秦云在操纵四柄飞剑夺宝的同时，飞向另一处，等于是三线行动。

这一幕顿时让待在远处观看的景山派众人，伊萧、洪九、十六皇子、朱八目瞪口呆。

"这秦云小友的飞剑之术好生厉害！"景山派的宫掌门抚须笑道，"他一人同时操纵好几柄飞剑，既能挡住风刀，又不敢耽搁夺宝。"

十六皇子心中很不爽：他真是走了狗屎运了，竟得到了这么多宝物。

伊萧只是笑盈盈地看着，她对秦云的实力十分了解。

"秦云，你慢点！"混元宗的朱丰犹如雷霆一般飞奔，本来还笑得直咧嘴，可看到远处的秦云竟然三线齐动，同时收取三处的宝物，急声连吼，可跟着他就发现，袁公和白君月同样各施手段。

作为当代袁公，万茂并不缺七八品的飞剑。此时的他放出一柄柄随身携带的品质较高的飞剑，控制着它们抵挡围攻他的风刀，颇有压力，因此他虽然飞剑多，实力高，依然只能和秦云一样三线收宝。

白君月周围一颗颗星辰运转，此刻分成三路，扑向三个地方，再加上她自己也不客气，因此她能做到四线收宝。

"呼——"

光头老者姬烈是神魔一脉的修行人,只是近战厉害,并不擅长远距离操纵法宝。他当即发出一声低吼,疯狂飞奔起来,同时双臂猛地长到数十丈长,随着双臂迅速长长,手掌也变得比一座房子还要大。

此法正是通臂神通,也是姬烈最擅长的一门神通。

他一把就抓住了远处的法宝,之后他又迅速赶往另一处,凭借自己的速度尽量多拿一些法宝。

景阳洞府外围的宝物,在数个呼吸的时间内,就被秦云几人扫荡一空。

乾坤袋被法力撑开,飞剑从远处将一件件法宝送入乾坤袋内。

秦云心中欢喜:修炼,需法财侣地,法我有了,这财便最为重要,伊萧画符需要大量材料,我蕴养本命飞剑,除了要提升剑意的境界,也需种种天地奇珍。还有投靠我秦家的修行人,秦家的小辈,修炼起来都需大量宝物。这次要不是进入景阳洞府,平常我哪有这么肆意收获宝物的机会?

秦云暗道:我一共拿了六处的宝物,得到了一件二品法宝、两件三品法宝、八件四品法宝,还有一些其他的宝物。

先天金丹境的修行人使用的本命法宝,一般都只是四品。

因为本命法宝只能靠自己慢慢提升,对方方面面的要求都极高。像秦云和袁公的本命飞剑,如今都只是四品而已。

先天金丹境修行人使用的其他法宝一般都是三品,二品法宝和一品法宝,一般都是一宗或者一族不可多得的财富。

进入景阳洞府搏命的人,宗派和家族都是不允许他们将镇族的一品或二品法宝带进来的。所以秦云发现这次得到的宝物中竟有一件二品法宝,还是很惊喜的。

当然,这次六块符牌聚齐,景阳洞府的山门得以开启,与那些强行进入景阳洞府的人相比,他们要安全十倍百倍,所以袁公、白君月、姬烈等人都敢拿着厉害的法宝进来,若是来送死的,袁公怕也只会带上一柄本命飞剑,最多再带一两件护身法宝罢了。

"这次他们可赚大了。"

"那么多宝物。"

景山派的那两个先天实丹境修行人也有些眼热。

伊萧微微一笑,看着御剑飞来的秦云。秦云周围有一柄飞剑环绕,轻易便挡下了一柄柄风刀。

"呼——"

秦云落在青石板路上。

"这次你收获挺多啊。"伊萧笑着传音,"刚才我看了,君月仙子应该是得到最多宝物的人,取了八处。你和袁公都是取了六处,姬烈取了四处,朱丰和我二叔各取了三处。"

秦云看了一眼降落下来、脸色依旧冰冷的白君月。

"刚才这君月仙子使用的似乎是白家极为有名的小周天星辰。"秦云传音道。

"嗯,威力极大。"伊萧点头。

白家有一件镇族灵宝,名为周天星辰,在史书记载中,它曾经大放光芒。

漫长岁月里,白家仅成功炼制出两套小周天星辰,每套都是一品法宝。一套小周天星辰由三十六颗星辰组成,每颗星辰都是四品法宝,联合起来便是一品法宝。

小周天星辰无论是进攻还是防守都极完美,这次白家让白君月带来,可见白家的狼子野心。

"小周天星辰。"光头老者姬烈飞了回来,也瞥了一眼白君月,瞳孔微微一缩。

"同是一品的法宝,优势各不相同。"伊萧传音,"小周天星辰就属于很完美的一类。"

最慢的伊风谷、朱疯子也回来了。

"三千年里死在风沙阵内的修行人遗留的宝物,如今可皆被六位收走了。"宫掌门笑道,"当然这些死在最外围风沙阵内的修行人,实力不算太强。真正厉害的修行人,即便遇到火力全开的风沙阵,也是能硬扛过去的。他们会继续深入,死在这洞府的某一处。"

在场的人听了宫掌门的话,都眼睛一亮。

对,死在最外面的,都是实力偏弱的。

"我们赶紧进去吧。"宫掌门笑着,很是坦然,他根本就不在意那些宝物。景山派虽然式微,可也有一个元神仙人坐镇,当初也是顶尖宗派。上古的宝物在一代一代传下来的过程中,有些已遗失,有些还在景山派内。论底蕴,景山派可比越门等一些顶尖宗派强多了。

众人继续前进。

"这是给你的。"秦云向一旁的洪九传音道。

洪九连忙接过,他看着递到自己手里的乾坤袋,一感应便吓了一跳,向秦云传音道:"这太多了!三品法宝就有两件,四品法宝六件,这也太多了。"

"我恰好得到了一件二品法宝,说起来,彼此价值相当。"秦云传音道,"我们说好的,宝物五五分。没你的符牌,我都进不来。"

"这次我们得到的也太多了,我们只是刚进山门,还没到府邸内部呢,就得到这么多……"洪九传音,"我虽然有些野心,但是能得到这么多已经满足了。毕竟我现在的实力弱,得到太多宝物,我反而有些怕了。这样,后面的宝物,我看中的你再给我些,其他的我就不要了。"

"我们说好的五五分,更何况,说不定是你得到厉害的宝物分给我呢。"秦云传音道,"而且我现在违背诺言,只会影响我的道心。"

"这……好吧。"洪九传音,"不过我们还是等离开这景阳洞府后再分宝物吧,你给我太多,我怕他们一个个都盯上我,我这小胳膊小腿的,扛不住啊。"

秦云笑了。

"好吧,反正只是外围的宝物,他们也不是很看重。而且我只是给你一个乾坤袋,他们恐怕以为里面放的法宝并不多。"秦云传音道,"之后得到的宝物,我们等出去再分。"

二人彼此传音聊着。

很快,一众人便走了一里多,来到了一座大府邸的门前。

"轰隆——"宫掌门略微查看了一下，便推门而入。

大门打开。

众人小心翼翼地进入后，便看到了一个巨大的院子，院子很大，怕是有两百丈见方。

在院子的左侧是一座楼阁，楼阁的匾额上写着"道藏"二字。

"道藏阁？"宫掌门三人的眼睛都亮了起来。

"诸位，我们事先说好的，典籍全归我景山派，其他的你们自己去争。"宫掌门指向前方的大殿，"诸位进入大殿后，以安全为重。后面便是不存之地，内有许多宝物。我景山派就不陪诸位了，只能告诉诸位……越是厉害的宝物，周围的护宝阵法就越加厉害，宝物是好，可性命也很重要，诸位自行斟酌吧。"

"我们走。"说着，宫掌门便带着两个弟子直奔道藏阁。

秦云等修行人看向那座楼阁。

光头老者姬烈的眼睛有些发亮，他笑道："道藏阁乃景阳真人藏书之地，景山派最重要的典籍便放在这儿。得了这些，景山派在法门方面便不再欠缺，怕都直逼神霄门、混元宗了。"

说着，姬烈还瞥向伊氏、朱氏两方的修行人，道："神霄门、混元宗似乎都对此没想法。"

伊风谷微笑道："天下道门本一家，我等将自家法门修炼到极致便已千难万难，何须贪图其他宗门的典籍？"

"我们混元宗修炼肉身成圣法门，不在乎这些典籍。"俊美少年朱八撇嘴道。

"你们两个散修，也不想要那些典籍吗？"姬烈瞥了一眼秦云、洪九。

"我一个剑仙，也没法转修，要那些典籍作甚？"秦云笑道。

洪九也道："法宝或许我们历经艰险能取到手，这典籍……既然景山派弟子已经进去了，我们再进去，恐怕丢掉命也碰不到典籍。"

对于一个宗派，传承的典籍是最重要的。

"好，那我等便继续深入吧。"姬烈微微一笑，心情颇好。

因为宫掌门等人去了道藏阁，那么在场的只剩下六方，这六方中，他姬烈可是实力第一。

姬烈暗道：如今我实力最强，景阳真人留下的灵宝等物，自然是该我得到。

秦云和洪九低调地跟在众人后面，朝中央的大殿走去。

第75章
飞剑白露

殿门外围是廊道，两侧各立着一根柱子。

左侧柱子上写着"得我景山派宝物"。

右侧柱子上写着"受我景山派因果"。

秦云等人穿过两百丈见方的院子后，便来到了中央的大殿前，殿门两侧柱子上的文字似乎有着奇异的魔力，不断影响着他们十二人的大脑，让他们不由自主地观看起来，柱子上的文字一个个仿佛要钻进他们的脑海一般。

"种心术。"白君月微微皱眉，开口道，"景阳真人在这柱子上下了种心术，将这十四字种入我等心中，我等想忘都忘不掉，只要进去得到了景山派的宝物，便算是受了这一份因果。"

"将来有机会，我等帮帮景山派便可。"光头老者姬烈哈哈笑道，"更何况仙人、神魔怕因果，我等都未成仙未成神魔，因果对我们的影响并不大。哦，我说错了，我是神魔一脉的，道心并不是那么重要。而你们这些修行人，最重视道心啊。"

白君月、袁公、秦云等一个个还是很在意的。

众所周知，仙人、神魔俱怕因果，怕三灾九难，可他们中最强的如今也只是先天金丹境，按理说是不怕这因果的。可若是得了景山派的好处，又不回报景山派，道心一受影响，修炼的速度就会减慢许多，甚至修为可能停滞不前。

"景山派本就和我交好，即便没这份因果，我也会尽力帮景山派。"秦云倒是十分坦然。

"呼——"

姬烈一挥手，手臂便猛地长长，伸入大殿内。

"呼——"大殿内顿时变得白蒙蒙，阵法运转，肉眼根本看不清大殿内的场景。

"之前宫掌门就说了，我等进入大殿后便将面对诸多危险，宝物也在里面，宝物越是厉害，护宝的阵法就越加危险，怕死的，不愿受这因果的，就别进来了。"白君月冷冷地道，随后便带头迈入殿内，她的妹妹白君语紧随其后，她们俩周围有一颗颗拳头大小的星辰环绕着。

"我们走。"姬烈笑着，带着十六皇子直接入内。

"跟上。"

一时间个个入内，没有一个迟疑。

秦云、伊萧、洪九和伊风谷一同进入，他打开剑意领域，感应着周围，如今，他的剑意领域已有八丈见方。

众人在迈入大殿，进入阵法中后，感知受到了影响，眼前的场景变换。

"哗——"

一个幽暗的空间。

下方尽是荡漾着的湖水，白君月、姬烈、袁公等都驾着云雾，在湖水上方小心翼翼地飞行着。

洪九低头看着下方幽暗的湖水，道："这湖水不简单，我感觉若是有人不慎掉进去，便可能没了性命。"

"别碰这湖水。"秦云说道。

"宫掌门不是说，这景阳洞府内的诸多阵法都威力大减，只是考验我们吗？"在左前侧的朱丰忍不住道。

他旁边的俊美少年朱八道："大哥，如果阵法威力没有大减，我们这些人进来后都必死无疑。据典籍记载，那个掌握了剑道的剑老人进来后，都没能出去。我们六方人马加起来，在剑老人面前也不算什么，剑老人一剑就能解决我们所有人。"

秦云也点头。

掌握剑道之人，在历史上，也是极耀眼的。

比如现如今这个时代……灵宝山、剑阁、越门、散修都出剑仙，但天下没有一个掌握了剑道的剑仙。

"剑老人硬闯进来后，都不能活着出去，可见景阳真人布下的阵法何等可怕。"朱八道，"现在阵法已经威力大减了，不过，我等想得到宝物，还是有危险。世上哪有轻轻松松便能取得宝物的好事？我们可不是景山派的弟子，我们拿走宝物，景阳真人怕也不高兴。"

"景阳真人不高兴，会不会弄死我们？"朱丰担心道。

"我们好歹是人族，景阳真人也不敢做得太狠，给他的徒子徒孙结仇。"朱八自信道，"宫掌门让我们进来，也说了阵法会威力大减的。"

众人一边说着，一边飞行。

姬烈忽然有所感应。

"呼——"

他的一双手臂猛地长长数丈，手掌仿佛一座小山峰，直接拍击两处，"哗——"一些水滴飘洒过来。

"诸位都小心。"虽然秦云的精神力感应受到影响，但是在八丈见方的剑意领域内，他可感应到有一滴水滴飞来，快如闪电。他一挥手，一道紫光飞过，斩在那滴水滴上。

"伊萧姑娘小心。"十六皇子故意靠近伊萧，同时挥动手中的鞭子，鞭子猛地变长，瞬间抽飞水滴。

十六皇子笑道："伊萧姑娘，这阵法危险得很，我有父皇赐下的宝物护身，你跟着我就安全多了。"

"不必了。"伊萧拒绝了十六皇子，靠近秦云。

"没事，只是彼此互助。"十六皇子眼皮一跳，依旧热心得很。

秦云微微皱眉。

秦云暗想：这个十六皇子，倒是厚脸皮。不过自己是借助剑意领域才发现那隐藏于幽暗中的水滴的，没想到十六皇子也能发现，看来人皇赐下的宝物的确不一般。

实力不够，宝物来凑。实力弱的晚辈仗着强大的法宝灭掉实力强的前辈，也是常有的事。

自四品法宝开始，品级越往上，法宝对实力的影响越加明显。

六方一起行动，倒是挡住了暗袭的一滴滴水滴。

水滴也就先天实丹境巅峰的威力，胜在诡秘，肉眼看不见，寻常方法难以探察到。

秦云暗道：这才是我等进入大殿后的第一个阵法而已。连一件法宝都还没出现。

"嗖——"

前方的袁公忽然化作流光直接冲向前方。

他冲向前方后，其他人才发现，在幽暗的尽头有一件被气泡包裹住的法宝正缓缓飞来，正是一柄飞剑。

"飞剑白露！一品法宝！"姬烈、白君月都眼睛一亮。

之前在景阳洞府外围的风沙阵中，别看宝物有那么多，可其中一共也就两件二品法宝，那些宝物全部加起来……都远不及这一品法宝。

品级越往上的法宝，提升起来便越难，威力也越强大。

秦云有炼制本命飞剑的方法，所以很清楚，炼制一品飞剑所需的材料，是炼制二品飞剑所需材料的五倍，并且一品飞剑只有已经掌握剑道的前辈才能炼制成功，掌握剑道的存在，一辈子就这么一柄本命飞剑，可见一品飞剑的诞生是何等之难。

一品法宝的价值是二品法宝的七八倍，乃至十倍。

天下间的一品法宝，都是有数的。

更何况，越门的飞剑青水、飞剑白露，乃越门历史上最耀眼的两个掌握剑道的女剑仙炼出的，二者感情极深，无比默契，连二者炼出的一品本命飞剑，都能彼此配合。

除去飞剑青水外，现如今越门只剩下两件一品法宝，而这两件一品法宝加起来也不及白露一剑。

白露、青水二剑，也是越门最重要的镇门之宝。

越门历代的剑仙都想让白露、青水二剑再聚。

"呼——"

当袁公飞近时，那气泡突然炸裂，无数水滴袭来，每一滴都有先天实丹境巅峰之威力，这么多威力巨大的水滴一拥而上实在是太可怕了。

"这飞剑白露，还是归我姬氏吧！"光头老者姬烈也飞来，一伸手，手臂猛地长长数十丈，直接拍击过来。

"破！"袁公脸色涨红，三柄飞剑同时飞出，旋转着破开前方的水滴。他一伸手就抓住了飞剑白露，眼中露出狂喜之色。

不过后方姬烈那巨大的手掌也拍击过来了。

"出！"袁公一挥手。

一道耀眼的白光划过长空，迎向那巨大的手掌。

一品法宝，飞剑白猿出！

不算飞剑白露，如今越门一共就三件一品法宝，其中有一件还不是飞剑。这次袁公就将其中比较重要的飞剑白猿带了进来。

光头老者姬烈的脸上浮现出狞笑，他的手掌上浮现了一层黑色金属，皇族姬氏何等底蕴，他这次来自然也是带了一品法宝的。

通臂神通！法宝灭魔手！

"镇！"光头老者姬烈狞笑，看着眼前的一切。

"轰隆隆——"飞剑白猿虽然灵动迅猛，可伴随着炸响，还是被迫飞到了袁公身旁。

"嗖——"

一颗颗星辰飞出，白君月冷漠地看着这里，冷冷地道："将飞剑白露留下！"

其他势力只要得到飞剑白露，就可想办法逼越门交出飞剑青水，之后再拿其他宝物补偿越门，一手大棒，一手甜枣，越门见无望得到飞剑白露，还是有可能屈服的。飞剑白露、飞剑青水一联合，相当于一件超品法宝。

"轰——"

光头老者姬烈的两只大手掌拍击过来。

一颗颗星辰砸来。

袁公操纵飞剑抵挡着，脸色越来越红。

"噗——"袁公喷出一口鲜血。

一个姬烈，他都有些敌不过，更别说白君月也出手了。

袁公暗想：我便是死，也得将飞剑白露送回我越门。这湖水中虽然不知藏着什么危险，但景阳真人应该留有一线生机吧。袁公御剑朝下方的湖水中一钻，他已无处可逃，只能死中求生。

"轰隆隆——"

湖水汹涌震荡起来。

袁公已经驾驭飞剑冲入湖水深处去了。

秦云等人都惊讶地看着湖水，双方交战太快了。

袁公刚抢到飞剑白露就遭到姬烈、白君月围攻，以那威势，便是秦云都不敢插手。姬烈胜在强横霸道，强壮的肉身，配合神通，一双手掌的威力恐怖吓人，连倾注了袁公大半法力的一品飞剑都被轰飞。秦云自问，单论威力，自己的倾力一击怕也就和袁公的相差无几罢了。

姬烈是胜在强横霸道，白君月则胜在诡异狠毒，足足十六颗星辰围攻，每一颗星辰都迫使袁公用心去抵挡。

他们俩联手，袁公瞬间就意识到自己挡不住，怕是过不了几招就会丢掉性命，所以干脆冲入湖水中。

"轰隆隆——"水流激荡，湖水中传出一阵阵轰鸣声，随之泛起一滩鲜血。

"姐姐，他死了？"白君语问道。

白君月神色淡漠，看着湖水，道："倒是让他逃了，他只是受伤罢了，这血怕是他故意吐出来迷惑我等的，我能感应到他还活着，而且在迅速遁逃。"

"他还算有些胆色。"姬烈也嗤笑道。

他们都没有追。

因为景阳洞府内还有比飞剑白露重要得多的宝物。

"呼——"

众人继续飞行。

秦云等人都感到压力倍增。

"麻烦了，这下麻烦了。"朱八向他身旁的朱丰传音道，"大哥，这姬氏和白家也太狠了，连袁公都没能扛住。我们就算和伊氏、秦云等联手，怕也敌不过一个姬烈啊。姬烈神通太强，境界也极高，我们怎么斗啊？宝物得到了也要被夺走，可真让人不爽。"

"姬烈打不死我。"朱丰传音道，"八弟，我扛得住。"

"你也只是能扛而已，能还手吗？能威胁他吗？"朱八传音。

朱丰顿时不吭声了。

"大哥，你拿到宝物后就立即逃，反正姬烈也杀不了你。"朱八传音道，"而且我估计，如果只是一品法宝，姬烈就算出手，应该也不会杀我们。"

"嗯。"朱疯子也点头，"我朱氏也不是好惹的。"

朱八、朱丰，还有伊风谷，虽然都有些压力，可他们的来头都极大。若仅仅是一品法宝，姬烈应该还不至于为此杀了他们；不过若是超品法宝和灵宝，姬烈很有可能直接翻脸，反正只是杀两个小辈罢了。

也就秦云一方、袁公一方，背景都不够硬。

具体说来，秦云一方的背景最弱。

虽然袁公逃了，但与袁公一同前来的阵法高手方虞还在。方虞可不敢钻进湖水，只能乖乖跟着众人行动，他低调地走在最后面，都不敢吭声。

方虞暗道：厉害的宝物我是不敢抢，可若是差些的三品法宝、四品法宝，我弄一两件应该没事吧，姬氏和白家应该不至于杀我夺宝吧。

众人驾驭着云雾，很快便飞出了幽暗湖水的上空。

周围渐渐冷了下来。

下方是一片广袤的雪地，天空中还飘荡着雪花，气温冷得让这些修行人都有些扛不住，众人连忙操纵法力尽量隔绝寒气。

显然他们已进入另一个阵法。

"我们通过之前的阵法的考验了？"朱丰道，"我感觉那阵法不是太危险啊。"

"不夺宝还好，夺宝就危险了。"朱八道，"袁公都被迫钻进湖水里了，也不知道他现在怎么样了。"

"你们先照顾好自己吧。"十六皇子嗤笑道。

跟着，十六皇子又对伊萧笑道："伊萧姑娘，有我在，有烈老在，你尽管放心。"

伊萧没说什么。

秦云则是瞥了一眼十六皇子。

十六皇子看着秦云，似笑非笑，道："秦云，现在我等才刚刚进来，超品法宝、灵宝都还未出现呢，你是不是怕了？你若怕了，现在就原路返回啊。"

"不可返回。"朱八开口，"我们是顺着阵法进来的，较容易，出去却很难。最安全的方法，还是顺着景阳真人的安排，一路过去，别逆着阵法乱走。"

"哦。"十六皇子笑道，"原来现在你想走都走不掉了。"

"这便不劳殿下费心了。"秦云道。

"伊萧姑娘我肯定得保护，至于你，我可不会帮你。"十六皇子嗤笑。

"我也不用殿下帮忙，我家老祖早已赐下宝物。"伊萧道。

十六皇子听了伊萧的话微微一怔，还是厚着脸皮笑了笑。

忽然，环绕在白君月周围的星辰，飞出去了十六颗，直接砸向远处的积雪。

一个庞大的雪人顿时从那积雪中站起身，大步冲来。

雪人犹如一座山，异常威猛。

"哼！"白君月冷哼一声。

"砰——"在十六颗星辰的疯狂围攻下，雪人终于轰然消散，露出了一个巴掌大的冰块，冰块晶莹剔透，上有无数符文。

"一品玄冰符箓？"姬烈认出玄冰符箓后，看了看环绕在白君月周围的二十颗星辰，微微皱眉。他暗道：小周天星辰这件法宝，果真厉害，周天感应的范围……比我的意境领域要大得多，我还没发现积雪下藏着的危险，白君月便先一步发现了。小周天星辰是出了名的防守强，我想对付她，恐怕不易，更何况她身上应该还有其他保命之物。

在场的也就白君月，让姬烈有些头疼。

若是不算宝物，白君月怕也就和袁公相当。

可白君月的法宝小周天星辰太完美，虽说同为一品，小周天星辰却比飞剑白露、玄冰符箓都要贵重许多。

"呼——"

白君月伸手接住了玄冰符箓，冰冷的面容上总算露出了一丝笑容。

天空中的光团忽然大亮，放出一条条光线，经过雪花折射后，光线带着寒气，以极快的速度杀向众人。

"当——"一柄飞剑环绕在秦云周围，护住了他、洪九，以及一旁的伊萧、伊风谷。

"秦公子的飞剑之术好生厉害。"伊风谷传音道。

"我等快走，这阵法爆发了。"朱八道。

"我们快走。"洪九脸色微变，也向秦云传音道，"这阵法的威势在不断变强。"

"嗖——"

一众人迅速逃窜。

天空中的光团不断放出光线，杀向众人的光线越来越多。

秦云也得认真对待了。

"嗖——"

众人终于冲出冰雪天地，来到了一片苍茫大地，天空中偶尔有一道雷霆劈下，如雷电之树。

"轰——"

"如今，神霄雷法号称天下第一雷法。"光头老者姬烈突然露出笑容，道，"可在很久以前，景山派还是顶尖宗派，神霄门只是顶尖修仙宗派的时候，天下第一雷法是都天神雷。我若是猜测得不错，这一阵法内藏着的宝物应该就是一品都天符箓。"

"都天符箓，擅长雷法的先天金丹境修行人，借此可施展出都天神雷。"白君月也点头，"只可惜自景山派丢失都天神雷的修炼之法后，这天下间，已经很久很久没出现真正的都天神雷了。也不知道宫掌门他们能否从道藏阁内得到修炼都天神雷的法门。"

秦云、伊萧等都暗暗吃惊。

都天神雷，灭神、灭仙、灭魔，强横到了极致。

只可惜都天神雷和神霄雷法没有出现在同一个时代，谁强谁弱却是不知。

"据我所知，景阳真人也只留下了三件一品宝物，飞剑白露被衷公夺走，一品玄冰符箓被君月仙子夺走。如今这一品都天符箓……该归我了。"光头老者姬烈扫视了周围一圈，"谁都别和我抢，否则，休怪我无情了！"

作为实力最强的一个，到如今也没得到一件厉害的法宝，姬烈也是憋了一肚子火。

"夺法宝，还是看各自的本事。"白君月轻声道。

光头老者姬烈转头看向白君月，脸色一沉。

白君月却依旧冷着脸，懒得看姬烈一眼。

众人驾着云雾，在这雷霆世界中小心飞行着。

"轰——"

天空的数十道雷霆陡然会聚在一起，轰向他们这一群人。

"不好!"

"小心!"

"挡住!"

雷霆来得太快,个个都全力去抵挡。

飞剑在秦云周围环绕,护住他、伊萧、洪九和伊风谷。

"散!"伊萧持着四品神霄符箓,令周围的雷霆迅速散去。她是在场唯一一个擅长雷法的人,她的神霄雷法也已经入门了。

"呼——"

在汹涌狂暴的雷霆中,一道流光一闪,直接飞向伊萧怀里。

伊萧伸手一抓,手中出现了一张玉符模样的深青色符箓,上有无数玄妙的符文,电流于其中游走。

"都天符箓?一品都天符箓?"伊萧难以置信,"它、它竟然飞到我手里了?"

这一刻,秦云、十六皇子、洪九、朱八等都转头看向伊萧,有些发蒙。这一品都天符箓主动飞到伊萧手里了?!

白君月、姬烈也看向了伊萧手中的那一张内有电流游走的深青色符箓。

"把它给我!"姬烈盯着伊萧,眼中带着煞气,冷冷地喝道。

第76章
十六皇子的脸面

雷霆还在周围游走，可神魔一脉的姬烈根本不在乎这些雷霆，这些雷霆便是劈在他身上对他来说也只是给他挠痒而已。此刻，他正双眸带煞地盯着伊萧："小姑娘，我说了，都天符箓是我的，你现在乖乖把都天符箓交给我，听到了没有？"

在姬烈看来，伊萧是一个弱小的后辈，他觉得伊萧根本不敢反抗自己。

"姬烈前辈。"伊萧抬头看向姬烈，心中发紧，低声道，"是这都天符箓主动飞向我的，它……"

"对啊，烈老。"一旁的十六皇子也低声道，"那都天符箓的确是主动飞向伊萧姑娘的，还真是奇怪，或许它和伊萧姑娘是真的有缘吧。"

说着，十六皇子还朝伊萧笑了笑。

十六皇子的话让伊萧放轻松了一点。

接着，十六皇子传音道："烈老，我们这次来主要是为了超品法宝金丹炉以及灵宝兜率神火符箓，和超品法宝、灵宝相比……这都天符箓也就没那么重要了。更何况，伊萧毕竟是伊氏子弟，我们没必要为了一件一品法宝和伊氏翻脸。"

姬烈眉头一皱，转头看向十六皇子，声音低沉地道："闭嘴！"

十六皇子脸色一僵。

姬烈让他闭嘴？

姬烈竟敢训斥他？

周围还有伊萧和其他各方高手在，姬烈的训斥让十六皇子胸中怒火腾腾。

"烈老。"十六皇子咬牙，传音道，"我说的也没错，只是一品法宝而已，又不是超品法宝和灵宝，你何必如此生气，一点面子都不肯给我？"

姬烈听到传音，越加恼怒。

他在心里暗骂：蠢货！

景阳洞府一共就三件一品法宝，袁公和白君月分别得到一件，因此姬烈对这最后一件一品法宝志在必得，甚至都提前告知众人，这都天符箓归他。他直接向伊萧索要……若是旁人胆敢阻拦，他早就一巴掌拍过去了，谁承想阻拦他的竟是十六皇子，他打又不能打，越加憋气。

别人阻拦他就算了，十六皇子竟然来打自己人的脸？

姬烈看向十六皇子的眼神变得冰冷，他道："姬弘义，你就这么不在乎一件一品法宝吗？"

十六皇子一怔。

姬烈又冷冷地道："我已达到意境领域层次，为陛下征战四方，虽有功劳，却也只有二品法宝。若不是这次来景阳洞府夺宝，恐怕我都没机会使用这一品法宝灭魔手。撇开我不说，这天下间的先天金丹境修行人，大多都只有三品法宝，很少有用二品法宝的。君月仙子……你的小周天星辰，也是因为你要来景阳洞府，白家才让你暂用的吧。"

白君月微微皱眉，哼了一声。

不过姬烈说的也是事实。一品法宝小周天星辰，白君月平常也是没资格用的。实力不够，身上又携带着厉害的法宝，很可能会被厉害的大妖魔斩杀，强行夺走法宝。

白君月借助法宝勉强能和姬烈斗一斗，可这天下间……比姬烈厉害的妖魔还是有的。

"我都没资格用一品法宝，更何况你了。"姬烈看着十六皇子，"为了一个女人，你真能随随便便地把一品法宝拱手让人吗？"

"烈老。"十六皇子脸色难看。

"请殿下记住人皇陛下的吩咐，清醒一点。"姬烈冷冷地道。

姬烈看在人皇陛下的面子上，一直对十六皇子还算客气。可他真的会在意一个皇子吗？

人皇陛下乃这天下的恐怖强者之一，他建立王朝，一统天下，至今已在龙椅上坐了三百多年，有了一堆皇子、公主。就算十六皇子寿终正寝，人皇陛下恐怕还年轻，依旧坐在龙椅上。

十六皇子虽然有人皇陛下的全力栽培，可即便如此，他成长的速度也不及朱丰、朱八、伊萧等天才，更别说和秦云相比。他将来跨入先天金丹境的希望都不大，就算他真的跨入了先天金丹境，那也才五百年的寿命。五百年后，陛下依旧活得好好的，他却早就化为一抔黄土了。

皇族的情况和伊氏、白家、朱氏、钟离氏许多古老大家族一样，老祖宗都成仙成神了，寿命很长。

一个永远只是皇子的小辈，姬烈岂会在意？

于是，姬烈直接训斥了十六皇子，他是在警告十六皇子，别给自己添麻烦。这次任务不容失败，若是姬烈立下大功劳，人皇陛下大喜，定会重重有赏。姬烈自然要在这景阳洞府尽力争抢更多宝物。

被姬烈训斥一番后，十六皇子不吭声了。

"这个十六皇子可真蠢。"朱八传音给一旁的朱丰，"朝廷中皇子、公主有一堆，而且随着时间流逝，还会越来越多。皇子公主又怎样？地位可不及先天金丹境的修行人。"

朱丰点头，传音道："等这个十六皇子老死了，他爹也还在龙椅上呢，姬烈又岂会怕他？"

"十六皇子都被训斥了，看来这老家伙是一定要夺这一品都天符箓了。也对,超品法宝、灵宝太贵重,姬烈抢到了也只能献给人皇陛下。可这一品都天符箓不一样,说不定人皇陛下一高兴,直接把都天符箓赐给这老家伙了。"朱八传音道,"伊氏的名头,也镇不住对方啊。"

训斥完十六皇子后,姬烈转而看向伊萧,他脸色一沉,道:"快,交出来,别逼我动手!"

伊萧身旁的伊风谷当即喝道:"姬烈,我等都是持着符牌进来的,六方争宝,都是凭各自的手段和各自的运气,如今这宝物落在伊萧手里,你还要强夺,是不是太过分了?难道我伊氏连拿一件一品法宝的资格都没有?按照你这般,不如我等直接在洞府外进行一场比试,谁实力最强,宝物便全给谁算了。"

"伊风谷。"姬烈嗤笑,"你难道不知道方君月仙子得了玄冰符箓,袁公得了飞剑白露吗?只要实力够强,手段够狠,你们完全可以将都天符箓占为己有。"

"可你们如果实力不够,那就没法子了。"姬烈摇头,"君月仙子说得好,夺法宝,还是得看各自本事。既然你们没本事,就赶紧把法宝交出来!"

伊风谷脸色铁青,道:"超品法宝、灵宝就罢了,我们也没想过去争,我家老祖派我和伊萧过来,就等于放弃了超品法宝和灵宝。难道现在你连一件一品法宝都不肯给我伊氏吗?"

"哈哈!"姬烈嗤笑,道,"你这话说得好听,莫非你真以为我不知道伊氏派你们来是因为你们伊氏现在只有一个先天金丹境高手吗?"

伊风谷咬了咬牙。

姬烈突然冷下脸来,看着伊萧,道:"伊萧姑娘,我没直接动手,就已经很给你们老祖面子了。若你不乖乖把都天符箓交出来,我就只能亲自动手了。"

伊萧、伊风谷相视一眼。

姬烈根本不惧伊氏,对他来说,拿到一品法宝才是最重要的。像越门这种从上古传承至今的顶尖修仙宗派,如果不是这次袁公得到了飞剑白露,整个宗派内也只有三件一品法宝。像袁公他们在外游历时,一般都是不带一品法宝的,若没实力保住法宝,宁愿将其放在宗派内。

宗派历代都会加强阵法，除非仙人、魔神杀过来，否则阵法是极难破开的。

"我们怎么办，二叔？"伊萧传音给一旁的伊风谷，景阳洞府之行，主要还是伊风谷拿主意，"二叔，我们敌不过姬烈。"

"我可没耐心和你们——"姬烈直接伸手，他的手臂猛地长长，向伊萧呼啸而去。

"呼——"一柄如烟如雨的飞剑，直接和姬烈的手掌撞在一起，发出轰鸣声。气浪朝四面八方席卷开去，姬烈脚下的云雾一阵翻滚。

"嗯？"姬烈收回手掌，脸色一沉。

周围的人都看了过去。

此刻，只见秦云上前一步站在了伊萧的前方，护住伊萧，他看着姬烈，开口道："有我在，你动不了她。"

他身后的伊萧急了，道："秦云，不要和姬烈硬拼。大不了，我把这都天符箓给他就是了。"

争法宝，也是为家族争的。伊萧宁愿放弃，也不愿让秦云陷入危险之中。

"伊萧。"秦云回头看着伊萧，笑道，"姬烈连你们伊氏都没放在眼里，恐怕更加不会把我一个散修放在眼里了，若是我等会儿得到厉害的法宝，恐怕姬烈也会出手对付我。既然如此，我还不如现在就跟他打上一场，好让他知道，他没资格嚣张。"

"哈哈哈哈……"姬烈听了秦云的话忍不住笑出了声，"真是好大的口气啊！就凭你？一个先天虚丹境的小辈？一个青令巡天使？"

姬烈觉得秦云十分可笑。

这太可笑了！一个青令巡天使敢在他面前说他没资格嚣张？

"秦云兄，你在做什么？"洪九有些发蒙，焦急传音，"那可是姬烈，连先天金丹境的袁公都不是他的对手，你怎可挑衅他？"

"那是因为姬烈和白君月联手，袁公才敌不过，可最后，袁公不一样逃掉了？"秦云传音。

"可你毕竟不是袁公，袁公终究是先天金丹境的剑仙。秦云兄，你这也太鲁莽了。"洪九不理解秦云，在他看来，秦云不可能打得过实力最强的姬烈，难道秦云没看见白家、朱氏等都没吭声吗？

一旁白君月、白君语也很惊讶。

"这秦云有点意思。"白君月悠然看着，作壁上观。

"姐姐，这就是所谓的爱情吗？爱情会让人盲目？"白君语传音问道。

"看着吧。"白君月看到秦云站在伊萧身前，护着伊萧，不由得忆起了一些往事，神色温和了一些。

朱丰、朱八也瞪大眼看着，等着后续。

方虞屏住呼吸，挪到一旁，怕被牵连。如今袁公逃了，他只想捡些小便宜，根本不敢掺和任何纷争。

十六皇子的脸色依旧很难看，他瞥了一眼护在伊萧身前的秦云，暗道：蠢货，我都还没对付你，你便主动来送死，居然在这时候为伊萧出头，博取伊萧的好感。没实力还逞英雄，丢掉性命也怪不得人。

各方都对秦云的行为感到很吃惊，认为秦云不自量力。

毕竟秦云和姬烈之间的差距的确太大了。

此刻，姬烈却是忍不住哈哈大笑起来，他笑得眼泪都要出来了。

"这太有趣了，真是太有趣了！一个先天虚丹境的小辈，只是侥幸成了青令巡天使就敢如此嚣张。不愧是散修，真是什么都不懂啊。"姬烈看着秦云，"小子，你可知道很多紫令巡天使都不是我的对手，刚才那落荒而逃的袁公就是紫令巡天使。刚才如果他不是逃得快，我当时便能硬生生拍死他！"

"袁公身为剑仙，可御剑飞行，自然逃得快。"秦云道，"这本就是剑仙一脉的优势。"

"可他是先天金丹境的剑仙，你一个先天虚丹境的剑仙，也以为自己能从我这儿逃掉吗？"姬烈忽地沉下脸来，狞笑道，"好吧，既然你要在女人面前逞英雄，自己找死，我便如了你的愿！去死吧！"

说完，姬烈便干脆利落地挥出一掌。他的手臂瞬间长长数十丈，手掌犹如一座小山峰向秦云拍了过去，他的眼中尽是冷意。

他本来就答应过十六皇子，要找机会弄死秦云。虽然十六皇子顶撞了他，可杀秦云这件小事，他既然答应了，还是会去做的。

只是按原计划，他是准备在寻找超品法宝或者灵宝遇到危险时，借助景阳洞府的阵法，悄无声息地弄死秦云。如此一来，神不知鬼不觉，别人也不会知道，岂不更好？可现在既然秦云敢主动挑衅他，主动找死，他也就顺其自然地下杀手了。

秦云终究只是一个小小的散修，姬烈杀了他，一点后患都没有。

"去！"秦云眼中厉光一闪，本命飞剑便已飞了出去，同时，他护着伊萧、伊风谷、洪九，驾着云雾往后退，拉开与姬烈的距离。

"轰隆隆——"如奔雷一般的声音滚滚而出。本命飞剑一出，势如雷霆，快如潮水，凶猛无比。本命飞剑变得模糊不清，强势而凶猛地撞向姬烈那拍击而来的巨大手掌。

离秦云斩杀恶龙山三大妖王已过去半年了，秦云的剑意领域已经达到八丈见方，这也代表着秦云进一步参悟了天道。参悟天道有所进展，烟雨剑诀便也得到了完善，本命飞剑的威力大增。其中完善最多的就是雷潮这一招，这一招已经极为霸道强势。

本命飞剑和大手掌碰撞在一起。

"轰隆——"

肉眼可见的圆形波纹朝四面八方散开，远处观战者脚下的云雾再次一阵翻滚。姬烈感觉到一阵又一阵的浪潮通过手掌传递过来，一阵比一阵强，仿佛携带着天地的威势。自己这一掌的威势大减。

姬烈暗惊：秦云的飞剑之术怎么这么强？他只是先天虚丹境的剑仙，这飞剑之威为何已不亚于袁公？

姬烈却不知道，早在半年前，秦云的飞剑之术便能媲美先天金丹境的剑仙了。袁公若不是携带了一品飞剑白猿，实力怕还比秦云弱一些呢。

"秦云厉害！"

"秦云竟然只是略处于下风？"

"姬烈若只出一只手怕是擒不下秦云了。"

旁观的朱八、朱丰等都颇为吃惊。

洪九也很惊讶,他暗道:我只知秦云很强,却没想到秦云会强到如此程度。只是此战尚未结束,刚才姬烈只是太自信了,仅仅出了一掌,若是他认真起来,秦云就麻烦了。

伊萧却暗暗松了一口气,心中略微有底了,因为她知道,秦云最强的剑招乃江上明月。

"秦云,再接我一掌!"姬烈喝道,这一次他不敢再藏拙,两条手臂猛地长长,犹如两根天柱,两只巨大的手掌同时拍了过来。

"杀!"

秦云看着那拍来的两只巨大手掌,心念一动,如烟如雨的本命飞剑便带上了一抹红色,变得凄厉起来,空气中仿佛充满了血腥气味,隐隐有喊杀声响起。

烟雨剑诀之血未冷!

"咻——"本命飞剑在半空中诡异一闪,竟接连轰击了两只巨大手掌,最终翻滚着倒飞回来。

本命飞剑仿佛一个沙场悍将,在凶猛冲击后,最终无力退避。

秦云暗道:我和姬烈的差距还是太大了。他一认真,我寻常的飞剑之术便威胁不到他了。

姬烈暗想:一个散修能有如此实力,的确有天赋,不过可惜了。

他眼中有着冷意,手上丝毫不留情,两只大手掌继续向秦云拍了过来。

"姬烈前辈,再接我一剑!"秦云朗声道。

跟着,一柄飞剑划过长空,这飞剑太快了,犹如一道耀眼的光芒。旁观者感觉自己仿佛看到了一轮破开江水,升腾而起的明月。

这一剑太美了,如梦一般美,美得惊心动魄。

这大概不是杀伐之术,而是一幅画,一首诗,让人不由自主地被其吸引,沉醉其中。

明月一般的本命飞剑迅疾无比,瞬间就到了姬烈的眼前。

姬烈暗道：这剑好快。

他心慌了，竭力用双掌抵挡。

"轰——"本命飞剑被姬烈挡住了。

"咻——"本命飞剑再度而来，又化作一轮明月，一道又一道的剑光袭来。姬烈疯狂挥动一双手掌阻挡。幸好他的一双手掌够大，即便如此，他也得竭尽全力才能防得滴水不漏，拒秦云的本命飞剑于他三丈之外。

姬烈之所以要和秦云的飞剑保持三丈的距离，也是为了保护他身边的十六皇子。

姬烈有些惊讶：太快了，秦云的飞剑太快了，怎么会这么快？

他不敢将手臂变得太长，因为手臂变得越长，防范的范围便越大，他没把握守住更大的范围。

本命飞剑实在太快了。

"这、这……"

"姬烈竟然只能守？"

"姬烈被迫转攻为守？"

旁观者都目瞪口呆。

白君语忍不住道："姐姐，我怎么感觉秦云的飞剑比袁公的飞剑更厉害呢？"

"你的感觉没错，与袁公的飞剑相比，秦云的飞剑更快，之前的剑招就罢了，这一剑招可真美。"白君月点头，"单论境界，秦云这一剑招，比袁公的高太多了，若不是秦云的真元不够，他这一剑招的威力还要更可怕。"

"秦云这么厉害？"白君语吃惊。

白君月点头，道："便是我都觉得这招美得不似人间的剑招，我猜，秦云不但达到了意境领域层次，而且还将情感和剑意完美融合，在某种机缘下，才创出如此完美的剑招。"

就像一个画家，画技达到了极高水准后，他只要认真作画，画出来的画都会很美。而对于巅峰作品，可能他穷尽一生也只画得出一两幅，因为巅峰作品都是在某种机缘下，心境恰到好处时，才创作出来的。

一些传说中的修行人，或许能创出诸多招数，可真正名传天下的招数，可能就那么一两招。

江上明月就是这等招数。

"秦云。"伊萧看着身前的秦云，她明白秦云这是为她出头。

她看着秦云施展飞剑之术江上明月，将姬烈逼得只能防守。

这一刻，伊萧心中十分甜蜜。

因为她知道这一剑招的来历。

"好！好！好！"姬烈怒极反笑，"好一个秦云，竟能创出这等飞剑之术，我倒是小瞧你了。不过，你以为这飞剑奈何得了我？"

忽然，姬烈拍出气势汹涌的两掌。

他没再管秦云的本命飞剑，任凭秦云的本命飞剑向他杀过来。

他乃神魔一脉，已达到先天金丹境，完全可以凭肉身硬扛这飞剑，即使受些伤，他也要杀死秦云！只是这样一来，他是有信心凭肉身挡住飞剑，可十六皇子呢？谁来保护十六皇子？

"弘义，你先用陛下赐你的保命之物撑着，只要撑过一两个呼吸便足够了。"姬烈传音道。

十六皇子却是脸色一白，道："什么，烈老，你不管我了？"

第77章
演化周天

"弘义,这有什么可怕的?你以为那个秦云敢杀你不成?你是皇子,是陛下的儿子,而且你也太小瞧陛下给你的保命之物了。"姬烈传音喝道,他毫不怀疑,陛下赐下的保命之物必能挡住实力不如自己的后辈的攻击。

之前他一直用双手防着本命飞剑有两个原因,一是不想被秦云的本命飞剑伤到,这太狼狈了;二是他带十六皇子进来,便要尽保护之责。让十六皇子动用陛下赐予的保命之物,他也有些丢脸。

可现在,这些他都顾不得了。

一直防守,他得守到什么时候?

"给我去死!"光头老者姬烈的眼睛红了,他全身皮肤都泛着金属光泽,一双手臂猛然长长,直扑秦云。因为他没阻挡秦云的本命飞剑,所以那明月一般的本命飞剑便刺在了他的胸膛上。

"嘶——"

光头老者姬烈面皮微微抽搐。

不仅是他的衣服,便是他胸膛上那块泛着金属光泽的皮肤也被刺破了。江上明月这一招太强,发挥出二品法宝之威的本命飞剑太快太锋利,瞬间便刺破他的皮肤刺入了他的肌肉，不过他的身体犹如强大的法宝，肌肉强韧无比，本命飞剑仅刺入寸许深便无法再深入了。

一刺一划拉后，本命飞剑便迅速飞回。姬烈胸口上出现了一道小伤口，几滴暗金色血液从中流出，跟着伤口迅速合拢，内部肌肉也在迅速生长着。

"去！"

面对那呼啸着袭来的巨大双臂，在本命飞剑化作剑光飞回的同时，秦云又放出了一柄紫色飞剑，施展出周天剑光，这是秦云所创的最能体现烟雨剑意的招数，而烟雨剑意的核心就是防御。

紫色飞剑迎了上去，在半空中上下翻飞，片刻后，一个半球形的巨大光罩罩住了秦云等人。

五品飞剑施展出来的周天剑光，有本命飞剑施展出来的部分威力。

"普通的飞剑也敢来挡？给我碎！"胸口被秦云的本命飞剑刺破，姬烈觉得异常愤怒。在他看来，秦云一个散修，也就本命飞剑的威力大些，其他飞剑他哪里瞧得上？

"嘭——"一双巨大的手掌拍下。

跟着，姬烈心中微微一惊，只感觉掌下的光罩异常滑溜，在他双掌的拍击下不断移动，卸去他双掌的力量，光罩上处处都在分担双掌的力量。

不过，虽然光罩处处都在分担姬烈愤怒一击的力量，但它依旧没有支撑多久，刹那便崩溃了。

姬烈这双掌太可怕了，比秦云的江上明月要强得多。

"呼——"

紫色飞剑倒飞回来。

秦云暗道：仅仅凭一柄五品飞剑，果真守不住，即便我对周天剑光的防御力十分有信心。

这时候本命飞剑早已赶到。

其实以江上明月这一招，本命飞剑在伤了姬烈的胸口之后，完全来得及再挡住那两掌。

一是因为本命飞剑本就极快；二是因为江上明月这飞剑之术可增加本命飞剑的速度。

只是秦云想试试五品飞剑施展出的周天剑光的威力。

秦云暗道：五品飞剑挡不住姬烈，但可挡住一般的先天金丹境修行人。在江州能够和姬烈媲美的，也就景山派掌门而已。

"呼——"

本命飞剑这次不再攻敌，而是施展出了周天剑光。

巨大的光罩护住了秦云、伊萧、洪九、伊风谷四人。

"给我灭！"姬烈面容狰狞，双臂猛地长长，巨大的双掌同时拍下。

"嘭——"

姬烈的双掌拍在巨大的光罩上，光罩处处都在分担着双掌的力量，轻轻松松地扛住了姬烈的攻击。

秦云暗道：我烟雨剑意的核心便是防御啊。

"这不可能！"姬烈看到自己的奋力一击都被秦云给轻松挡住了，有些不愿接受现实，面容越加狰狞起来，"一定是之前他的紫色飞剑阻挡了下，令我双掌的威力减小了些。"

的确，五品飞剑施展的周天剑光这一挡，削弱了姬烈双掌的部分威力。

"给我灭！"姬烈这一次使出了全力，双掌带着浩浩荡荡的气势碾压而来，空气被挤压得有些扭曲，朝四周逸去，这双掌的威势让远处的其他人看得有些心惊，在场敢说能接下这招的，也就白君月了。至于朱丰，也只敢说姬烈打不死他。他只能仗着肉身接下这两掌，迅速逃命，没法反击。

"轰——"姬烈的双掌倾力击在巨大的光罩上，光罩依旧扛住了，而秦云毫发无损。

"什么？"姬烈震惊了。

"不，给我破，给我破开！"

姬烈在愤怒下，疯狂出招。

一双手掌，时而成拳状，时而成手刀状，时而成爪状，不断击在巨大的光罩上，可任凭他如何攻击，都被这光罩扛住了。

姬烈只感觉这光罩就像一个滑溜溜的巨大的球，虚不受力，不管自己怎么攻，都攻不破。可之前攻破五品飞剑施展的光罩的经历令他明白，只要他的威力足够，这光罩最终便会崩溃。

可是，本命飞剑施展的光罩的承受极限，显然超出了姬烈的想象。

"秦云。"伊萧松了一口气，传音道，"我记得当初你对付那水猿时，实力远远比不上现在，可你一样防得滴水不漏。"

"我最擅长防御，和防御之术比起来，杀敌之术的确差了不少。"秦云传音道，"幸好那一晚我创出了江上明月这一招，自那以后，我也算有了厉害的攻击招数。"

在姬烈的狂攻下，秦云还在和伊萧聊着，此刻，伊萧心中甜丝丝的。

"秦云兄，你这、这也太厉害了。"秦云旁边的洪九有些目瞪口呆，抬头看着那巨大的光罩，光罩外，一双巨大的手掌以不同的攻击招式疯狂轰击着光罩，却怎么都轰不破，"连姬烈都奈何不了你。"

"这光罩只能防御而已。"秦云心中一动，手一挥，一柄紫色飞剑便施展出江上明月，在空中化作一道剑光，飞出光罩，直扑姬烈。

因为双掌都在狂攻，一时间姬烈竟无法阻挡这一柄五品飞剑。

早就离姬烈远远的十六皇子心一颤：他又放出飞剑了！他不会对付我吧？

秦云暗道：我倒要看看这姬烈有没有什么要害或弱点。

"该死的秦云！"姬烈看到紫色飞剑朝自己的头刺来，愤怒无比。

"噗——"

剑光袭来，姬烈连忙低下头，用光头挡住了这一剑。他可不敢任由那飞剑刺自己的眼睛。

"当——"

一道道剑光接连袭来。

幸好是五品飞剑，与秦云的本命飞剑相比，威力小了些，速度也慢了些。姬烈只要扭动身体或低头，就能避免被紫色飞剑刺到要害。只是他的头皮虽然坚韧无比，可还是被刺破了，鲜血直流。

十六皇子在远处看得心颤：还好，秦云没来对付我。那紫色飞剑连烈老的皮肤都能划开，我哪里挡得住？

实际上，十六皇子纯粹是自己吓自己。

对秦云而言，虽然十六皇子之前挑衅过他，可并没有真正对他动手，他自然还不至于为此去对付十六皇子。

更何况十六皇子终究是人皇陛下的儿子。

如果十六皇子没有欺人太甚，自己也没到无路可走的境地，秦云是不会杀十六皇子的。杀皇子，除非有把握此事永远不暴露，否则就要做好和朝廷闹翻的准备，那后果可比杀一个郡守可怕得多。此事一出，连人皇陛下都会关注，十六皇子终究是人皇陛下的儿子，被教训一通，被打成重伤之类的，人皇陛下都能看作是儿子技不如人，遭受到了一些挫折，而不会在意。

可一旦十六皇子被杀，那就是挑衅人皇陛下了。虽然他子女众多，可他不能任由别人摧残杀害自己的子女。

至于通过对付十六皇子，威胁姬烈，秦云懒得那么做。

"姐姐，你看，这秦云的一柄飞剑就能施展出巨大的光罩，有点像我们白家的小周天星辰了，"白君语传音道，"同样是护在持有者周围，还守得很严实。"

"这飞剑的确和小周天星辰有些相似。"白君月说道，"不过小周天星辰以三十六颗星辰为根基，防护更完美，他用一柄飞剑施展的光罩，还稚嫩了些，可不错了，毕竟他还如此年轻。姬烈奈何不了他，估计也要停手了。"

白家，是天下最古老的家族。

灵宝周天星辰，是白家的镇族之宝，从上古到如今，不知让多少魔神胆寒。仗之，白家才一直强盛至今。

白家深入研究周天星辰，甚至耗费巨大代价仿制出了两套小周天星辰。白家既然能仿制出小周天星辰，自然便有演化周天的法门，只是这些法门，只要与天道意蕴无关，又哪里及得上秦云所创的以烟雨剑意为灵魂的周天剑光呢？

"飞剑演化周天。"白君月看着远处，看着站在巨大光罩内的秦云和伊萧。

"哥哥……"白君月的眼中隐隐有着一丝雾气。

她的哥哥，是白家曾经的天之骄子，一直护着她，为她抵挡强敌。那一幕场景和今天的有何不同？她的哥哥与秦云何其相似啊，同样防得滴水不漏，同样云淡风轻。

白君月心中一动：哥哥，这么多年了，我已经跨入先天金丹境了，可你在哪儿？你到底在哪儿？

这一刻，她无比思念自己的哥哥。她的哥哥虽然不是嫡亲的，可也是白家人。白家作为最古老的家族，从上古传承至今，自然人口众多，可年轻一代中跨入先天的人并不多。

大约是在百年之前，白君月还只是先天虚丹境时，她的哥哥便已是先天实丹境了，且掌握了天道意蕴，跨入先天金丹境之期也指日可待。她甚至可以骄傲地说，她的哥哥是当时的白家最耀眼的新星。

可是她的哥哥在去西海对付妖魔后，便再也没有回来，连他留下的传信印记也消散了。

传信印记消散，便代表此人死了。

可白君月不信，她不愿相信那个一直庇护着她、宠溺着她的哥哥已经死了。只要没看到哥哥的尸体，她便永远都不信。自此以后，她变得冷若冰霜，变得疯狂，直至跨入先天金丹境。其间，她多次去西海，多次对付于西海作乱的妖魔，可查出的结果和白家之前告诉她的一样，哥哥已经被一个大妖魔杀了。

那是一个她白君月至今都敌不过的大妖魔。可没找到尸体，她依旧不信。

此刻，她看着远处光罩中的秦云、伊萧，神情有些恍惚，仿佛看到了当初的哥哥和自己。

白君月眼中的雾气浓了一些，远处的场景都显得模糊了，她道："希望你们俩别像我和哥哥一样，能一直走下去吧。"

她曾经想过嫁给哥哥，她和哥哥并不是三代之内的血亲，是能结为夫妻的。只是没等她说出口，哥哥便已不在了。

"好厉害！"朱丰瞪大眼，"这个秦云，似乎比袁公还厉害。"

"秦云的境界早就比袁公的高了。"俊美少年朱八道，"只是他的真元少了些。可真元不容易积累，要么耗费时间，要么耗费天地奇珍，前者速度慢，后者速度较快。这次他在景阳洞府内得到了些宝物，只要他愿意用宝物换取些能增加真元的奇珍，怕是能在短短一个月内突破到先天实丹境。仅凭他如今这实力，我差不多能断定，他在后天之时就已经掌握了剑意。"

"在后天便掌握了剑意？"朱丰惊道。

"嗯，这很有可能。现在他敢这般做，必有自保的信心。"俊美少年朱八说道，"若他真是后天时便掌握了剑意，后以剑意为魂结出虚丹，那他的虚丹内的真元必极其精纯。毕竟即便是现如今的先天金丹境修行人……又有几个是在后天就掌握了天道意蕴的？大多先天金丹境的修行人在结虚丹之时怕都不如他。如今他应该达到意境领域层次了，再仗之结出实丹……"

"他的根基极扎实，由此可见，凭真元的精纯度，他将来的实丹将直逼一些先天金丹境高手的金丹。"朱八推断道，"到时候，他的实力将比现在更可怕。姬烈怕就不敢凭肉身硬扛他的飞剑了，他们之间的战斗必是另一番场景。"

"最重要的是……"朱八看着秦云，继续道，"今年他才二十三岁，我可以想象得到，他达到剑意极境的情景。"

"又有一个极境存在要诞生了。"朱八眼中放光，"真是让人羡慕。"

"极境存在？掌握剑意极境的剑仙？"朱丰有些胆寒。

如今，这天下间并没有掌握剑道的剑仙。

因为掌握剑道的剑仙，一个时代最多诞生一个，从上古至今，掌握剑道的剑仙都能一个个数出来，个个足以引领一个时代。

现如今最强的剑仙就是剑阁中的那一个了。那是达到了剑意极境的剑仙，早已威慑各方。

"你说的是真是假？他真能跨入剑意极境？"朱丰不敢想，"我听说要达到极境很难很难。"

"嗯。"朱八点头，道，"是很难，很多达到意境领域层次的先天金丹境修行人，一辈子都无法达到极境。可如果这秦云真的是后天就掌握了剑意，那便可能走的是技进乎道这条路，本心直指剑道。只要积累足够，道心坚定，他便很有可能触摸到极境的门槛。"

"哦？看样子，姬烈要停手了。"俊美少年朱八一笑，"这老家伙，也是知道进退的。"

秦云待在本命飞剑施展的周天剑光光罩内，操纵五品飞剑攻击姬烈，发现奈何不了姬烈后，便召回了五品飞剑。

姬烈在愤怒下疯狂攻击一通后，发现根本奈何不了这光罩，便渐渐冷静了下来。

他甚至还有些后怕。

姬烈暗暗忌惮：这秦云，也就真元少了些。这次他替伊氏保住一件一品法宝，那伊氏老祖只要是一个要脸面的人，便会赠予他不少宝物。借助那些宝物，他便能迅速积累真元。只要这次我杀不死他，他又如此年轻……

姬烈终究是活了三百多年的老家伙，能屈能伸，也知进退。

之前他抱着俯视的心态，觉得秦云挑衅他，是滑天下之大稽。

现在他真将秦云当成潜力大得惊人的先天虚丹境高手来看待了，甚至可预见秦云在短时间内积累足够的真元跨入先天实丹境，自然也不再恼怒。

"呼——"他收回了双臂。

同时，光罩消失，秦云的本命飞剑悬浮在半空。

"好一个散修。"姬烈声音雄浑，他冷冷地道，"我的确小瞧了你，飞剑演化周天，防守如此厉害，难怪你敢出手。我说过，得宝物各凭本事，你有本事帮伊氏守住，我自然不会再争，我们走。"

说着，他看向十六皇子。

十六皇子连忙飞过来，驾着云和姬烈一同朝远处飞去。

走之前，十六皇子还忍不住回头看了一眼和秦云待在一起的伊萧，似乎想说什么，却最终什么也没说。

皇子？皇子又怎样？

只是身份尊贵些，各方都高看他一眼，不敢杀他罢了。可在皇族内的地位是高是低，还是得靠实力。先天金丹境高手……在皇族内的地位极高，可不是他一个皇子能比的。

"秦云道友。"伊风谷道，"多谢你出手相助，帮我伊氏保住了这一品都天符箓，此事我一定会禀告老祖，我伊氏定不会亏待秦云道友。"

如果伊氏得了秦云的帮助后，什么都不表示，只会被世人耻笑。

"嗯，我也会告诉老祖。"伊萧也道，随即她向秦云传音道，"你的真元消耗大不大？之前你说过，周天剑光这一招十分消耗真元。"

秦云见伊萧关心自己，笑着传音道："那是在后天境界，我跨入先天境后，对剑意的感悟越来越深，周天剑光这一招消耗的真元对我而言便不算什么了。我估摸着，周天剑光的消耗是一般招数的近十倍吧，我厮杀到现在，消耗了两成真元。"

"两成？"伊萧传音，"我们现在还没看到超品法宝、灵宝呢，你就消耗如此多的真元了？"

"没事，这次来景阳洞府，我自然提前做了准备，我虽然没太厉害的宝物，可也准备了三颗灵丹，吃下后能恢复一些真元。"秦云传音安慰道，"更何况，见机不妙我也能御剑逃走。"

伊萧了然。

秦云说的也是，进景阳洞府自然得做些准备。

"秦云道友，你真是不鸣则已一鸣惊人啊，朱八佩服。"俊美少年朱八在老远便喊道，和朱丰一同飞了过来。

"我只是防守得较严实罢了。"秦云笑道。

"能防得住，也是本事。"朱八道。

"我们赶紧走吧，他们都飞远了。"朱丰道。

的确，姬烈、十六皇子飞在最前面，白君月、白君语姐妹朝这儿看了看，也跟着朝远处飞去。

"我们赶紧走。"秦云也说道。

当即，秦云、伊萧、洪九、伊风谷、朱八、朱丰和方虞都跟在后面飞行。

这雷霆世界的尽头，出现了一片白雾。

姬烈、十六皇子、白君月、白君语先后飞入了那白雾中。

"又是一个阵法。"洪九微微皱眉，"我感觉这阵法不一般。"

"嗯。"俊美少年朱八笑道，"之前是三件一品法宝，接下来出现的很可能是超品法宝，乃至灵宝！阵法内自然会更加危险。可我们如果不进去，便根本不能知道阵法的虚实。"

"我们进去吧。"

秦云他们没有一个退缩的，便是实力最弱的方虞也有野心。

方虞暗道：一品法宝和更厉害的法宝我是不敢想了，可景阳真人堂堂一个仙人，当初的顶尖人物，不应当只有这些厉害的法宝，普通些的法宝他应该也是有的。我只要捡上几件，此行便值了。

众人一同飞入白雾中。

一进白雾，秦云就感觉天旋地转。

"嗯？"秦云看向周围，周围都是白雾，秦云赶紧打开剑意领域，感应周围八丈见方的情况。

伊萧、洪九、朱八等人全部消失了，八丈见方内没有一人。

"人呢？"秦云脸色微微一变，"我等刚进这阵法就被分开了？这阵法看来比前面三个大阵要危险不少。"

他们越往后走，越可能找到藏着的更厉害的宝物，可处境同样越加危险。

第78章 仙丹

秦云看着周围的白雾,皱眉:我根本不懂阵法。洪九最擅长破解阵法,应该对此有些对策。可伊萧……伊萧和我不同,她是伊氏子弟,应该有伊氏老祖赐下的保命之物。并且如今她已掌握了雷霆意境,还有神霄符箓,她应该能护住自己。

秦云只能这么安慰自己。

"呼——"

紫色飞剑飞了出来,悬浮在秦云的身前,本命飞剑则依旧在他的袖子中待命,随时准备攻敌。

在这白雾内,他同样只能凭剑意领域感应周围,肉眼只能看到丈许内的东西。至于精神力,根本没法感应。

秦云小心翼翼地行走在这茫茫白雾中。

秦云暗道:我不懂阵法,在我看来,破阵只有一招,那便是以力破阵。可是进景阳洞府的人,谁都无法以力破阵。我们以六块符牌开启景阳洞府,景阳真人留下的阵法已经威力大减,若景阳真人真要赶尽杀绝,我们这些人中最强的也只是先天金丹境,哪一个有把握逃得掉?以破除前面三个阵法的经验,我一直走,应该就能出阵了。只要我不碰宝物，便应该没什么危险。

秦云走着走着，忽然有所感应。

"咻——"一团火焰从白雾中喷出，十分炽热。

紫色飞剑立即迎了上去，瞬间便挡了下来。

那一团红色火焰很快便消散了。

秦云暗道：这阵法里果真有危险，那一团火焰都有先天实丹境修行人巅峰的威力了。伊萧如今的实力应该能与青令巡天使媲美，她应该能保护好自己。

伊萧的情况和当初的秦云不同，她刚达到雷霆意境，就学了神霄雷法，后又得到了四品法宝神霄符箓，综合实力的确不输青令巡天使。

秦云继续在茫茫白雾中前进。

此刻，伊萧也在小心行走，她暗想：我等完全被分开了。

一圈圈水蓝色的涟漪以她为中心向四周弥漫开去，迅速扩散到了离她约莫六丈的地方。每一代可修炼神霄雷法的弟子都屈指可数，因此神霄门都会赐给他们厉害的护身法宝。

伊萧握着四品法宝神霄符箓，随时准备施展雷法。

雷电若是轰出，速度可比飞剑快多了。

"呼——"

白雾深处，突然喷出一团红色火焰，不过她周围六丈见方内的水蓝色涟漪，已将红色火焰给拦住了，水蓝色涟漪仅仅被破开了最外层。

"先天实丹境修行人巅峰的威力？法宝还能挡得住。"伊萧继续前进。

洪九发现自己被困阵法，周围都是白雾时，便露出了一丝笑容。

他持着木制的拐杖，掐指推算了一番。

同时，那一块飘浮在他丹田中，布满裂痕的古老龟壳在辅助他推算。

"这个阵法内的宝物可比前面三个阵法内的所有宝物还要珍贵多了。"洪九露出笑容，"可这个阵法也危险得多。"

"咦？"洪九有些惊讶。

"宝物竟然分散在这么多地方？"

洪九很快便推算出，阵法内的许多地方都有宝物。

"前面三个阵法内分别只有一件法宝，这里却有这么多分散在各处的宝物。"洪九露出喜色，"看来连我都能捡上几件。

"嗯，现在我最应该做的是……"

洪九略一推算，便确定了下来，他继续道："找秦云！"

"看来，仅仅靠我一人，是拿不到厉害宝物的。"洪九一边推算，一边持着木制的拐杖前进，他边走边轻轻敲击拐杖，法力悄悄弥漫开去，八件法宝隐藏在他的周围，庇护着他。

洪九暗道：秦云就在这个方向。

洪九一边推算，一边快速行走。

他一路走来，竟没碰到一团火焰，自然而然地就避开了隐藏在暗处的危险。

处处都是白雾，秦云一边前进，一边思考。

"轰——"

三团红色火焰同时袭来，紫色飞剑在半空中一闪，便将三团火焰给挡下了。

秦云暗道：我朝这个方向走，遇到的火焰似乎越来越多？越危险的地方，越有可能藏着宝物。

他虽然不懂阵法，却记得宫掌门说的话，有宝物的地方便更危险。

危险的地方虽然不一定有宝物，但有宝物的可能性也更高。秦云可不惧这一团团火焰。

"秦云兄。"一道声音从白雾中传来。

"呼——"

一团红色火焰袭击过来，只见虚无中突然浮现出了六块令牌，六块令牌瞬间构成了一个阵法，红色火焰一进入六块令牌构成的阵法内，便自然而然地偏离了方向。

"咚——"洪九从白雾中走了出来，他手中的拐杖轻轻敲击了下地面，红色火焰便立即朝远处而去。

"洪九？"秦云惊讶，"我还不知道你有这等手段，你这六件法宝我还是第一次见你用。"

洪九走到秦云这儿，"嗖——"六块令牌迅速飞入他袖内，他笑道："有秦云兄在，我哪里还需施展这等手段？对我而言，这里的一团火焰都太强，我硬扛的话实在是很吃力，只能想办法将之转移走。"

"元神仙人布下的阵法产生的火焰，你都能将其引向别处？"秦云惊讶。

"那是因为景阳真人早就不在了，这阵法无人控制，自行运转，我方可以取巧。"洪九说道，"若是阵法有主人控制，阵法爆发出全部威力，将我等当作敌人对待，那就太可怕了。"

"话不多说了，我们赶紧走吧。"洪九道，"这里的宝物很多，我没取宝物就立即来找你了。"

"你能找到伊萧吗？"秦云问道。

洪九微微皱眉，摇头道："我和你一同进来，因果极大，因此我方能找到你。可我和她的因果极小，这里的阵法又能混乱感知，故意让我等分离。你即使之前在她身上留下法力印记，此刻也没法感应到她的位置。

"在这里推算的难度比外界高百倍千倍。受阵法影响，我也推算不到她的位置，不过如果我们离她足够近，我应该就能感应到。"

"好。"秦云点头，他明白洪九能在阵法的影响下和自己会合，已经很厉害了。

"那我们走吧。"洪九说道，"我们可一边寻宝物，一边找伊萧姑娘。说不定何时我们就离伊萧姑娘很近了。"

"你方才说，这里有很多宝物？"秦云疑惑。

"嗯，我推算到这里的许多地方都有宝物。"洪九露出笑容。

"看来这里的情况和前面三个阵法内的不一样了。"秦云点头。

"秦云兄，跟我来。"洪九道，"不过秦云兄，危险可得靠你挡了。"

"危险便交给我吧,你只管带路。"秦云信心十足。

"好。"

二人联手寻宝。

洪九在白雾中神态从容,轻易便选定了前进的方向。

他们仅仅走了几个呼吸时间,便遇到了危险。"呼——"一瞬间便是八团火焰同时而来,连秦云都被吓了一跳。之前他乱走了好一会儿,最多也只遇到三团火焰同时来袭。这次一下子便有足足八团红色火焰同时喷了出来。

"嘭——"

紫色飞剑飞出,瞬间施展出周天剑光,八团火焰喷到光罩上后,全都溃散开来。

"前面就有宝物。"洪九笑道。

二人继续前进,仅仅走了几步,便看到前方的白雾淡了许多,只有地面还有些薄雾在,肉眼都能看清十余丈见方内的情况。

突然,他们发现地上有一块大石,大石上放着一个青色的玉瓶。这青色玉瓶,看起来十分普通。

"这是宝物?"秦云疑惑地看着那玉瓶,以他的眼力,也看不出这玉瓶哪里珍贵。

"秦云兄取来一看便知。"洪九说道。

秦云一挥手。

一道剑气飞出,剑气直接裹住那青色玉瓶,飞了回来。

秦云伸手抓过玉瓶,青色玉瓶本身倒也寻常,瓶子上却刻着五个字:三黄五花丸。

秦云、洪九二人看后相视一眼。

"灵丹?"二人都露出喜色。

"应该没错,虽然景山派在炼丹上只能算一般,远远不及灵宝山,"洪九笑道,"可景阳真人是历史上赫赫有名的丹药大宗师。他为了炼丹,不惜付出巨大的代价,请诸多好友帮忙,最终炼制出他最满意的一个丹炉,一个超品法宝层次的丹炉——金丹炉。后来，他用此炼制出了很多有名的丹药，甚至有几种丹药，除了他，再无人能炼成。"

秦云点头。

之前温郡守请秦云他们采摘的千年冰玉果，是天地奇珍，集自然之力，方能出现这样的奇物。丹药却是修行人搜集种种天地间的材料，最终将之熔于一炉，炼制出来的，价值远超材料本身。

一颗丹药，可让凡人直接跨入先天。

一颗丹药，可让刚死之人回返人间。

甚至传说道祖在灵宝山讲道时，曾说过："丹药一道玄奥无穷，厉害的丹药可让凡人直接成仙！"

当然，这只是传说……至今为止，也没人能炼制出让凡人直接成仙的丹药。

成为一个厉害的丹药大宗师太难了，首先要有极高的境界，其次要十分了解药材的药性，此外，还要炼过无数丹药，积累了无数经验。这样的人才能称得上丹药大宗师，才能炼制出厉害的丹药。

因此，炼丹的高手，在整个天下都是极少的。

单论炼丹，景阳真人在历史上都是顶尖的，能与他相提并论的没有几个，而且都是不同时代的仙人。

秦云笑道："三黄五花丸是五品丹药，凡人服用后，可洗精伐髓，改善资质，利于以后的修行，便是年龄大的凡人吃了，身体也能健康许多。"

他毕竟是青令巡天使，而且见过万象殿售卖的诸多宝物，可以说天下间有名的丹药他几乎都知道。

"里面有二十颗丹药。"秦云拔开瓶塞一看，眉头微皱，"过去这么久，丹药虽然被保存得极好，可也只剩下五成药效了。"

"五成药效也很好了。"洪九道，"我们赶紧继续找吧。"

"嗯。"秦云点头，在洪九带领下，他们迅速朝下一个可能有宝物的地方走去。

这第二个藏有宝物的地方，半空中有上百团火焰游走，当秦云、洪九二人靠近时,那上百团红色火焰便迅速融合,在半空中凝聚成了一只狼的模样,踏着虚空一跃,向秦云二人冲了过来。

秦云再次放出紫色飞剑。

"咻——"

剑光如雷如潮,强势无匹,向火焰狼刺去。火焰狼在半空中灵活地闪避着,可紫色飞剑是何等快?仅仅一击,紫色飞剑就刺中了火焰狼。

"轰——"在紫色飞剑的凶猛攻击下,火焰狼身上仅仅有部分火焰消散了。

"轰——"紫色飞剑接连轰击了数次,火焰狼根本避不开,最终还是消散掉了。

"这火焰狼的实力,完全可媲美青令巡天使。"秦云边说,边和洪九上前。前方一块大石上也放着一个青色玉瓶,这青色玉瓶乍一看几乎和之前的一模一样。

一道剑气放出,卷起玉瓶飞到秦云身前,秦云伸手接过。

青色玉瓶上刻着三个字:道心丹。

"道心丹?"洪九道,"这可是三品灵丹,据说修行人在走火入魔,或者道心失守,心神混乱时吃上一颗,心神便仿佛被冻结了一般,半年之内,心境都不会起一丝波澜。"

道心丹,极珍贵。

一颗道心丹,便抵得上一件五品法宝,法宝可以用很久,不用了还能卖。丹药用了可就没了。

"炼丹炼器的修行人,又或者以画符或符箓为生的修行人,一般都想要一颗道心丹。"秦云说道。

修行人吃了一颗道心丹,可冷静到极致,不会出现任何低级失误。

洪九笑道:"不但是修行人,即便是一些妖魔,也想要道心丹,特别是修炼一些急功近利的法门的妖魔。他们有了道心丹,修炼时便多了一层保障。"

"嗯。"秦云点头。

道心丹一向抢手,炼丹师炼制出来后,只要将之拿出来卖,很快就会被抢购一空。

即便是厉害的修行人,也会常备一两颗道心丹,以防走火入魔。毕竟不管何时道心出了问题,只要服下丹药,半年内怕也就调节好了。

秦云和洪九在无尽的白雾中行走着,洪九在旁领路,秦云则负责应对危险,他们轻易便得到了分散在各处的丹药。

他们得到的丹药,最差的六品,最好的一品。

洗精伐髓、治病、提升法力、恢复法力、解毒……种种药效的丹药皆有。

其中的一品丹药,名叫九转灵丹,是用一个火红葫芦装着的,这火红葫芦乃天生地长的火云葫,最适合保存丹药,一般只有顶尖的丹药,炼丹师才会拿火云葫来装。即便隔了三千年,这九转灵丹还有八成药效。

九转灵丹乃修行界中赫赫有名的灵丹,一般是给顶尖的先天金丹境修行人和元神仙人服用的。

顶尖的先天金丹境修行人在突破元神境失败后,金丹必会受损,若事先有所准备,这时便可服用九转灵丹来修复损伤,九转灵丹最擅长修复生命根本。

便是元神仙人也可用它来疗伤。

像身体残缺、天生体弱、年老色衰……总之所有生命根本有损的,下至凡人,上至仙人,都可服用九转灵丹。这九转灵丹的药效非常温和,即便是一个婴儿都能承受。

因此,作为一等一的灵丹,九转灵丹十分珍贵。

即便是顶尖的先天金丹境修行人,也不会轻易服用。仅元神仙人才能多留几颗备用。

一颗九转灵丹,便相当于一件二品法宝。

"火云葫中一共有六颗九转灵丹。"秦云、洪九见了很是欢喜。

这一葫芦的九转灵丹,是他们目前在景阳洞府中得到的最珍贵的宝物,六颗灵丹加起来已及得上一件一品法宝。为了一件一品法宝,之前姬烈不留情面地训斥了十六皇子。即使是先天金丹境修行人,也不敢携带一品法宝在外闯荡,唯恐被抢。

在袁公来景阳洞府前，越门也只有三件一品法宝。

所以这一葫芦的九转灵丹，何等珍贵？

秦云他们之前搜集的一堆灵丹，加起来，也都远不及这一葫芦九转灵丹珍贵。他和洪九一人一半，相当于一人得到了半件一品法宝。

"也就是在景阳洞府内，若是在外界，我们何时能得如此多的宝物？"秦云感慨。

"我们二人来对了，来对了！"洪九激动道。

"多亏了洪九你带路，否则我一个人只能在这里傻乎乎地乱转，能找到一瓶灵丹就算走运了，这九转灵丹是想都不敢想。"秦云说道。

"秦云兄，若是仅我一人，就算找得到灵丹，也无法得到灵丹啊。"洪九笑道。

谈笑间，二人又来到一处。

前方隐隐现出五色光华，秦云、洪九二人都露出惊愕之色，仔细看去，远处白雾稀薄，有一玉台，玉台上放着一火红葫芦。

"火云葫，又是火云葫！"洪九激动道，"我们之前发现了那么多灵丹，可用火云葫装的灵丹只有一种，就是九转灵丹。前方的火云葫并不是和之前的一样放在一块大石上，而是放在一玉台上，那玉台隐隐放出五色光华，周围还有阵法。"

"嗯。"秦云心跳加速，"玉台周围的阵法应该是为了保护那一葫芦灵丹。以景阳真人的性子，即便是一品灵丹九转灵丹，他也只是装在火云葫中，随便放在一石头上罢了。而这次的丹药，他除了以火云葫保存外，还用玉台搁置，甚至他还觉得不够，所以他又在玉台的周围布置了阵法加以保护。恐怕这丹药，比九转灵丹还珍贵。"

"比九转灵丹还珍贵的丹药？"洪九咽了咽唾沫，"难道是……仙丹？"

"轰——"

周围隐隐传来一阵轰鸣，无穷无尽的火焰凭空而来，不断融合，瞬间就化作了一条庞大的火焰神龙，这条火焰神龙散发出雄浑无匹的气息，盘踞在那玉台上方，俯瞰着秦云和洪九二人。

"看到这大家伙，我更相信，那火云葫里装着的就是仙丹了。"秦云盯着那庞大的火焰神龙，对洪九道。

"秦云兄，对付这大家伙就靠你了。"洪九不敢往前，他在这火焰神龙身上感觉到了强大的危机。

"放心，这家伙就交给我了。"秦云眼中满是战意。

第79章

金丹外丹

火焰神龙盯了秦云、洪九二人一会儿，忽然俯冲杀来。

"去！"秦云直接放出本命飞剑。

本命飞剑的剑光犹如江上升起的明月，快得匪夷所思，一瞬间，便和火焰神龙的头撞在了一起。

"嘭——"火花四溅，但是火焰神龙几乎无损，它发出了一声龙吟，似乎有些愤怒，再度杀了过来。秦云也操纵着飞剑，攻杀过去。

秦云不断施展江上明月，疯狂攻击火焰神龙。

只是火焰神龙的身躯颇为强悍，剑光每次和火焰神龙撞在一起，都会溅起一些火花，在剑光攻了数十次后，火焰神龙身上的火焰还是稀薄了些许。

"呼——"

剑光再一次袭来。

这一次，剑光刺在火焰神龙的身体上，却仿佛刺在了虚空，竟然直接从火焰神龙的身体里穿了过去。火焰神龙无视秦云的本命飞剑，直接飞扑过来。

"不好！"秦云脸色微变。

"它的身体可实可虚。"在旁边看着的洪九也大惊失色，之前他和秦云在放置着灵丹的地方也遇到了火焰，但那些火焰都是能强行驱散的，谁承想这火焰神龙之前被秦云击中了那么多次后，不仅没有多大的损失，反而变得更加难对付了。

秦云一边召回本命飞剑，一边又放出了一柄紫色飞剑，施展周天剑光。

紫色飞剑挡在秦云和洪九身前，剑光直接化作半球形光罩。

周天剑光，乃秦云最强的防御招数。甭管是虚体还是实体，都无法穿透周天剑光光罩。

"轰——"

火焰神龙虚化的利爪抓在周天剑光光罩上，周天剑光光罩剧烈地震颤了下，但还是撑住了。

"它的攻击要比姬烈的全力一击弱一些。"秦云松了一口气。姬烈在先天金丹境修行人中都算极厉害的，身上又有一品法宝灭魔手，也就秦云的周天剑光扛得住。

"轰——"

火焰神龙再次飞扑过来，用龙爪抓了一下后，又将巨大的龙尾抽在周天剑光光罩上，周天剑光光罩终于完全崩溃了。

不过，早有准备的秦云再度放出本命飞剑，施展出周天剑光，将自己和洪九护得严严实实的。

本命飞剑施展的周天剑光的威力和紫色飞剑施展的可完全不一样。

巨大的光罩罩在秦云和洪九周围。

火焰神龙不管如何疯狂地攻击，都破不开周天剑光光罩。

"它每攻击一次，身上的火焰便会消散一些。"洪九在一旁道，"它坚持不了多久。"

"如果是寻常的一两团火焰，撞在我的周天剑光光罩上，便会直接消散。"秦云说道，"这火焰神龙可实可虚，的确难缠了些，可它终究只是阵法所化，并无灵智，只知道攻击我们。我用周天剑光便能将它身上的火焰耗尽。"

秦云和火焰神龙又厮杀了片刻。

火焰神龙身上的火焰越加暗淡稀薄，终于哗的一声，火焰神龙的身体崩解，火焰直接消散无踪。

"我们成功了！"洪九欣喜若狂，他狂热地盯着那放在闪烁着五色光华的玉台上的火云葫。

"这还是大大削弱后的阵法的威势，若是阵法的威势未曾削弱，不知这火焰神龙又是哪番模样？有何等威势？"秦云忍不住道。

"遇到长数百丈的火焰神龙，即便是姬烈这层次的高手，也得瞬间烧成灰吧？"洪九嘀咕。

"我这飞剑，也会瞬间湮灭。"秦云笑笑。

"所以只有六块符牌齐聚后，我们才敢进来啊。"

二人说着，也有些心跳加速。他们都盯着那玉台上的火云葫。

"秦云兄，我们瞧瞧火云葫内是什么吧。"洪九道。

"嗯。"秦云一挥手，一道剑气飞过去，如丝带一般卷住火云葫飞了回来。

这火红色的火云葫上刻着四个不起眼的小字——金丹外丹。

"金丹外丹！"秦云、洪九都惊呼出声。

他们俩都变了脸色。

他们的心跳都在加速。

"这、这是……"洪九那般冷静的人，此刻也激动得不知道该说什么好。

"金丹外丹！传说中的金丹外丹？"秦云看着火云葫上的四个小字，感觉自己是在做梦。

洪九忍不住看了秦云一眼。

洪九心中杂念纷飞：他会不会杀了我，独占金丹外丹？又或者不杀我，直接不分给我？他即使不会为了独占金丹外丹而杀我，也会为了保密而杀我，他若不分，便有可能灭口。

毕竟他的实力远不如秦云的。

此刻，洪九心乱不已，他想推算一下，但因为心境太乱，一时间竟没法推算。

"我们打开看看。"洪九道。

"嗯。"秦云点头,拔开葫芦塞子查看。

六颗圆圆的金丹外丹悬浮其中,分散在各处,互不干扰。

"六颗金丹外丹。"秦云眼睛发亮,一旁的洪九同样激动,可也更担心秦云会因此杀他。

洪九心中慌乱不已:秦云虽然之前没问题,可是这金丹外丹也太珍贵了。财帛动人心,世上最经不起考验的便是人心。这些可是传说中的仙丹,足足有六颗,足以让先天金丹境修行人反目成仇。

洪九开口道:"秦云兄,加上这些金丹外丹,这次我们在景阳洞府得到的宝物实在是太多了,单单在景阳洞府外围得到的宝物,你便分了我那么多,如此多的宝物……对我而言,恐怕是祸不是福,我实力终究不够。这金丹外丹,你便只分给我一颗,可好?"

"你担心我杀你灭口?"秦云瞥了洪九一眼。

他秦云游历天下时,见过人心最黑暗的一面,能活下来少不了几分运气,他岂会猜不出洪九此时的心思?

洪九一愣。

秦云笑笑:"你放心,我们说好了一人一半,这些金丹外丹我不会少你半颗。至于杀人灭口,你也太小瞧我了。"

宝物又怎样?

在生死面前,宝物也是虚妄。当初在北地边关的战场上,秦云在死亡的边缘徘徊了多少次,才叩开了仙门。

秦云连性命都能抛到一边,又岂会被宝物乱了心?

虽然都是在北地边关的战场上奋战,但秦云这类修行人和那里的士兵不同。秦云他们都是自愿去的,随时可以走。所以秦云觉得自己见过的人中,最豪爽最值得钦佩的大多是北地边关战场上的那群修行人,个个称得上侠肝义胆,自己能以性命相托。

"可这么多宝物,的确给我带来了很大的压力。"洪九忍不住道,"我担心有人能推算出这次景阳洞府之行，谁收获得多……我怕他们找上我夺宝，我这种实力弱的人，最容易被捏死了。"

"这也能推算出来？"秦云惊讶道。

"能。"洪九点头，道，"推算厉害的元神仙人，能看气运，甚至能看到我们身上的宝光。修行人身上的宝光越耀眼，代表着他身上的宝物越多。虽然我有遮掩之法，可宝物太多，宝光便难以遮掩。"

洪九说的话虚虚实实。

擅长推算的元神仙人，能看气运，也能看宝光，这是事实。可以如今他们得到的宝物，秦云即便是分一半给洪九，洪九还是勉强能遮掩它们的宝光的。

"宝光？"秦云微微点头，"我也听说过，不过，既然当初我们说好了在景阳洞府得到的宝物每人一半，我便得做到，否则不会坏了我的道心，对吧？"

"也是。"洪九点头。

秦云在后天便掌握了剑意，如今二十三岁就达到了剑意领域层次，自然想着将来能掌握剑道，岂会因为仙丹而坏了自己的道心？

而且，言而无信，杀好友夺宝，秦云骨子里不屑那么做。让他成为自己都瞧不起的那种人，这比杀了他还难受。

"这样吧，如果你实在担心，你那份我便先分你三成。剩下的七成，等你跨入先天实丹境后我一并给你。"秦云笑道，"到时候你实力更强了，手段也会更多。"

"好。"洪九心中一暖。

他的确相信秦云。

因为秦云没必要哄他，若是秦云不给，他也没任何办法。

"你先取一颗金丹外丹吧。"秦云拔开葫芦塞子，一颗金丹外丹飞出。

洪九伸手接住，直接朝嘴里一塞。

"你现在就吃了？"秦云惊讶。

"哈哈，实力自然是提升得越快越好，这样我也好应对危险，可这终究是外来的法力，不长久。"洪九笑道。

秦云点头一笑，道："我可不懂遮掩宝光，便也吃一颗吧。"

又一颗金丹外丹飞出，圆圆的，金灿灿的，里面蕴含着令人匪夷所思的庞大能量，秦云一张嘴，金丹外丹便飞入了他嘴里。

"虽然这股法力无法生生不息，可借助它，秦云兄怕是连姬烈也不必怕了。"洪九说道。

"它还有很多好处，可让人受益一生。"秦云则道。

金丹外丹乃修行界公认的仙丹，是景阳真人独创的。当初，景阳真人辛辛苦苦请各方高手帮忙，最终炼制出超品法宝金丹炉，又借助金丹炉，炼制出了好些厉害的丹药。其中最出名的，也最了不起的便是金丹外丹。这也是那个丹炉最终被称作金丹炉的原因。景阳真人死后，便再无人能炼出金丹外丹，这一丹药自此便成了传说。

虽然当初有些金丹外丹被景阳真人送出，可三千年过去了，那些金丹外丹早就用光，成了传说。

金丹外丹入口后，便直入丹田，就仿佛修行人修炼出了一颗金丹。

只需一步，修行人便直接跨入了先天金丹境。

当然，这一切是有前提的。服用金丹外丹之人必须是先天境修行人，否则他的身体承受不了金丹外丹的效力。

金丹外丹内含的法力极为精纯。跨入先天境，但尚未突破先天金丹境的修行人调用金丹外丹内的法力时，等同于拥有了先天金丹境高手的实力。

缺陷是……

一方面，金丹外丹终究是外来的，其中的法力消耗一分便少一分，总有消耗光的一天。

另一方面，如天道意蕴是慢慢参悟的，法术是慢慢熟练的，符箓是越画越好的那样，比较特殊的法宝，如剑仙的本命飞剑，必须靠剑仙的法力日日夜夜蕴养；比较特殊的本命符箓，如神霄符箓，必须靠以五行雷法为根基的修行人的法力日日夜夜蕴养；如肉身成圣一脉的人的肉身，也必须靠特殊的法力日日夜夜蕴养。所以，一般跨入先天境，但尚未突破先天金丹境的修行人，即使有金丹外丹，也比不上真正的先天金丹境高手。

不过金丹外丹还有另一个让很多修行人都为之疯狂的好处。

金丹外丹入体后，可以助修行人蕴养肉身和魂魄。在金丹外丹的蕴养下，修行人的肉身和魂魄可达到先天金丹境层次。即便金丹外丹没了，已经提升的肉身和魂魄也不会变弱，所以，拥有金丹外丹的修行人便拥有了真正的先天金丹境高手才有的五百年寿命。

寿命，是最让修行人疯狂的存在。

先天虚丹境修行人，一般只有两百年的寿命。先天实丹境的修行人，便有三百年的寿命。

有了金丹外丹，修行人便可在原本的基础上多三百年或两百年的寿命。如此延寿之宝物，自然让人眼馋。且魂魄更强后，参悟天道意蕴更快，修炼速度也更迅猛。

当然，这并不适用于肉身成圣一脉的修行人，也不适用于神魔一脉的修行人。

一来，修炼的法门越厉害，对蕴养肉身的法力的要求便越苛刻；二来他们的肉身太强了，已经可以媲美法宝，在这个基础上，提升肉身的层次所需的能量太过庞大，对这些纯粹修炼肉身的人来说，一颗金丹外丹根本不够让他们消耗。不过他们的肉身本来就能支撑数百年上千年，金丹外丹只要蕴养好魂魄，他们一样能活五百年。

白雾茫茫，秦云和洪九都站在闪烁着五色光华的玉台旁。

金丹外丹到了他们的嘴里，魂魄和精神力轻易就融入了其中，调动着金丹外丹内的庞大法力。

随即，金丹外丹入腹，进入了他们的丹田中。

丹田内原本只有一颗虚丹，那是他们修炼多年的结果，但此刻丹田内又多了一颗比虚丹大了一大圈的金丹外丹。金丹外丹悬浮在那儿，圆圆的，散发着微弱的金光。

"金丹外丹。"秦云感觉到，魂魄和精神力融入这金丹外丹后，便受到了金丹外丹的蕴养，魂魄在以可以感知的速度变强着，蜕变着。

修行人每跨越一个层次，肉身和魂魄都会发生蜕变。

剑仙擅长以法力操纵本命飞剑，也擅长以法力蕴养本命飞剑。可在蕴养魂魄上，和这一颗金丹外丹相比，剑仙的法力并无优势。

"呼——"秦云调动着金丹外丹内的法力，无比雄浑的法力刚出金丹外丹，便让丹田感受到了巨大的压力，这也是金丹外丹只有先天境修行人才能服用的原因。毕竟金丹外丹再温和，其内的法力也到了先天金丹境层次，普通肉身是无法承受的。

"咻——"

金丹外丹的法力出丹田，入经脉，渗入筋骨，流经哪里，便给哪里带来些许压迫感。

这还是因为秦云身体够强。

当然，法力流转的同时，也滋养着肉身的每一处，法力流经之地，微微发痒，开始蜕变。可在身体发生蜕变的同时，法力也在以缓慢的速度消耗着。秦云渐渐感觉到，自己的耳朵更聪敏，眼睛更明亮，大脑的反应也更快了。

"去！"

些许金丹外丹的法力直接涌入本命飞剑。

"嗡——"

本命飞剑悬浮在一旁，发出低沉的剑吟。

秦云心中激动不已：这金丹外丹的法力果真不一样，虽然不是剑仙的法力，可层次终究比之高多了。用这法力操纵本命飞剑，虽然只能发挥出本命飞剑的七成威力，可这也比之前我以虚丹操纵时的威力高出一个大层次。

他的虚丹虽然是凭剑意结成，能媲美一般的实丹，可和金丹外丹相比，还是差太多了。

之前和姬烈厮杀，他只能防守。甚至对于他的飞剑，姬烈都敢用肉身硬扛。剑仙号称攻伐第一，姬烈若是遇到与境界相当的剑仙，岂敢用肉身硬扛那人的飞剑？神魔一脉修行人的肉身虽然厉害，却还不及肉身成圣一脉的修行人的肉身，神魔一脉的修行人一般会专修某种神通，比如姬烈就是专修通臂神通。姬烈能用肉身硬扛他的飞剑，显然是因为他飞剑的威力还不够。

秦云暗道：这金丹外丹内出自景山派，法力纯正，用来调动本命飞剑，只能发挥本命飞剑七成的威力，可即使如此，也让我的实力大涨。只可惜，这法力没法用来蕴养本命飞剑。

蕴养本命飞剑，必须得用剑仙的法力。

剑仙的法力才是最适合用来操纵本命飞剑的。

"呼——"

魂魄时刻被金丹外丹内的法力蕴养着，慢慢蜕变，这种感觉让秦云不禁心醉魂迷。

秦云、洪九二人都在感受着自身的变化，生命层次的变化。

洪九闭上眼，许久后，他睁开眼看向身旁的秦云，笑道："服用一颗金丹外丹，可得五百年寿命，秦云兄，这金丹外丹你用了可就有些浪费了，你将来达到先天金丹境是板上钉钉的事。"

"那也是将来的事。我修炼到先天实丹境后，本命飞剑以剑仙法力操纵时的威力或许能接近此刻以金丹外丹内法力操纵时的威力，可在蕴养魂魄上，我估摸着，先天实丹境的剑仙法力，必不及这一颗金丹外丹内的法力。"秦云说道，"魂魄变强，参悟天道意蕴的速度才能大大加快，我的境界才能更高。"

"这样，我将来结出的实丹、金丹也能更强。"秦云说道。

一步领先，便能步步领先。

如今魂魄先一步达到先天金丹境层次，秦云将受益一生。

秦云打定主意，平常战斗时还是使用先天虚丹境的剑仙法力，必要之时再调动金丹外丹内的法力。现如今，金丹外丹内的法力只用来蕴养魂魄和肉身，按照传言，将魂魄和肉身提升到先天金丹境层次，需消耗金丹外丹约莫一半的法力。剩下的一半法力也得省着点用，用一次便会消耗一些。

"我们简单分一下这些丹药。"秦云一边说，一边拿出八瓶灵丹，"按照之前我们说好的,你那份我先分你三成,剩下的七成在你达到先天实丹境时我再给你,对了,这颗九转灵丹你准备如何存放?"

"我自有办法。"洪九立即从腰间的乾坤袋里拿出了一木盒,将九转灵丹收入其中。

"这个玉台你要吗?"收好九转灵丹后,洪九指着那闪烁着五色光华的玉台,"论价值,它也相当于一件四品法宝呢。"

"你收着吧。"秦云哭笑不得,"你倒是眼光毒辣。"

洪九立即将玉台装进乾坤袋。

突然,洪九体内那布满裂痕的龟壳微微震颤起来。

"嗯?有人在朝我们这儿靠近,是……是姬烈!"洪九脸色微变,他道,"我们赶紧走,他们寻宝的速度可不及我,我们被他们缠上的话,之后每碰到一件宝物便要和他们打上一架。"

"我们走。"秦云也点头。

二人当即离去。

仅仅十余个呼吸的时间,姬烈、十六皇子二人便来到了这里,姬烈手里托着一个寻宝盘。

"这不对啊。"姬烈皱眉,"宝物怎么没了?"

"烈老,宝物没了?"十六皇子道。

"陛下赐下的这寻宝盘的确感应到这里有宝物,现在却感应不到了。"姬烈摇头,"算了,这里存放的,应该也是丹药。到目前为止,我们都发现十二种灵丹了。估计在我们来之前,这阵法内的丹药,已经被他们拿走了。"

"我们继续找。"姬烈郑重道,"景阳真人炼制的丹药中最出名的便是金丹外丹,虽然他已经死了,但他应该还是留下了两三颗金丹外丹。两颗金丹外丹,便顶得上一件一品法宝了。若是他留下八九颗金丹外丹,那收获可就大了。"

"嗯。"十六皇子也眼睛放光。

他们俩又继续寻找。

紧接着,秦云、洪九二人又寻到了两种灵丹。

"嗯？"洪九持着木制的拐杖，掐指推算着，如今有了金丹外丹，他推算的能力又厉害了许多。忽然，他露出惊讶之色，停下脚步。

"你怎么了？"秦云疑惑地问道。

洪九笑着看了一眼秦云，道："我刚刚感应到了伊萧姑娘，幸好我吃了金丹外丹，否则我也没这么快找到伊萧姑娘，此外，我还算出这阵法出口的位置了。秦云兄，你是打算和伊萧姑娘会合后，离开这阵法，还是继续在这阵法内寻宝？"

"我们先和伊萧会合。"秦云毫不犹豫道。

"好好好，我这就带路。"洪九无奈，同时道，"我建议我们和伊萧姑娘会合后就立即离开这阵法，我猜这阵法内最珍贵的宝物就是金丹外丹了，我们要抓紧时间，先其他人一步去下个阵法。我想，我们越往后走，接触到的宝物便越珍贵。"

第80章

星空藏宝

洪九持着木制的拐杖，悠然而行，秦云在一旁紧随。

"伊萧姑娘就在前方数十丈外。"洪九自信地指着前方。

"哦？"秦云当即上前。

"哎，秦云兄，等等我！"洪九连忙跟上。

秦云很快就感应到了一圈圈水蓝色的涟漪，跟着就发现了伊萧。

"秦云？"伊萧露出喜色，飞奔过来，同时收起护身的法宝，"怎么这么巧，我随意走都能碰到你？"

秦云笑着点头，道："对，就是这么巧。"

在后面的洪九摸了摸鼻子，暗道：哪里巧了，都是我算出来的。

"当然，你我能相见，多亏洪九帮了大忙。"秦云见到伊萧无事，顿时松了一口气。

"多谢洪九兄了。"伊萧看着洪九，诚恳道谢。

"伊萧姑娘不用客气，小事罢了。"洪九道。

"洪九熟悉阵法，已经推算出出口的位置，我们先出去吧。"秦云对伊萧道。

"再好不过了，我们赶紧出去。"伊萧有些无奈地道，"周围都是白雾，虽然我碰巧得到了一瓶灵丹，可这灵丹只有五品。我受不了了，我们赶紧离开这阵法吧。"

洪九自信道："我带路。"

三人又走了数百丈，不知不觉间，前方的雾气已越来越稀薄，直至完全消失。

"呼——"

三人终于走出了阵法，他们转头看了看后方的白雾。

"我们出来了！"伊萧露出喜色。

"我们应该是第一个出来的。"洪九笑道。

秦云仔细观察着前方的殿厅，殿厅很大，风格古朴，地上铺满了光滑的大石，殿厅的上方一片幽暗，隐隐有星光闪耀。

幽暗的殿厅顶部、点点闪烁着的星光……让人不禁想起夜空。

"咻——"

忽然，其中一点星光从殿厅上方的深处飞出，离秦云等人越来越近。他们一眼便看出，这飞近的星光实际上是一柄散发着光芒的大锤。

"法宝！"秦云一挥手，两道剑气便飞了出去，缠住大锤，大锤表面的光芒不断闪烁，和殿厅上方的星光交相辉映。

"嗯？这大锤怎么拽不下来？"秦云疑惑。

"去！"

挂在秦云腰间的紫色飞剑瞬间出鞘，直接斩在大锤上，大锤动都没动，它表面的光芒依旧在按照某种节奏闪烁着。

"是阵法！"洪九眼睛发亮，"每一点星光，应该都是一件法宝。虽然这里藏着众多的法宝，可每一件法宝都有阵法守护，且大量的小阵法构成了一个大阵法。要取走这大锤，就得先破阵法。在元神仙人的阵法面前，是没有办法强行取走法宝的。"

秦云点头。

"秦云兄，你用剑气缠住这大锤，别让它飞走，我需要时间破解阵法。"洪九说道。

"好，便靠你了。"秦云说道。

"我也略懂阵法，可这藏宝的阵法，大阵套小阵，不同小阵还彼此结合，很是复杂。"伊萧看了不由得蹙眉道。

秦云听了伊萧的话哈哈笑道："伊萧，你还能看出点虚实，而我只看到它们一闪一闪的，其他的我就完全看不懂了。"

洪九边掐指推算，边笑道："秦云兄，一切皆有规律，就像你的飞剑，施展不同的招数，便有不同的威力。阵法都是以金木水火土五行以及阴阳等为根本布置的，越厉害的阵法，看起来便越自然，比如这阵法就和夜空很像。幸好景阳真人只是考验我等，这阵法可以让我等逐个击破，越往后便越容易破解，如果他不愿将宝物给后辈，我们也拿不走。"

秦云点头，他的时间全用来修炼飞剑之术了，可没时间钻研阵法。

只有当实力停滞在某一境界，再无进步空间且找不到原因时，修行人才会兼修其他。所以一般而言，年龄越大的修行人懂的越多。

像长生的元神仙人，很多都会选择兼修其他，如景阳真人最强的是兜率神火，而他的炼丹之术在历史上都可排在前几，都天神雷他也略懂一二，阵法就更别说了，符箓一脉的高手，又有几个是不懂阵法的？

"护住这柄大锤的阵法相对容易破解，我估计这柄大锤不是什么厉害的宝物。"洪九说道，"秦云兄，你轰击这两处，便可将这大锤取下。"

说着，洪九逼出两道法力，指向殿厅上方中的两点星光。

"好。"秦云点头，两柄飞剑立即飞出，冲向洪九所指的那两点星光。飞剑在黑暗中飞了百丈，才击到那两点星光。

"轰——"

两声巨响后，空气波动，秦云感觉到自己拽着大锤受到的阻力瞬间消失了，大锤表面的光芒也消散了。秦云用力一拽，大锤便飞到了他的面前。

秦云伸手接过大锤。

"四品法宝。"秦云看了一眼大锤说道，在得到金丹外丹后，再面对四品法宝，秦云、洪九就很淡定了。

"又来了一个。"洪九看着上面。

秦云将四品法宝收起，看着殿厅上方。一点星光降下，越来越近，越来越清晰，乃一面红色小旗。秦云立即放出剑气缠住这红色小旗。

红色小旗上的星光按照更复杂的节奏闪烁着，秦云看着都觉得有些别扭。

"这红色小旗上的阵法比大锤上的厉害多了。"洪九皱眉，说完他便沉默了，陷入了思考中。

"这阵法太复杂了。"伊萧看了一会儿，嘀咕了一句。

秦云试图用本命飞剑强行把红色小旗拽下来，可根本没用。

显然这幽暗的殿厅上方里的诸多法宝，他们必须靠破阵得到，这是景阳真人的规矩。

"呼——"

片刻后，殿厅上又降下一点星光，星光离得越来越近，秦云、伊萧和洪九都看清了。

"嗯？"星光中包裹着一柄飞剑，飞剑紫得发黑，乍一看很普通，仔细一看，就能发现这柄飞剑的表面上散发着迷人的光泽，越看越令人痴迷。

秦云立即放出剑气缠住这一柄飞剑，星光不断闪烁，秦云同样也拽不下来这柄飞剑。

"飞剑！"伊萧露出喜色，"秦云，你将来或许能用到它。"

洪九转头看了一眼，脸色微变，他开口道："秦云兄，飞剑上的阵法和红色小旗上面的阵法相当，你说，现在我该先破哪一个为好？"

"这红色小旗上面的阵法，你不是已经思考好一会儿了吗？"秦云问道。

"两个阵法都很复杂，怕要好久才能破解。"洪九说道，"这一会儿不算什么。"

同时洪九传音给秦云："秦云兄，你有金丹外丹，这柄飞剑似乎极厉害，只要得手，你便可立即使用了。"

"好，那我们便先取飞剑。"秦云点头。

"好。"洪九全力推算着飞剑上阵法的破解之法。

时间渐渐流逝。

每过一会儿，幽暗的殿厅上方便会降下一点星光，每一点星光中都包裹着一件宝物，秦云放出的剑气虽然可以让宝物不再飞走，可这并不是破解之法，无法将宝物取下。

"呼——"

这时，面色冰冷的白君月带着妹妹白君语走出了白雾，旁边还跟着朱八和朱丰，朱八正满脸笑意地和朱丰说着话。

"哈哈，我们终于走出来了。"朱八笑道。

白君语看着远处的秦云三人，她发现秦云正与半空中的十三件法宝展开拉锯战，她便忍不住笑了起来："你看，那秦云释放剑气，困住这么多法宝，却连一件都取不下来。难道他没看出来，这里的每一件法宝上都有阵法吗？"

"秦云兄，你同时轰击这五点星光，便可收走这一柄飞剑。"洪九擦了擦额头上的汗珠，传音道，同时指了指殿厅上方的五点星光。

"好。"

秦云立即放出了五柄飞剑，这飞剑中，有五品的，也有八品的。

在秦云的飞剑击中那五处后，深紫色飞剑表面的星光顿时消散，束缚力也消失了，秦云立即将紫色飞剑收到手中。

"这人好厉害！"

白君语和朱八都惊讶地看向洪九。他们俩都精通阵法，自然知晓那柄飞剑上的阵法有多厉害。

秦云握着手中巴掌大的深紫色飞剑，感受着其传来的温度，不由得心中欢喜。

秦云一翻手，便将深紫色飞剑藏入了袖中。

一道金丹外丹的法力渗入了深紫色飞剑，关于深紫色飞剑的讯息便出现在秦云的脑海中，秦云一一浏览后，便知晓了这一柄飞剑乃沉沙剑，是神匠坊出品。

厉害的飞剑，有些是由剑仙们炼制的本命飞剑，有些却是由炼器高人炼制出来的。沉沙剑便是后者。

沉沙剑，是炼器高手采集陨星沉沙后炼制而成的，陨星沉沙，一粒重十斤，八百粒就有八千斤。

炼器高手足足炼制了十年才得的沉沙剑重九千九百斤。

沉沙剑发威时，威势极强。

秦云心念一动，沉沙剑便迅速变长、变软，化作一圆环，缠绕在他的手腕上。

有了金丹外丹，即便是一品法宝，秦云也能操纵。

秦云暗道：我的本命飞剑在我手中能发挥出二品法宝的威力，本命飞剑的速度虽然极快，但在威力上还是略有欠缺。而沉沙剑正好相反，二者倒可以互补。

秦云暗暗欢喜：这一柄飞剑和我的本命飞剑联手后，倒是让我实力大增。

那些寻常的飞剑，哪里能和沉沙剑相比？

这时，姬烈、十六皇子二人也从白雾中走了出来，他们俩是最晚出来的。

"我找了这么久，竟然都没找到金丹外丹。"姬烈皱眉，看了看远处，远处的秦云、白君月、朱八、方虞等人都拽着一件件法宝，努力破解着阵法，"金丹外丹可是景阳真人炼制出的最了不起的仙丹，他怎么可能一颗都不留在这洞府内？难道说，这仙丹被他们中的某一个得到了？"

"烈老，那边有那么多法宝。"十六皇子催道。

"哼。"姬烈瞥了一眼，冷笑道，"最出名的三件一品法宝，飞剑白露、玄冰符箓、都天符箓都早就被夺走了。别看那边法宝众多，恐怕最厉害的也就二品罢了。你赶紧想办法找金丹炉和兜率神火符箓，那边的法宝加起来都远不及那两件。"

"嗯。"十六皇子点头。

他们二人立即在殿厅里寻找起来。

他们发现，殿厅除了有白雾的地方可以走动外，其他地方似乎被什么东西隔绝了。

另一边，众人都在破阵夺宝。从破解阵法的速度可以看出，洪九和朱八不相上下，其次就是方虞，再其次就是白君语和伊风谷。

此刻，方虞心惊胆战，他暗道：二品法宝我就不碰了。太厉害的法宝，我得到了也守不住。在场之人都不是心慈手软之辈，白君月是出了名的冷酷无情，那姬烈更是霸道，我得低调。

袁公得了一品飞剑白露就逃了。

因此，方虞虽然擅长破解阵法，但就是不敢去取二品法宝。

"方虞，论破解阵法，你当属越州第一吧。"这时，姬烈走了过来，看着方虞。

"见过姬烈道兄。"方虞谦逊得很，"我在阵法一道上不及洪九道友他们，越州第一，只是虚名罢了。"

姬烈冷冷地道："你破阵，我取宝，所得的宝物，我分你三成。"

方虞心中惊颤，表面却是一副大喜过望的样子，他道："我听姬烈道兄的。"

"烈老。"十六皇子传音道，"你不是也懂阵法吗？"

烈老修炼三百多年，能达到意境领域层次，自然也是懂些阵法的。

"我在阵法一道上的能力也就和伊风谷他们差不多。这方虞，一直藏着实力呢。朝廷早有他的详细情报，其实他比洪九、朱八都还要擅长破解阵法。"姬烈传音道，"有他帮忙，我们也轻松得多。"

"哦。"十六皇子恍然大悟，仔细看了看方虞。

这个低调的方虞，竟是在场之人中最擅长破解阵法的？

方虞有了姬烈当靠山，不再惧怕白君月等人，开始全力破阵。

方虞在全力爆发下，的确是比洪九、朱八还要厉害一些。

时间渐渐流逝，殿厅上方的宝物一件一件地被取走，阵法一个接一个地被破解，整个大阵也越来越残缺，破解起来越加容易。

秦云一方共得到了十一件法宝，其中有两件二品法宝。他们算是收获最大的一方，毕竟他们来得最早。

"哗啦——"

当所有法宝皆被取走的那一刻，大阵完全崩解，一道道光芒散开，整个殿厅都在震颤。

"轰隆隆——"在轰隆声中，一面墙壁缓缓下降，秦云他们全都转头凝神看去。

在那巨大的墙壁消失的刹那，一股炽热的风扑面而来。

殿厅的温度急剧飙升，温度高到能将鸡蛋迅速蒸熟。空气扭曲着，幸好在场的修行人中最弱的也有先天实丹境的实力，面对高温，他们还是能够轻易扛住的，只要以法力隔绝高温即可。

"那是……"

"快看！"

众人突然心跳加速，盯着远处。

墙壁降落后，出现了一个巨大的空间。

这空间的中央有一个丈许高的丹炉，丹炉下火焰升腾，丹炉数丈范围外的四面八方也都满是火焰。

整个空间似乎被一个阵法分成了两个天地，大部分区域都是火，只有丹炉周围数丈范围内没有火。

"这里难道是炼丹房？"朱八低声道，"地火聚于此，环绕在丹炉数丈外，地火与丹炉中央别无他物。"

"金丹炉。"白君月、白君语姐妹都盯着那丹炉。

"超品法宝。"秦云、洪九感到窒息。

"这地火太强了。"伊风谷脸色微变，看了一眼身旁的姬烈、白君月等人，就知道他们都要拼命了。

之前出现的宝物全部加起来都没超品法宝金丹炉珍贵。

一般而言，即使是同品级的法宝，珍贵程度也是不同的。比如一套小周天星辰，便比寻常的一品法宝珍贵多了。

又比如飞剑白露、飞剑青水，二者加在一起，可与超品法宝相比，甚至比小周天星辰还要贵重。

超品法宝的珍贵程度同样有区别。

威力弱者，其珍贵程度可能和小周天星辰差不多。

威力强者，其珍贵程度可能直逼灵宝。

而金丹炉大概抵得上两三套小周天星辰。

"地火？"姬烈皱眉，他将法宝灭魔手藏在皮肤之下，当先伸出手。

"呼——"

姬烈的手臂猛地长长，手掌直接伸到了熊熊的地火旁，一根巨大的手指轻轻触碰着地火。

"哧——"姬烈修炼了通臂神通，整条手臂可媲美法宝，可此刻，他手指的皮肤在地火的灼烧下，迅速变得焦黄。

"什么？！"姬烈脸色一变，呼的一下收回手臂。

他看了看被烧破了皮的手指，暗道：我修炼的可是通臂神通，如今我的手在地火的灼烧下都受了伤，我这肉身若是进去，怕是得被烧成灰啊。

姬烈一咬牙。

"试试看。"姬烈立即催动法宝，灭魔手在手掌表面显现出来，渐渐地，他的手包括手臂都被一层黑色金属包裹住了。

"去！"姬烈的手臂猛地长长数十丈，黑色金属也跟着延展，直至严严实实地将整条手臂包裹住。姬烈将手伸入熊熊地火中，可当他的手距离那金丹炉还有五六丈时，他的手臂便再也无法变长了。

"还真够不着。"姬烈一次次地挥舞着那巨大的手臂，有灭魔手保护，他的手臂便能抵抗地火，可如此一来，他的手也就够不着那金丹炉了。

姬烈十分焦急，暗道：我若是将通臂神通修炼得再厉害些，就好了。

秦云、白君月等人在一旁看着，他们在看到姬烈伸长手臂去抓金丹炉时顿时都心头一紧，可在看到姬烈挥舞着巨大的手臂却怎么都够不着时，便只觉得有趣了。

"你够不着的。"白君月的话音刚落，从她的周围便飞出十六颗星辰，这十六颗星辰冲入熊熊地火中，迅速飞到了那金丹炉旁。

"当——"

十六颗星辰合力托住金丹炉，欲将之裹挟过来。

"嗡——"

白君月想的是好，可金丹炉周围有阵法，阵法不仅能隔绝地火，也护住了金丹炉。任凭白君月如何用力，都无法将金丹炉带出来。

"这样是带不出金丹炉的。"朱八摇头，"金丹炉被阵法固定住了，以防炼丹时，地火爆发，丹炉摇晃。要将金丹炉带出来，得先破阵。"

"我们距离金丹炉这么远，根本无法隔着熊熊地火看清阵法，怎么破？"洪九摇头。

姬烈看向身侧的方虞。

方虞也道："我也没办法，要破阵，得先看到阵法。地火阻隔视线，除非姬烈道友将我送到丹炉旁，让我仔细观看阵法，我才有可能想出破阵之法。"

"送人进去？"姬烈皱眉，他的手掌虽然能变大，可抓住一人并将之送进去，但无法完美隔绝地火。地火之威，在场之人恐怕没人能以肉身硬扛。

"咻——"

两柄飞剑从秦云身上飞出，穿过熊熊地火，托住那金丹炉，同样无法将之抬起。

"没用的，必须先进去破阵。"洪九摇头，"而要进去破阵，就得隔开地火。"

白君月走到了地火旁。

在场众人都看向她，在她身体周围旋转的三十六颗星辰形成了一周天光罩，周天光罩在熊熊地火的灼烧下，咻咻作响，刹那，周天光罩就崩溃了。

"周天光罩也挡不住。"白君月皱起眉头。

"你们白家这一代的先天金丹境子弟中，就没有悟出周天意境的修行人。"姬烈嗤笑道，"你若是悟出了周天意境，小周天星辰在你的操纵下，定能完美阻隔地火。你现在想完全靠小周天星辰的法宝之威隔绝地火还是差了一些。"

"难道你能进去？"白君月反问。

姬烈顿时哑然。

"哼。"姬烈冷哼了一声，不再说话。

"姬烈前辈、君月仙子都挡不住这地火，我看，我们还是想办法走吧。"朱八笑道，"厉害的宝物，没实力是带不走的。"

秦云仔细看着，突然向前走去。

他想知道，自己用本命飞剑施展的周天剑光能否阻隔地火。

第81章
超品法宝金丹炉

"嗯?"姬烈看着走向地火的秦云,不由得嗤笑一声。

他身旁的十六皇子却道:"烈老,这秦云的飞剑之术极为厉害,说不定他能挡住地火。"

"你太高看他了。"姬烈摇头,"之前他操纵一柄弱些的飞剑,演化周天,直接被我轰破。后来他又换了一柄极厉害的飞剑才挡住我。他的飞剑演化周天虽厉害,却比君月仙子的小周天星辰差了不少。小周天星辰终究是一品法宝,演化周天已很完美了,只是君月仙子尚未悟出周天意境,方没能挡住地火。"

另一处。

白君月、白君语也看着秦云。

"姐姐,他的飞剑施展的周天剑光应该比不上小周天星辰吧?"白君语问道。

白君月一贯冷漠,可看向秦云的目光很温和,因为她在秦云身上看到了另一个人的影子。她轻声道:"他胜在剑意厉害,不过他才突破先天虚丹境,我估计他扛不住。"

伊萧、伊风谷、洪九等人都紧张地看着。

"秦云道友，你若是取到了金丹炉，可得卖给我朱氏。"朱八笑着喊道。

秦云听到朱八的喊声，笑了笑，道："承你吉言，不过我若是能取得金丹炉，到时候还要看谁给的好处多。谁给的好处多，我便卖给谁。"

"秦云真是不自量力。"姬烈听了秦云的话忍不住嗤笑。

秦云已经走到了地火旁，恐怖的高温袭来，在地火的映照下，他的脸有些泛红。

秦云暗道：金丹炉，我若是得了金丹炉，接下来就真的没什么好担心的了。不管是卖给灵宝山，还是卖给朝廷，我都能换得巨大的好处。将金丹炉卖给朝廷，我便可轻轻松松地请到一支神魔卫，让他们驻扎在我秦家数百年，守护我秦家；将金丹炉卖给灵宝山，我便可请传说中的黄巾力士驻守秦家。有神魔卫或黄巾力士在，我难道还用得着害怕妖魔来我秦家夺宝吗？

金丹炉这等宝物，秦云自己又用不了，得了当然只能卖掉。

超品法宝金丹炉，即便是先天金丹境的修行人，若是根基不够扎实，也不能操纵。而且炼丹时需要完美控制丹炉，一丝误差都会造成炼丹失败，所以这金丹炉虽好，却不是人人可用的，只有炼丹手段达到宗师级别的仙人才能掌控，否则，即便是仙人，若是炼丹手段一般，也是糟蹋了金丹炉。

一般势力买不起，买了也没用。

可朝廷和灵宝山绝对都很想得到，伊氏、朱氏等一些千年大家族也有些想法。

"呼——"

地火升腾。

秦云一挥手，本命飞剑便飞了出来。本命飞剑施展出周天剑光，巨大的周天剑光光罩将悬浮起来的秦云护在其中。

"哧——"周天剑光光罩碰触到了地火，地火升腾，威势恐怖。

即便周天剑光光罩将地火的威能尽量分散到了周天剑光光罩上的每一处，可周天剑光光罩依旧无法承受地火，在地火的发威下，周天剑光光罩仅仅支撑了刹那，便直接溃散了。

秦云失败了。

伊萧、朱八、朱丰、白君月、白君语等人倒也平静，伊萧虽然有一丝期待，但也知道那地火十分可怕。

"地火之威，你怎么可能承受得了？"姬烈看到秦云失败，不由得嗤笑。

洪九暗道：秦云应该没动用金丹外丹吧。之前他没有金丹外丹，就能挡住姬烈，若是他动用了金丹外丹内的法力，飞剑之术便能提升一个大层次，应该能挡住这地火才对。

秦云失败了一次后，便开始尝试第二次。

秦云默念：金丹外丹之法力。

接着他悄然调动金丹外丹内的法力，并将之灌入本命飞剑中。

"哗——"本命飞剑再度施展周天剑光，这次的周天剑光光罩看起来和刚才的没有什么区别，可实际上光罩的威势比刚才的要强得多。秦云稍稍感应后，便发现这光罩接近完美，能量波在其中流转不定。

"哧——"

周天剑光光罩再度碰触到升腾的地火。

地火毫不留情地攻击着周天剑光光罩，却无法攻破。秦云感觉到这还不是周天剑光光罩承受的极限，此刻的周天剑光光罩大概只发挥了五成的威力。

"哗——"秦云确定了心中的想法后，立即撤去周天剑光光罩，做出一副失落的模样。

"这光罩竟然坚持了一下，才溃散。"姬烈眉头一皱。

秦云转头，皱着眉朝伊萧、洪九走去，边走边微微摇头。

秦云一直走到他们的近处才停下脚步。

"呼——"

剑光呼啸，化作周天剑光光罩，直接将秦云、伊萧、洪九、伊风谷包裹在其中。

"秦云道友，你这是？"伊风谷惊愕。

"秦云？"伊萧也有些发蒙。

"秦云兄这是成了？"洪九大喜过望。

秦云点头微笑："你们放心，我这周天剑光光罩足以扛住地火。"

其他人看着被周天剑光光罩包裹住的四人，都震惊不已。

"你能扛住地火？"姬烈不敢相信。

"哈哈，我的实力，岂是你能看透的？"秦云大笑。

同时，秦云传音给三个同伴："洪九随我进去，思索破阵之法。伊萧，你也跟我进去吧，我怕姬烈对付你，如果你留在外面，不管他是想夺你身上的一品法宝，还是想用你来威胁我，我都会很麻烦。至于伊风谷道友，你要留在这儿，还是随我一同进去？"

"当然是随你一同进去。"伊风谷传音，"只是秦云道友，你确定你有把握？"

"你能扛住地火？"伊萧也不敢相信。

"等会儿你们就知道了。"秦云笑道。

"呼——"

四人直接朝地火飞去。

"烈老，我们拦不拦？"十六皇子问道。

"你能破开他的周天剑光光罩？"姬烈摇头，他试过，根本破不开，同时传音道，"他要进去，我们便让他进去，除了他之外，谁都奈何不了地火，他若是能取出金丹炉，倒是好事。至于他取出来后……哼！到时候我们再想办法抢也不迟。"

"嗯。"十六皇子点头。

众人都紧紧盯着秦云等人。

而伊萧、洪九、伊风谷都盯着眼前的周天剑光光罩，他们离地火越来越近，不知过了多久，周天剑光光罩终于碰触到了地火。

炽热的火光流转，地火肆意升腾。

"哧——"

周天剑光光罩的三分之一进入了地火，任凭地火灼烧，周天剑光光罩不断移动，竟然撑住了。

"秦云挡住地火了！"

"他真、真的挡住地火了？"

转眼，光罩已支撑了一个呼吸的时间。

远处的其他人都看得目瞪口呆。

"进！"

秦云四人迅速飞了进去，他们飞得极快，刹那便到了数十丈外，一路上熊熊地火都在毫不停歇地灼烧着周天剑光光罩，但始终都无法撼动它分毫。随即，他们四人便降落在中央的金丹炉旁，地火被阵法隔绝在外，虎视眈眈地盯着他们。

"他们真进去了。"白君月遥遥看着，轻声道，"他比我厉害。"

白君月眼中有着一丝柔软。她想到了她的哥哥。

她的哥哥，也比她厉害多了，曾经也耀眼得很。

秦云四人悬浮在金丹炉旁，秦云打开剑意领域，感应到周围数丈的确没任何危险，这才撤去周天剑光光罩。

四人落地。

"这就是金丹炉。"伊风谷、伊萧都看着眼前的巨大丹炉，丹炉是青铜色的，丹炉底部还有熊熊的地火，整个丹炉乍一看十分普通，可仔细看时，不难发现其表面布满了似是装饰的花纹，这些花纹，越看越玄妙。

"金丹炉不愧是超品法宝，上面的符文，定是最擅长炼器的仙人刻的。"洪九看着金丹炉，有些痴迷，低声道，"传说中，这是由数个仙人合力炼制而成的。"

"如今，金丹炉没主人催发，一旦催发，怕是威势更加了得。"秦云道，"怎么，洪九，你还懂得炼丹？"

"只是略懂一二罢了。"洪九看向秦云，"即便在我们江州，我怕都排不进前十，不值一提，不值一提。"

"你看看周围的阵法如何，尽快破阵，我们取走这金丹炉。"秦云说道。

"好。"洪九当即低头仔细观看，此时没有地火阻挡，他自然能看清这里的阵法。

"你能破解吗？"秦云问道。

洪九边看，边说："秦云兄放心，这阵法既然是为了阻挡地火和固定金丹炉的，应当不会太复杂。给我半个时辰，我有把握破解。"

他们旁边的伊风谷听了后道："秦云道友，看在伊萧的面子上，你可得把这金丹炉卖给我伊氏啊，就算伊氏给不出足够的好处，可是我们背后还有神霄门。"

伊氏老祖身上的宝物或许不比景阳真人的少，可这并不等于伊氏老祖不想要兜率神火符箓和金丹炉。

兜率神火符箓是景阳真人纵横天下的依仗，金丹炉是他炼丹时不可或缺的宝物，如果他还在世的话，这两件法宝他都不会卖。

就像景阳真人购买一件和金丹炉价值差不多的宝物也需要付出很多一样，伊氏老祖也不一定买得起这金丹炉。

好在伊氏背后还有神霄门。

"二叔。"伊萧有些无奈。

"我说错什么了吗？你和秦云的交情本就不错。"伊风谷道。

秦云笑了笑，看着伊萧。

"秦云。"伊萧传音道，"如果神霄门和伊氏能给出让你满意的好处，你将金丹炉卖给他们倒也无妨。可你若是不满意，还是将金丹炉卖给朝廷或者灵宝山为好。"

这天下，论富有，一是朝廷，二是灵宝山。

朝廷毕竟统领整个天下，论实力，比任何一个圣地都强。且朝廷属于神魔一脉，神魔一脉的强者都会支持朝廷。

灵宝山，乃道祖讲道之地，是修行人的圣地，根基最深。

天下间的劫难虽多，但灵宝山从未被撼动过。

"你放心吧。"秦云传音道,"我心里有数。"

"秦云兄。"洪九虽然在破阵,可也听到了伊风谷说的话,传音道,"这金丹炉卖给谁你来决定,换的宝物我就不要了,这次在景阳洞府我已经得到足够多的宝物了。"

"我早说了,在景阳洞府得到的宝物每人一半!"

"抵挡地火的是你,我受之有愧。"

"没你帮忙,我岂能得到金丹外丹?没金丹外丹,我岂能抵挡地火?而且此刻破阵还是要靠你。"秦云传音道,"好了,此事不必多说。"

洪九暗暗感慨,幸好他当初请的人是秦云。

"秦云兄,既然如此我也不多说了,还是按照老规矩,金丹炉换得的宝物,我的那份,你先给我三成,等我跨入先天实丹境后,你再给我剩下的七成。"洪九传音道,"宝物越多,宝光便越难遮掩。一个不小心,必会引来大祸。"

"好。"秦云传音道。

"我还有一个不情之请。"洪九传音道。

"以你我之间的交情,你有什么请求尽管说。"秦云传音道。

"你分我宝物的事,你知我知,不可让第三人知。"洪九传音道,"我这小胳膊小腿的,还没掌握天道意蕴,就算有了金丹外丹,也无法与先天金丹境修行人对抗,随便遇到哪个,我都只能狼狈逃命。"

"好。"秦云直接应道。

"秦云兄,这么做对你没任何好处,只会让你陷入危险之中。外界必会认为,你得了所有的宝物。"洪九传音,"洪九有愧,待回广凌后,定有厚报。"

秦云哑然失笑,不过也没多说什么。

对他而言,超品法宝金丹炉不管是半个还是一个,都没有任何区别,危险是一样的。

但他有大功德在身,别说他得到的只是超品法宝,即使他得到的是灵宝,仙人魔神也不敢对他动手,对有大功德的人动手,便等同于自杀。

至于面对先天金丹境层次的敌人,秦云的底气还是很足的。将金丹炉换成宝物后，他就更有底气了，虽说那时他身上也没有值得先天金丹境高手惦记的超品法宝了。

在熊熊地火的另一边。

姬烈看得眼睛都要冒火了：这秦云还真能抵挡地火。可是，明明之前我和他交手时，他的实力没有这么强。难道他当时隐藏了自己的实力？难道他突然突破到了先天实丹境？还是说，他得到了金丹外丹？

这一刻，姬烈心中有太多的猜测。

可不管他怎么猜测，金丹炉都将落入秦云的手里。

"姐姐，秦云要得到金丹炉了。"白君语道。

"嗯。"白君月看着秦云那边，道，"只要秦云在景阳洞府内能守住金丹炉，那么等他出了景阳洞府后，金丹炉就能给他带来巨大的好处。如今，景阳洞府外，可是有好些仙人在暗中盯着这里的动静。"

"好些仙人？"白君语惊讶地问道，外人都听不到她们说的话。

"朝廷、灵宝山、神霄门、混元宗都有仙人在盯着这里。即便是景山派唯一的元神仙人也不例外。"白君月笑道，"不管是灵宝、超品法宝，还是典籍，都足以让大妖魔眼馋，他们必会担心门下的弟子护不住宝物，不来护送才奇怪。"

有仙人保护，先天金丹境的大妖魔是追不上他们的。

大半个时辰后，洪九手中的拐杖和身上的六块令牌同时动了，在拐杖敲击地面的瞬间，六块令牌迅速击中了另外六处。

"轰——"

阵法停止了运转，金丹炉轰鸣。

"好了，阵法已经破解了，秦云兄可以将金丹炉拿走了。"洪九说道。

"好。"秦云点头，挥手释放出一道道剑气，剑气缠住金丹炉，将之搬了起来，秦云立即打开了一个乾坤袋，袋口迅速变大。

这乾坤袋大概是先天金丹境的修行人遗留下来的，里面的空间约莫有十丈见方，这是秦云在景阳洞府外围得到的乾坤袋里最大的一个。

金丹炉仅仅丈许高，这乾坤袋轻易就能将其装下。

在金丹炉飞入乾坤袋后，秦云将乾坤袋系好，挂在了腰间。

伊萧、伊风谷、洪九都不由自主地看了看秦云腰间的乾坤袋，那里面装的可是超品法宝金丹炉！

"轰隆隆——"这时，远处的殿门开启了。

"外面的殿门开了。"秦云等人都看向外面，在地火的映照下，他们隐约能看到开启的殿门。

"他们一个都没走。"伊萧道，"秦云，小心姬烈。"

"之前姬烈便想对伊萧动手，现在完全可能会对你动手。"伊风谷也提醒道，"此外，你还得小心白君月，为了超品法宝，白君月很可能会和他联手。"

"我们先出去再说。"秦云笑道。

之前没金丹外丹，他都扛住了姬烈的攻击。在秦云看来，如今自己有了金丹外丹，姬烈若再和自己正面交手，恐怕也只能仓皇逃命吧。

即使朱氏、白家和皇族的人联手，也不可能撼动他的周天剑光分毫，更何况如今他又多了一件二品法宝沉沙剑。沉沙剑施展起来，在威势上和本命飞剑相差无几。在金丹外丹的蕴养下，他的魂魄也在不断变强。他实在没必要惧怕什么。

"呼——"秦云等人迅速朝外面飞去，周天剑光光罩再次出现，保护着四人。

姬烈盯着秦云等人。

秦云四人刚落地，姬烈便挥了下手。

"嗖——"一面面散发着血腥气息的大旗飞了出来，悬浮在姬烈周围，每一面大旗上都有神魔的图像。

过了一会儿，终于再没有其他大旗飞出来了。众人一看便知，这大旗足足有十二面。姬烈盯着秦云，喝道："秦云，此乃陛下赐下的都天神煞旗，你现在交出金丹炉的话，还能活命，否则就休怪我无情了！"

"姬烈真要动手。"洪九脸色微变。

"都天神煞旗？"伊萧担心不已，赶紧向秦云传音，"这也是神魔一脉的宝物，持有之人消耗血气，便可召出十二尊都天神魔的化身。"

秦云听了伊萧的话也丝毫不惧。

姬烈开口道："君月仙子，现在也该拼命了，何必再留手？你们白家既然派你前来，不会只给了你小周天星辰吧？还请君月仙子助我一臂之力，到时候拿到金丹炉，换得的宝物你我平分，如何？"

白君月瞥了一眼姬烈，淡然道："姬烈，你要动手便动手，别拖着我。"

姬烈顿时一怔。

什么？

"超品法宝，你也不争了？"姬烈焦急道。

"秦云的飞剑之术，我自问破解不了。"白君月说道，"你要争，便尽管去争，为什么非得拖着我？难道就算有十二神魔的化身在，你也没把握对付秦云吗？"

姬烈听了白君月的话，脸色变得十分难看。

秦云看向白君月，道："多谢君月仙子。"

白君月看着秦云、伊萧二人，忽然嘴角微微上扬，露出了一个笑容。

"笑了，姐，你、你笑了？"她旁边的白君语十分吃惊。

白君月脸上带着浅笑，看着秦云、伊萧二人，道："郎才女貌，真是羡煞旁人。"

秦云、伊萧都微微一怔。

"君月仙子，你这是……"姬烈焦急。

"秦云，这金丹炉你要卖的话，可卖给我灵宝山。"白君月微笑道，"朝廷虽有丰厚的家底，可终究是神魔一脉，其所藏的适合剑仙的宝物绝对不及我灵宝山的多。妹妹，我们走。"

说完，白君月便带着妹妹白君语朝之前开启了的殿门走去。

"姐姐，你刚才是不是笑了？"白君语还在追问，一边说着，一边跟着白君月出了门。

"我们也赶紧走。"朱八拉着他的大哥朱丰,迅速跟了出去。

秦云看着姬烈,道:"你可还要继续动手?"

姬烈看着悬浮在他周围的十二面都天神煞旗,犹豫了下,还是将十二面大旗收了起来,灰溜溜地直接往外走去,边走边对十六皇子道:"我们走!"

第82章

生死不相弃

十六皇子跟着姬烈,传音问道:"我们就这么走了?烈老,我们不争了吗?"

"秦云能抵挡地火,这意味着他的飞剑比白君月的小周天星辰还厉害。即便有都天神煞旗,我也没把握破他的飞剑之术。而且每召出一次十二神魔的化身,都要消耗极其多的血气。既然没把握,此事就只能算了,我们赶紧去找灵宝。白君月那个女人,看到秦云那张脸便心软了,竟然连金丹炉也不争了,果真是个疯女人。"姬烈气得直咬牙。

在姬烈看来,如果白君月和他联手,他们还是有很大的希望能抢到金丹炉的。

"没了就没了,我们现在去争灵宝。灵宝兜率神火符箓才是景阳洞府里最重要的宝物。"姬烈传音道。

"是。"十六皇子没有再说抢金丹炉的事了。

不管怎样,他们俩都显得有些狼狈。

"他们就这么走了?姬烈拿出那都天神煞旗时,可吓了我一跳。"伊风谷笑道。

"我们也赶紧走。"秦云道,"接下来要出现的很可能就是灵宝了。"

"走!"

秦云四人从殿门走了出去。

景阳洞府内的其他宝物都比不上灵宝兜率神火符箓珍贵。灵宝,可是能旺一个圣地或一个大族气运的存在。当然,炼化和操纵厉害的灵宝并不容易,对修行人的法力、境界等各方各面的要求都极高。

因此,在景阳真人死后,六块符牌还没有散入各处时,景山派的弟子也没去景阳洞府取走兜率神火符箓。

当时的景山派如日中天,还是顶尖宗派,所以并不在意景阳真人积累的宝物。后来景山派被攻破山门,景山派损失很大,便想到了景阳真人留在景阳洞府里的宝物。

"嗯?"

秦云等人出了殿厅,一眼便看到了蓝天白云,蓝天白云下是一个花草繁茂的园子,园子中有几条石板路。

白君月姐妹、朱八、朱丰、姬烈、十六皇子,以及方虞,已经在石板路上走了一段路,此时正边走边仔细地观察周围。

姬烈看到秦云四人,冷哼了一声后,便不再理会他们。

"秦云道友。"朱八热情地打了声招呼。

白君语也好奇地看着秦云、伊萧二人,在她看来,自己姐姐那般冷漠之人,竟然会对这对年轻男女另眼相看。

秦云等人行走在石板路上,警惕地看着四周。

过了片刻,就在一众人小心翼翼地在这园子内摸索着前进时,忽然,"咻——"一道金光伴随着若有若无的清脆笑声划过长空,飞向远处。

秦云何等厉害,他一眼便看清了那一道金光乃一块金色的牌子,周围金色火焰环绕,他即便只是遥遥看着也感到窒息。同为灵宝,巡天鉴是专门用来监察天下的,而兜率神火符箓是用来杀敌的。

"是灵宝!"

"兜率神火符箓！"

在看到金光的刹那，在场之人情不自禁地激动了。

他们能不激动吗？

即便是先天金丹境的修行人，大多也没资格使用一品法宝。一品法宝之上乃超品法宝，超品法宝之上便是灵宝。

"追！"

"赶紧追！"

白君月姐妹、姬烈、方虞、秦云和洪九都追着金光而去。

其他人虽然也在追，但速度明显要慢很多。

"要得到超品法宝金丹炉，就得对付地火。那么要得到这更珍贵的灵宝兜率神火符箓，得对付什么呢？恐怕那东西比地火还要危险。"朱八摇头，"就算我们走运得手了，姬烈、君月仙子恐怕都会对付我们，我们不是秦云，可敌不过姬烈他们。"

"嗯。"朱丰点头，"我们不争了，不争了。"

"伊萧，我们现在注意着点儿，只要找到出去的路，就离开景阳洞府吧。"伊风谷说道，"剩下的，我们也争不到了。"

伊萧点头："好的，二叔。"

十六皇子在一旁跟着，争灵宝可能有莫测的大危机，他可不敢掺和进去。姬烈带上方虞便足够了，他去还会拖后腿。

这五个人小心翼翼地在园子内走着。

"嗯？"

伊风谷看着不远处的一块大石，眉头一皱，他对阵法颇有了解，因此不由自主地朝那大石走了过去。

朱八、朱丰、十六皇子等人也都疑惑地看过去。

"那石头……"朱八觉得不对劲。

"二叔。"伊萧走过去，"这石头怎么了？"

伊风谷若有所思，手指一点，三道不知名的气便射了出去。

"别动！"朱八连忙大喊道。

"噗——"

那三道气射在了大石表面的花纹上。

"轰——"白色雾气弥漫开来，掠过站在大石旁的伊风谷，伊风谷脸色一变，立即催动保命之物，一层层的水蓝色涟漪包裹住他，发出哧哧哧的声响，却接连被破。

伊风谷疯狂地朝外冲去。

但是白色雾气的威力太大了，他仿佛陷入了旋涡中，无法迈出一步。

仅仅一个呼吸的时间，他的护体涟漪便消散无踪，连他自己也没有逃过这一劫，落得了与护身法宝同样的下场。

"二叔！"伊萧也催动了伊氏老祖赐予她的保命之物，被一层层水蓝色涟漪包围着。伊萧的运气比伊风谷的好许多，虽然她周围的白色雾气同样凛冽、狂暴，疯狂地破坏着她周围的水蓝色涟漪，可她毕竟没有站在阵法威力最强的位置。

伊萧周围白茫茫一片，白色雾气越来越疯狂，她只能看到三丈远的地方，已经看不到更远了。

"我要出去！"伊萧想要往外冲。

可白色雾气仿佛汹涌的浪潮，将她裹挟住，把她拽向深处。

她周围的水蓝色涟漪在不断地被削弱着。

"二叔死了，我也要死了？"这一刻，伊萧是不甘的，她看着秦云离去的方向，流下了两行泪水。

"秦云……我不想死，真的不想。"

临死之前，她只想再看一眼秦云，哪怕只能说一声保重也好啊。

她对父亲早就死心了，母亲也在她不记事的时候就抛弃了她，只有秦云走入了她心里，是她最重要的人。

"秦云，别忘了我。"伊萧看着周围越来越少的水蓝色涟漪，知道死神离她越来越近了。

在伊萧被拽往阵法深处去的同时，其他人的情况也不容乐观。

"快躲！"朱八反应最快，他立即向后退去，在白色雾气吞噬万物时，十六皇子离那白色雾气还有丈许，离得比其他人都远些。

朱丰只是比朱八稍微慢了一点点，便被波及了。

"哧——"

朱丰疯狂后退的同时，迅速朝白色雾气拍出两掌。

"轰隆——"

朱丰的手掌与白色雾气碰撞在了一起。

"啊——"

朱丰在被白色雾气吞噬前终于摆脱了它，他看了看自己的手腕，他的两只手掌都消失了。

"长，长，长！"从手腕处开始，朱丰的手在以肉眼可见的速度生长着。

"怕得小半个时辰手才能完全长好。"朱丰嘀咕。

"这是什么阵法？怎么丝毫不留情？"朱八站到朱丰身旁，脸色难看。

"伊萧姑娘！"十六皇子将鞭子甩入白色雾气中。

"哧——"然而，鞭子在白色雾气中仿佛陷入了巨大的旋涡，一点一点地消失着。

十六皇子慌忙收回鞭子，鞭子已经断了一大截。

"五品法宝都扛不住？"十六皇子震惊不已。

另一边，秦云、洪九一群人在寻找灵宝兜率神火符箓的下落。

方才，他们根本就没追上灵宝兜率神火符箓，它飞得太快，眨眼就消失了。

正当一群人继续寻找时，"轰隆——"从后方传来了剧烈的法力波动。

"这是怎么回事？"秦云十分惊讶，他看了不远处的姬烈一眼。

姬烈在这儿，不可能分身去对付伊萧他们。

"我们快回去看看。"秦云不放心，立即带着洪九往回赶。

姬烈也往回赶，他暗道：后面怎么有法力波动？难道那边有宝物？

出来追逐兜率神火符箓的人都在往回赶。

当秦云赶到时，他看到了一片白色雾气，肉眼最多只能看到里面两三丈的地方而已。朱丰的双手正在慢慢恢复着，十六皇子拿着断掉的鞭子发愣，朱八的脸色也有些难看。

"伊萧呢？"秦云不由得心中发慌，连忙问道。

发愣的十六皇子听到这话，指向那片白色雾气，艰涩地道："她在阵法内。"

秦云看着那白茫茫的阵法，蒙了。

"伊萧、伊萧她……"秦云难以置信，看向十六皇子、朱八、朱丰。

"伊风谷不小心触动了阵法，他和伊萧都被卷进去了，我们若不是离得远些，也逃不掉。"朱八说道，"这阵法非常厉害，我大哥的双掌一碰触到阵法内的白色雾气就断了，皇子殿下的五品法宝进去后，也断了一截。"

"去！"

秦云立即放出二品法宝沉沙剑。

沉沙剑一进入阵法内，便遭到了白色雾气的疯狂绞杀，于是秦云反应极快地施展出周天剑光，在周天剑光光罩的保护下，方勉强挡住了白色雾气的攻击。

"呼——"

沉沙剑朝阵法深处飞去。

"看不见。"秦云脸色变了。

他最多只能看到阵法内两三丈的地方，他本想借沉沙剑进行精神感应，却失败了。沉沙剑虽然能在里面行动，他却看不见，根本无法找到伊萧。

"回来！"秦云心念一动，沉沙剑便飞了回来。

"呼——"沉沙剑入袖。

朱八、朱丰等人都惊讶地看着秦云，朱丰忍不住低声道："好厉害的飞剑之术，竟能挡住这阵法的攻击。"

"姬烈前辈。"秦云看向姬烈，"请你出手，救救伊萧。"

"你求我？"姬烈十分惊讶，忍不住笑出了声。

"对，我求你，求姬烈前辈救救伊萧。"秦云看着姬烈。

"烈老，烈老，你出手，救救伊萧姑娘吧！"十六皇子也道。

"要我救伊萧也很简单，我若是救出她，你便将超品法宝金丹炉给我。"姬烈盯着秦云，其他人都在旁暗暗嘀咕。

"姬烈真贪心，秦云请他救人，他竟然狮子大开口，索要超品法宝。"白君语低声和她姐姐白君月说道。

白君月试着放出一颗颗星辰，在白色雾气的冲击下，星辰也无法深入。

"秦云兄，金丹炉完全归你。"洪九传音道。

秦云看着姬烈，道："你只要救出伊萧，金丹炉所换的宝物，一半归你。至于另一半……并不属于我，属于另一个修行高人，我不能给你。"

"哦？你背后还有势力？"姬烈点头，"好，一半就一半！在场之人可是都听到了，我皇族姬氏的东西可不是谁都能贪的。"

"只要你救出伊萧，金丹炉所换的宝物，一半归你。"秦云道。

"好。"

姬烈的手臂当即变长，并且覆上了一层黑色金属，正是一品法宝灭魔手。

"呼——"

姬烈巨大的手臂缓缓朝阵法内伸去，在碰触到白色雾气后，他皱了皱眉，但并没将手臂收回，毕竟有灭魔手护着，手臂倒是能扛得住。

忽然，姬烈数十丈长的手臂被阵法往里面拽，他不禁变了脸色。

"烈老，你怎么不伸两只手进去救人？"十六皇子道。

"阵法威力太强，伸两只手进去的话，连我都要被扯进去了。"光头老者姬烈的脸涨得通红，巨大的手臂在里面奋力寻找着，可捞来捞去，都没能捞到任何活物。至于阵法内的树木山石，早就化作粉末了。

秦云盯着光头老者姬烈，眼睛一眨也不眨。

"呼——"

光头老者姬烈脸色难看，迅速将手臂收了回来，摇头道："没找到。她要么死了，要么就是被卷进阵法更深处了，我够不着。"

"她还活着。"秦云一翻手，露出手中的巡天令，"她的传信印记还没消散，只是，伊风谷的传信印记消散了。"

"伊萧姑娘还活着？"朱八等人眼睛一亮。

"伊风谷都死了，伊萧恐怕坚持不了多久。"秦云轻声道。

秦云走向洪九。

"呼——"

在封禁术的隔绝下，旁人看不到他和洪九，也听不见他们的声音。

秦云看着洪九，将乾坤袋递过去，道："洪九，这里面有很多宝物，包括超品法宝金丹炉，这些都给你。我如果不能活着出来，无法再给二老尽孝，便只能请你帮我照顾好我的家人。"

"秦云，你别傻，这阵法根本不留情，和之前遇到的阵法截然不同。"洪九劝道，"我们还是先出去，再找更厉害的修行人救伊萧姑娘吧。"

"找人？找谁？"秦云摇头，"先天金丹境的修行人，有几个愿意冒着生命危险来救伊萧？而且比我更厉害的先天金丹境修行人，天下间少之又少，个个都坐镇一方，担负着守护宗派、家族的重任。就算我能找到更厉害的修行人帮忙，他们赶路过来，怕也是半天之后了，被困在阵法内的伊萧可等不起。"

秦云将乾坤袋递过去，道："你拿着吧。"

"我真受不起。"洪九焦急道，"超品法宝金丹炉，我若是拿了，也遮掩不住它的宝光。这样反而是害了我。"

秦云一愣。

"这三颗金丹外丹，三颗九转灵丹，两件二品法宝都给你。这是我身上除了金丹炉和本命飞剑外，最珍贵的几件宝物。"秦云说道，"我不一定能活着出来，你就带着吧，我相信你能遮掩住这些宝物的宝光。至于金丹炉，就没法再给你了。"

洪九这次没有再拒绝，看着秦云，道："秦云兄，你放心，我洪九对天发誓，只要我活着，我一定会保护好秦家，照顾好你的家人。"

秦云点头。

"只是秦云兄,你何必呢?你有大好前程……"洪九忍不住道,修行路上难得知己好友,相处这一年多,他真的觉得秦云是值得相交的知己。

"修行路上,我会和她一起走。"秦云说道,从乾坤袋中取出那巨大的金丹炉,然后,他单手托着巨大的金丹炉,撤去了封禁术。

外面的姬烈等人还在疑惑,秦云和洪九在聊什么,竟然还要刻意防着他们,不让他们探察。

白君月姐妹、姬烈、十六皇子等都惊愕地看着秦云,看着单手托着金丹炉的秦云。

在周天剑光光罩的保护下,秦云直接朝阵法内走去。

"若是半个时辰内我没出来,怕是以后也出不来了。"秦云朗声说道,"望诸位出去后,告诉各方,金丹炉随我秦云一同陷入景阳洞府的阵法内了,想要金丹炉,就请入阵。若是能救我和伊萧出来,我双手将金丹炉奉上。若是那时我已死了,金丹炉会在哪儿,我可就不知了。

"哈哈,我秦云带着金丹炉一同进去,的确自私了些,不过,我也是为了活命,还请各位见谅了。"

秦云看着眼前的白色雾气,脑海中却浮现出了伊萧的一颦一笑,伊萧吃月饼的模样,江上明月下的亲吻,还有二人私订终身的约定。

"只愿执子之手,与子偕老,生死不相弃。"

"生死不相弃。"

二人的约定,犹在耳边回响。

"生死不相弃,伊萧,你要等我,等我。"秦云一步一步地走向白色雾气。

秦云就这么单手托着金丹炉,在周天剑光光罩的保护下,走进了白茫茫的阵法内,再也没回头。

这一幕场景,让在场之人都沉默了。

过了许久,十六皇子才喃喃道:"秦云,我曾瞧不起你,我曾想要夺走伊萧，可现在我明白了，我比不过你，我不可能为伊萧赌上自己的性命。"

洪九看着，暗道：秦云，你一定要活着出来。

白君月看着，早已泪流满面，她的脑海中浮现出她哥哥最后一次离去的场景。

时间在流逝，半个时辰过去了，秦云没有出来。

一个时辰过去了，阵法内依旧没任何动静。

"我们走吧。"姬烈沉声道。

十六皇子看着这白茫茫的阵法，低声道："希望你们俩能活着出来，能在一起。"

"他还没死，没死。"洪九握着传信宝物，"他的传信印记还没消散。"

"一个时辰都没出来，怕是以后也出不来了。"方虞摇头叹息，"可惜，可惜啊。"

白君月默默看着。

"姐姐，我们走吧，继续去寻找灵宝吧，姬烈他们都走了。"白君语催道。

"嗯。"白君月答应了一声，转头走了。

朱丰痴痴地看着阵法，低声道："八弟，秦云疯了吗？不要命了吗？"

"欢乐趣，离别苦，就中更有痴儿女。"朱八轻声念叨，"大哥，我们走吧。"

"嗯。"朱丰点头。他们俩也一同离去。

三日后，朱八侥幸带着兜率神火符箓冲出了景阳洞府，姬烈等人知再无机会夺得它，便也出了景阳洞府。

他们都带出来一个消息：三天前，秦云带着金丹炉进入阵法去救伊萧了，一去便没再出来。

第83章 白色雾气

朝霞门外，白君月姐妹、朱八、朱丰等人都在这儿。

"哈哈哈，看来兜率神火符箓和我混元宗有缘啊！"一个胖老者笑呵呵地说道，朱八、朱丰二人都乖乖地站在他身旁。

"你派两个先天实丹境的小辈进去，都能得到灵宝，你出门的时候是不是踩狗屎了？"另一个中年道人忍不住道。

"你们灵宝山是嫉妒我们混元宗！"胖老者喊道。

"符师祖。"光头老者姬烈带着十六皇子，则是站在一个银发老者身旁。

银发老者忍不住道："姬烈，你应该是进去之人中实力最强的一个，灵宝、超品法宝，以及一品法宝，你一件都没得到？"

姬烈也觉得难堪，可还是无奈点头，道："是，没得到。"

一品法宝一共三件。

袁公、白君月和伊萧，一人得到了一件。

超品法宝金丹炉秦云带进阵法了。

至于灵宝，竟被朱八得到了！

"我只得的法宝里，品级最高的只有二品。"姬烈低声道。

"算了算了。"银发老者摆摆手。

在场只有一个中年人皱着眉，他正是伊氏老祖，这一次他也来了。

白君月上前道："伊前辈，如今秦云和伊萧都陷在阵法内，金丹炉和一品都天符箓被他们带入了阵法，以秦云的实力，他能在阵法内坚持三天，想必也能在阵法内坚持更久。"

"嗯。"伊氏老祖看了看白君月，微笑点头，"君月小姑娘，我知道，他们应该能多撑一段时日，可你们也说了，恐怕只有达到极境的高手，才有望救他们俩出来。"

不远处的姬烈也道："是，我施展通臂神通探察过，那阵法威势可怕，我若是将两只手都伸进去，只怕连我都会被卷进去。和我实力相当的想要进去救人，能平安出来的希望也不大。只有突破极境的先天金丹境高手，方有望救他们俩出来。当然，只是有可能，毕竟这阵法到底有多强，我们也不知道。"

伊氏老祖微微点头，眉宇间有一丝愁意。

"这景阳老鬼留下的阵法不该这么狠啊。"胖老头忍不住道，"他们得到金丹炉，得到兜率神火符箓，也没遇到这么危险的阵法。这景阳洞府内不可能有比灵宝还珍贵的宝物才对。"

"除非那阵法不是景阳老鬼所设。"中年道人道。

"哦？白老三，你的意思是？"胖老头问道。

"别忘了，这三千年来，强行进入这景阳洞府的人中，可是有一个剑老人。"中年道人说道，"剑老人早已掌握剑道，曾斩杀过一个魔神，实力深不可测。若非剑仙一脉没有突破元神境的法门，如今他的实力怕是丝毫不亚于我等。"

"剑老人性情乖张，进入景阳洞府时，便已临近大限，临死前，在景阳洞府内布置厉害的阵法也很正常。"中年道人说道。

"这还真有可能。"

"剑老人的性子可古怪得很。"

"当初为了搜集各种典籍，为了创出剑仙一脉突破元神境的法门，他可是得罪了好些宗派。"

"他的阵法也是出了名的厉害，他的本命飞剑便是剑阵。"

提及剑老人，仙人们真是又敬又恨。

剑老人的本命飞剑很独特，一柄飞剑也可化为一个剑阵。剑老人凭剑阵困住一个魔神，当初他以先天金丹境的实力斩杀了魔神。剑老人……令剑仙们崇拜得很。

可惜，他依旧死了，最终也没能跨出最后一步，没能突破到元神境。

"若是他留下的阵法，那就厉害了，极境高手进去，也可能会折在里面。"

"这秦云，才二十三岁，凭飞剑之术就能抵抗地火。可惜了。"

"伊老鬼，这秦云对你们伊家的伊萧可真是好得没话说。"

说完剑老人，他们一个个又夸起秦云来。

伊氏老祖却没说什么。

伊风谷死了，伊萧现被困在阵法内，此刻，他的心情并不好。毕竟对于一个千年家族来说，千金易得，能带着家族更进一步的后辈却很难得。如今的伊氏只有一个先天金丹境的修行人。

"走了，走了。"胖老头带着朱八、朱丰，率先离去。

"去也。"中年道人也带着白君月姐妹离去。

"我们走。"银发老者说罢，便带着姬烈、十六皇子离去了。离开时，十六皇子转头看了一眼被云雾笼罩着的景阳洞府，暗暗叹息。

洪九、方虞二人走向景山派的弟子。

"我想要和景山派做些交易。"洪九、方虞都说道。

"痴儿，痴儿。"伊氏老祖轻轻摇头，转身离去，走着走着便消失不见了。

秦云和伊萧二人带着超品法宝金丹炉和一品都天符箓，被困在景阳洞府内的消息迅速传开，顶尖势力几乎都得到了消息。

如今景山派内喜气洋洋的，因为景山派的三个弟子早就带着典籍回来了。

"哦？秦云小友进阵法救伊萧，没能出来？"元符宫主得到消息时，心中泛起千般滋味，他还清晰记得两年前他坐镇广凌，秦云和伊萧这对神仙眷侣一起去拜见他时的场景。

"可惜，可惜。"元符宫主摇头。

"姬烈也说了，和他实力相当的进去，出来的希望不足一成。极境高人进去方才有望救出他们俩，且也有折损的可能。"宫掌门道，"极境高人，天下间屈指可数，岂会愿意前去冒险？"

元符宫主轻声叹息道："当真可惜了，希望这秦云小友能活着出来吧，他是我江州难得的修行人，若是他再成长数十年，我江州的局势都能因他而变。"

"极境高人进去才有望救人？"

"这一对年轻人，可惜了。"

各方势力知晓后，都只是摇头。

以地域来说，天下十九州，达到意境领域层次的先天金丹境修行人，一州也就一两个；以势力来说，皇族和顶尖宗派达到意境领域层次的先天金丹境修行人多一些。而且，也就这种底蕴深厚的势力，还能派一两个达到意境领域层次的先天金丹境修行人去冒险。

至于极境高人，天下间都是屈指可数的。即便是朝廷和灵宝山，都得格外优待，绝不可能让极境高人去冒险，也没资格要求极境高人去冒险，除非极境高人自己主动要去。

在南方十万大山中，巫姥山绝对是其中的霸主。

巫姥山乃巫之一脉仅存的顶尖宗派，内有巫姥坐镇。巫姥山的威慑力，在顶尖修仙宗派中都是数一数二的。

巫姥山弟子的修炼之法，和顶尖宗派的修炼之法不同，更加诡异、狠毒。巫姥山的弟子对别人狠，对自己也狠。

此刻，巫姥山，一个小院内。

"殿下。"红衣妇人恭敬道，"秦云持着金丹炉，只身进入景阳洞府内的阵法救伊萧姑娘，两人一去不回。巫母说了，那阵法太危险，巫姥山没法帮忙。"

"没法帮忙？"尘霜姑娘一袭红衣，坐在那儿，轻轻点头，"我知道了，听说极境的高人进去才有望。"

"那我告退了。"红衣妇人恭敬退去。

尘霜姑娘默默地坐在那儿。

"云哥哥……我活着从巫母洞出来了，连巫姥都说我天资不错，可你为何、为何如此？为了救伊萧竟愿意付出性命吗？"尘霜姑娘眼中含泪，她起身，从屋内取出琵琶，默默走到了离木屋不远的山峰上，席地而坐，弹起了琵琶。

琵琶声温柔缠绵，述说着思念。

尘霜姑娘还记得年少时，云哥哥教她练剑，她大哥谢雷在一旁看着。

她还记得云哥哥十五岁时只身离开家乡浪迹天涯，她弹着琵琶，目送云哥哥越走越远，不知不觉间泪已打湿了她的衣襟。

她还记得多年后，二人在燕凤楼内相见，相拥在一起。

她还记得广凌选花魁时，有妖魔来袭，在她惊慌不已时，秦云化作流光而来，斩杀妖魔。

琵琶声阵阵。

尘霜姑娘的泪水夺眶而出，她看着北方，仿佛看到了在江州的秦云，她轻声道："云哥哥，你一定要活着回来，活着回来……"

自秦云为救伊萧，只身进入阵法，一去不回的消息传开后，有人叹息；有人伤心；也有人嗤笑，觉得秦云为一个女人自寻死路，断了大好前程，真是愚蠢；还有人拍案叫好，开心不已，比如钟离氏的武枫郡主。

"郡主，伊采石还在为他女儿伤心呢。"侍女恭敬来报。

武枫郡主一身紫衣，坐在那儿，吃着葡萄，得意笑道："不用管采石，他伤心便伤心吧，毕竟伊萧也是他女儿。"

"大半年了，今天是我最开心的日子。"武枫郡主神采飞扬，笑道，"那个秦云嚣张得很，我还没想出办法对付他，他倒自寻死路，哈哈，他不是一直要保护伊萧吗？这次，他为了伊萧，被困阵法，也算得偿所愿。那个女人就是个害人精。"

"估计要不了多久，他和伊萧便都会死在里面。"

武枫郡主撇嘴，道："等那一天来了，我一定要好好庆贺一番。"

侍女奉承道："相信那一天很快就会到了。"

纷纷扰扰的外界影响不到阵法内的秦云和伊萧。

三天前，秦云单手托着金丹炉，以沉沙剑施展出的周天剑光光罩护住自身，进入阵法。

"伊萧呢？"秦云打开剑意领域，感应周围八丈见方的动静，寻找着伊萧。

"呼——"

他将金丹炉又放进乾坤袋收了起来。

之前他将金丹炉拿出来，一是为了保护洪九，让大家知道金丹炉被自己带进阵法了；二是因为担心自己陷入阵法后出不来，希望有高手为了金丹炉闯阵，救出自己和伊萧。

"伊萧！"秦云调动金丹外丹中的法力，开口喊道。即便如此，他的声音也只能在阵法中勉强传到离他十余丈远的地方。

"伊萧，伊萧！"秦云一边喊着，一边前行。

白色雾气不断地攻击周天剑光光罩，在最外围时，秦云还能稳得住。可随着他的深入，他感觉到周围的白色雾气越加疯狂，仿佛巨大的旋涡，不断拉扯着他，他越来越难抵挡。

秦云竭力避开最危险的地方，继续前进着，寻找着。

"伊萧，伊萧你在哪儿？"秦云不停地呼喊着，他试过用巡天令联系伊萧，可是没用。

"轰——"周围的白色雾气突然发生了变化，秦云被一股暗流裹住了。

"不好！"秦云脸色一变，立即召出本命飞剑。

在秦云的指令下，本命飞剑施展周天剑光护住秦云，沉沙剑施展烟雨剑诀中的雷潮一式。

"轰隆隆——"沉沙剑足有丈许长，带着浩荡的剑气冲击着秦云身前的白色雾气，在沉沙剑破开白色雾气后，秦云才摆脱那股裹挟之力，没被拽到更深处去。

"这阵法太危险，一不小心我就会尸骨无存。越深入，就越危险。"秦云自语，"以我的实力，被卷进去后怕也出不来了。

"难道伊萧她已经被卷进最深处了？

"不，或许她还在外围。"

秦云继续寻找。

虽然阵法内危机四伏，暗流不断，但是秦云仗着沉沙剑和本命飞剑，能在阵法的外围一带可自由行动，转眼他就探察了周围百丈的范围。

"没有，找不到，我已经绕了一圈了。"秦云心一凉，看着前方越加浓郁的白色雾气，"如果伊萧真的被卷进更深处去了，那么她随时可能丢掉性命。"

"去！"

秦云一咬牙，向阵法深处走去。

"呼——"

白色雾气疯狂而来，拽秦云的力度陡然提升，很快，秦云就摆脱不了白色雾气了，他犹如陷入了旋涡，被拉扯着向中央靠近，即便是沉沙剑和本命飞剑也无法将他拉出来。

秦云暗道：一个阵法，定有破解之法，定有生门。我一定要救伊萧出来。

"呼——"

白色雾气的力道越来越强，秦云犹如浮萍一般，根本无法抵抗。

"轰——"在白色雾气的力道达到最强的时候，秦云突然消失了。

此刻，秦云出现在一幽深的通道内。

"呼——"

秦云不断向下坠落。

周天剑光光罩依旧护着秦云。这阵法虽厉害，但还无法破掉周天剑光光罩。

秦云调动金丹外丹内的法力施展出的周天剑光光罩，就是极境高人来了，怕也破不开。

"嗯？"秦云依稀看到下方的一角落内，有一道身影正贴墙站着，周围水蓝色涟漪流转不定。

"伊萧？"秦云开口喊道。

伊萧站在一角落里戒备着，她周围的水蓝色涟漪明显稀薄了许多。

"怎么办，怎么办？走也是死，不走也是死。"伊萧焦急道。

在护体宝物彻底没用之前，她被卷入了一条幽深通道，跌入了这廊道。

伊萧发现，她只要稍稍移动，立即就会遭到无形的攻击。所以她只能靠着墙角一动不动，可即便如此，她还是会时不时遭到阵法的攻击。

"呼——"

风起，廊道内暗流涌动。

"哧——"风刃攻击着伊萧周围的水蓝色涟漪，水蓝色涟漪又少了些，伊萧看着稀薄的水蓝色涟漪，看着手中已出现裂痕的道符，低声道："我撑不了多久了。秦云，我撑不住了。"

伊萧抬头，看着上方黑漆漆的通道，透过通道，她勉强能看到外面的白色雾气。

"我真不想死，我想和你一起生活下去……"伊萧轻声低语。

忽然，一个巨大的光罩从天而降，光罩内有一个青年，正是秦云。

伊萧愣住了，怔怔抬头，看着那道身影。

对付水神大妖时，是秦云救了她。

被武枫郡主折磨时，也是秦云救了她。

这一次，她被困在了恐怖的阵法中，她不知道，秦云进来了，是不是能像以前那样带她出去。

秦云一落地，便朝伊萧走了过来。

"哧——"这廊道内的无形之物不断攻击着秦云的周天剑光光罩，秦云硬扛着，直接走到了伊萧身边，将伊萧拉入周天剑光光罩内。

"伊萧,我来了。"秦云看着伊萧,露出了一个灿烂的笑容。

找到伊萧后,秦云只余满心的欢喜。

伊萧抱住秦云,号啕大哭,长这么大,她还从来没这么哭过。

"你好傻,真的好傻,你怎么就进来了?你不用管我的,不用管我的!"伊萧哭着,"你进来了,要怎么出去?你傻吗?"

"我不傻。"秦云抱着伊萧,"我只知道,这一刻我很开心。"

伊萧的泪水模糊了眼睛,她抬头看着秦云:"这阵法太危险了,我不想你进来的,我逃不出去,你又何必来陪我?"

"伊萧,修行之路很长,遇见你,是我的幸运。后面的路,我不想一个人孤零零地走。外面有再多风光,再多精彩,没有你与我分享,于我而言也是一种折磨。"秦云看着怀中的伊萧,笑道,"我现在真的很开心,因为不管发生什么事,你我都可以共同面对。"

伊萧也笑了:"好,我们一起面对。"

从小她便没了母亲,九岁之后她便没了父亲。

这一刻,她相信她永远不会再知道孤独的滋味了,因为无论生死,都有一人陪着她。

她觉得,上天待她不薄。

"按理说,景阳真人布置的阵法不该这么狠。"秦云牵着伊萧的手,"我们找找看,相信一定能找到出去的办法。"

第84章

三间石室

秦云带着伊萧，在周天剑光光罩的保护下小心前进着，沉沙剑则在秦云的袖子中待命。

廊道幽深，两侧都是石壁。

他们俩在廊道内走着，疾风便周天剑光光罩外刮着。"哧——"无形之物不断地攻击周天剑光光罩。

"景阳真人的阵法的确不该这么狠。"伊萧也低声道，"我二叔在触动阵法后，没坚持多久，就被绞杀了。我运气好，才被卷进这地底。可如果秦云你没来，再过一会儿，我恐怕也要被这无形之物绞杀了。"

秦云点头："这无形之物来无影，去无踪，就好似顶尖的刺客。只有当它进入我的剑意领域后，我才能发现它。"

"秦云你千万要小心，这布阵者布置如此厉害的阵法，定有用意。"伊萧提醒道。

"我知道。"秦云时刻保持着警惕，他不想死，他还想带着伊萧出去呢。

廊道曲折。

秦云和伊萧一路前行，一直遭到无形之物的攻击。

"嗯？"

秦云和伊萧经过一个拐角后，突然看到了一个精致的殿厅。

秦云和伊萧二人踏入通往殿厅的走廊时，便没有再遭到无形之物的攻击了。

二人转头看向身后的幽深廊道，暗暗疑惑。

"这里应该是景阳真人静修闭关之地。"伊萧猜测道。

"我们进去瞧瞧。"秦云带着伊萧，小心翼翼地前进。虽然这里似乎是安全了，但他依旧没有撤去周天剑光光罩。

这殿厅中央有一个十分素雅的蒲团。

在殿厅左侧有一面屏风，屏风后面是一间屋子，屋子内有书案、椅子，还有床铺。

"景阳真人在世时，应该是在这绘画写字，在那边睡觉歇息。"秦云观察着说道。

"秦云，这儿还有一扇后门。"伊萧道。

"我们去看看。"

后面的木门一推便开了。

让秦云、伊萧惊讶的是，木门外竟是一个园子。这是一个在地底的园子，园子的上空镶嵌着一颗颗放着光芒的珠子，珠子照亮了园子。园子内生长着花花草草，即便终日不见阳光，这些花草依旧能够生长，当真神奇。

"秦云。"伊萧拉了拉秦云，指向远处。

"嗯？"秦云转头一看，不禁一惊。

在园子的角落里，一人盘膝坐着，一动不动，没有任何气息。

"我打开剑意领域也没感觉到园子内有任何阵法，周围也没有任何法力波动，倒是安全得很。"秦云撤去周天剑光光罩，将本命飞剑收入手中。

秦云和伊萧走过去。

盘膝坐着的是一个白发老者，一身黑色衣袍，十分消瘦。

秦云和伊萧抬头看向一旁的石壁，石壁上刻着一段文字。

"我十二岁叩开仙门后专画符箓，平庸了二十余年，三十六岁得到剑仙传承，悟剑意，转为剑仙，自此名传天下。三百年间，我数次击败仙人魔神，也曾将一魔神斩于剑下，自此无人敢与我为敌。然寿命终有尽时，我搜集天下典籍，却没能于大限将至前创出剑仙一脉突破元神境之法门。不成元神，谈何长生不老？称什么剑仙？可笑，可笑！"

下方还有落款——剑老人。

"剑老人？"秦云、伊萧都吃了一惊。

"是他？"秦云看着眼前盘膝坐着的白发老者，这个历史上赫赫有名的剑仙，原来死在了这儿。

伊萧在旁边道："剑老人性格乖张，实力却可怕到让人匪夷所思。在他那个时代，元神仙人以外，他是当之无愧的天下第一。不管是在人族、妖族，他的确是无敌的。可以确定的是，他斩杀过火莲宫的一个魔神。击败魔神和斩杀魔神的性质可截然不同。"

秦云点头："以先天金丹之境的实力斩杀魔神，剑老人了当真了不起！"

"我听说，当初仙人魔神也不愿意招惹剑老人，他们若是杀了剑老人，三灾九难一爆发，可能当场便会要了他们的命。"伊萧是神霄门的弟子，又是伊氏的子弟，对这些历史还是很了解的。

"剑老人为了创出让剑仙一脉跨入元神境的法门，四处搜集典籍，典籍可是宗派传承的根本，他这么做，自然惹怒了这些宗派的仙人、魔神，可即便如此，那些仙人、魔神也只敢擒拿他，不敢杀他。"

"但结果出乎仙人、魔神的意料，他们中的好些人都败在了剑老人手上。"伊萧摇头。

"剑老人的本命飞剑也很奇特，说是一柄，却能分为七柄，七柄飞剑联合，便构成了一个剑阵。"伊萧感慨，"在阵法一道上，剑老人也极高明。外面那个阵法，恐怕就是剑老人留下来的。"

秦云点头："可惜，威慑一个时代的剑仙，还是敌不过寿命。我剑仙一脉在历史上也出过一些掌握剑道的高人，如剑老人这般可斩杀魔神的，也有几个，可惜个个都逃不过死亡的命运，他们的名字和事迹只能在书中留下几笔罢了。像灵宝山、神霄门、混元宗，都有好些仙人撑着，景山派虽不如以往辉煌，依旧有一个仙人坐镇。"

"唯有我剑仙一脉，根本没有突破元神境的法门。"秦云摇头，"剑老人说得对，成不了仙的剑仙，的确可笑。"

伊萧握住秦云的手。

秦云转头看向伊萧。

"我神霄门的张祖师，秦云，你应该听说过。"伊萧说道。

秦云点头。

他当然知道。

神霄门张氏，那是不亚于灵宝山白家的家族。张祖师将神霄雷法研修到了匪夷所思之境，在他的带领下，神霄门崛起，取代景山派成为新的顶尖宗派。自此……即使神霄门的每一个掌门无一例外全部出自张家，神霄门的其他弟子也没有任何怨言，他们对于张祖师只有崇敬，而且，张祖师至今还活着。

"在张祖师之前，神霄雷法并不强大，我神霄门也不是顶尖宗派。张祖师将神霄雷法完善后，神霄雷法才被公认为天下第一的雷法。"伊萧说道，"都说雷法是万法之首，神霄雷法是其中之尊，这一切都是因为张祖师。"

"张祖师能将神霄雷法研修到如此之境，秦云，将来你未尝不能创出剑仙一脉突破元神境的法门。"伊萧看着秦云。

秦云点头。

不过他们俩心中也清楚，张祖师之所以能完善神霄雷法，是因为神霄雷法属于符箓一脉，因此，他能借鉴符箓一脉中其他的厉害法门。

而剑仙一脉不同。

从古至今，就没有出现过任何一个可让剑仙一脉突破元神境的法门，因此，这难度显然要比完善神霄雷法高得多。历史上多少掌握了剑道的剑仙，最终都黯然逝去，比如剑老人。

"除了我们，这儿恐怕没有其他人来过，若不是聚齐六块符牌开启景阳洞府，我们怕是早已死在外面的阵法中。"秦云说道，"不管是出于对强者的敬意，还是出于同病相怜，我们作为第一个看到剑老人尸体的人，还是先让他入土为安吧。"

伊萧看着眼前的尸体，低声道："我二叔因他而死，如果不是秦云你及时赶来，我怕是也死在这儿了。我本一腔怒气，不过想到我等进入景阳洞府是为了夺宝，遇到危险，也怪不得谁，更没必要去报复一个死人，便平静了些。我们让他入土为安吧。"

秦云一怔，他都忘了伊风谷因这阵法而死了。

"这剑老人的确太狠，丝毫不留情。"秦云摇头，一挥手，剑气飞出，迅速就在旁边挖了一个大坑，秦云操纵天地之力将剑老人的尸体送入大坑中，填上土，之后又立了一块墓碑，在上面刻上"剑老人之墓"五个字。

伊萧看了一眼这墓碑，眼神冰冷。

"秦云，怎么这剑老人身上没带任何厉害的法宝？"伊萧问道，"而且石壁上也没说该如何出去。"

"我们再找找看，剑老人布置这阵法，定有其目的。"秦云仔细看着周围。

秦云、伊萧二人在花园内仔细寻找着。

很快，秦云便发现了远处的一面石壁有些蹊跷，他轻轻一推，石壁便被推开了。

"这里还有石室？"伊萧仔细看着。

秦云点头，走了进去。这石室较宽敞，石壁上还刻着文字：想要出去？能破三间石室内的难关，不但可以出去，还可以得到老夫多年之积蓄。否则，就陪老夫一同老死在这儿吧。

"这剑老人怎么这么狠？早知道，我们就不安葬他了。"伊萧见了这话，顿时怒了。

"他都死了，我们不必再同他计较，且看看三间石室的难关是什么。"秦云一眼便发现了前方石头上放着的一本书，书旁刻着一段文字。

他当即走上前，仔细看着那段文字："化虹之术是我独创的飞遁之术，若是能将之练到第七层，便可开启第二间石室。这可是三个难关中最简单的一关，可别在这一关被困十几年。"

伊萧摸着一扇石门,那扇石门有阵法。"秦云,这阵法很厉害。"

"你退开。"秦云说道。

伊萧退到秦云身旁。

"去!"

秦云毫不犹豫地施展江上明月,本命飞剑的剑光化作明月直接刺在那石门的阵法上,沉沙剑悬浮在秦云身前,随时准备应敌。

"轰隆隆——"石门的阵法亮起刺眼的光芒,剑光的余波席卷了整个石室,石室内顿时碎石、尘土乱飞。

"定!"秦云一个念头,碎石和尘土便停滞在半空中,下一刻便纷纷坠落到了地面上。

"江上明月都撼动不了。"秦云摇头,"虽然剑老人脾气乖张,对素不相识之人都无比狠毒,可在阵法一道上的确厉害。"

秦云说着,便开始翻看手中的书。

化虹之术是一门飞遁之术,剑仙最喜欢御剑飞行,可若是境界足够高深,剑仙可将剑意覆于肉身,以自身为剑,凭空飞行,这才是剑仙惊艳世人的飞行之术。

"有意思,剑老人所创的化虹之术真是独特。"秦云不禁陷入了沉思。

化虹之术的原理,是剑仙以法力在体布置一个阵法,这个阵法形成后,只需用法力催动阵法,剑仙便能像一柄飞剑一样凭空飞行。飞行之速……和真正的飞剑杀敌时的速度差不了多少。

化虹之术是剑老人这一绝世剑仙,将阵法和剑法融合后,创出来的飞遁之术,共分九层。按剑老人所说,只要将化虹之术练到第七层,就能破解第二间石室石门上的封印阵法了。

"很厉害的飞遁之术。"秦云将书递给伊萧,"伊萧,你也可以瞧瞧。"

"我也看?"伊萧犹豫了下。

秦云看了一遍,书上的文字便淡了些,逆天的法门都遭天妒,一般的典籍能翻阅的次数都是有限的。

"反正这儿就你我二人，我估计这本典籍只能看五次。"秦云笑道。

伊萧接过，也看了一遍，点头："厉害，这化虹之术的确了不得，不过和神霄雷法中的身化雷霆相比，还是差了一截。"

秦云笑了："雷霆自然比飞剑快。"

"不过要练到第七层很难。"伊萧道，"我觉得这就是一门极复杂的剑术。"

"嗯，融剑法于阵法，这就是化虹之术的高明之处。"秦云说道，"伊萧，你且在一旁歇息，我先修炼看看。"

"好。"伊萧点头。

秦云当即到一旁盘膝坐下，开始凝神静修，脑海中浮现出化虹之术的修炼之法。

秦云虽不懂阵法，但懂得剑法。

化虹之术本质上就是一种剑术，且必须在瞬间施展出来，才可将身体化虹，划过长空。

一开始修炼，秦云便沉浸其中了。

伊萧在旁边默默等着，她看着秦云闭眼盘膝，认真修炼的模样，不由得露出一丝笑容，就这么一直看着他。

半个时辰后。

"咻——"

秦云瞬间化作一道流光，在石室内闪烁了两次后，又在外面的园子内绕了一圈，最后才回到石室内，继续盘膝坐在那儿。

"你修炼得怎么样了？"伊萧问道。

秦云睁开眼笑道："我才修炼到第三层。刚开始时，我遇到点小麻烦，不过现在已经琢磨透了。我再继续修炼。"

"这就到第三层了？"伊萧吃惊。

秦云再次沉浸在修炼中。

在地底根本没有白天黑夜，唯一的发光点便是上方的那些珠子。

伊萧等了很久，秦云都没动静，于是她从乾坤袋内取出茶杯，施展了一个小法术。一股水流凭空出现，飞入茶杯中。伊萧喝着水，又看了看不远处的秦云，她暗道：也不知道要在这地底待多久，秦云是为了我，才陷入这里的。

终于，秦云再次睁开眼。

"怎么样了？"伊萧问道。

"很厉害的飞遁之术，让我不知不觉便沉浸其中。"秦云笑道，"不过我的剑意层次还不够高，仗之，我只能一口气修炼到第八层。想要修炼到第九层，恐怕得达到剑意极境吧。"

"第八层了？"伊萧吃惊万分，"我刚看典籍的时候感觉很难。"

"会者不难。"秦云笑道，"化虹之术本质上就是一门特殊的剑术，入门有点小麻烦，明白了也就不算什么了。"

"那也是对你而言。"伊萧笑道，"剑老人说了，资质普通者无法入门，天资极高者想要入门也得三年，只有难得一见的剑道天才，才能于一两天内入门。至于修炼到极高境界，更是难。因此，剑老人告知后人，在传授此法门时，得慎之又慎，非绝顶天资的人不授。而你半个时辰内入门，一天之内就修炼到第八层了，实乃天才。"

秦云笑了下："一切剑术，剑意才是本质。走，我们去看看第二间石室里有什么难关。"

"好。"伊萧也有些期待。

二人来到布有阵法的石门前。

秦云一看便明白，开启这封印阵法，需要一个引子，化虹之术第七层的剑阵图，就是这个引子。

秦云心念一动。

"咻——"

飞剑放出一道剑气，剑气飞向封印阵法，在上面刻画出了化虹之术第七层的剑阵图。在剑阵图完成的那瞬间，封印阵法微微震颤了下，之后便消散了。

"哗——"秦云轻轻一推，这石门便被推开了，里面便是第二间石室。

第二间石室内放着一张石制条案，条案上足足放了七本仿佛是玉制的典籍。

秦云和伊萧走上前，便看到了石制条案上刻着的文字。

"老夫剑道的根基，便是这七种剑意。学我剑术，掌握七种剑意，便可进入第三间石室。这也是第二个难关。"

这文字，让秦云脸色微变。

伊萧更是忍不住道："掌握七种剑意？剑老人怎么这么狠，就算是传说中的绝世剑仙，掌握一种剑意也需耗费很多时间，七种不同剑意，你得修炼多久才能掌握？亏我们还给他立了墓碑。"

秦云也很无奈。

对于剑术，他很有自信，可掌握七种不同的剑意……

"伊萧。"秦云看向身旁的伊萧，"不谈第三个难关，单单这七种剑意……便绝非短时间能掌握的，看来，你我要长期住在这儿了。"

伊萧看着秦云，忽然觉得和秦云长期住在这里，没有其他人打扰，也未尝不好。

"只是你没法去见伯父伯母了。"伊萧道。

"父亲和母亲有大哥照顾，而且我还托了洪九帮忙照看。"秦云笑道，"洪九实力和手腕都不错，足够了。"

洪九在景阳洞府找到了不少宝物，其中便包括金丹外丹，而且他擅长推算，可趋吉避凶，托他帮忙，秦云还是很放心的。

"嗯。"伊萧点头，"幸好你我都已跨入先天，即便餐风饮露，也不会饿死。"

第85章 先天实丹境

秦云看向那七本书,他拿起一本封面上有"星光"二字的书,翻开一看,发现这书页十分柔软,上有流光,书页上有密密麻麻的文字,附着一张张配图,详细地记载着一门剑诀的修炼之法。秦云估摸着那配图都是剑老人亲自所绘,每一幅图都有扑面而来的剑意。

"好厉害的剑诀,这门剑诀直指剑意极境。"秦云惊叹道,"只是参悟天道意蕴时,各人有各人的感悟,参照前人,或许勉强能感悟出一丝大道意蕴,但越往后参悟,所得的大道意蕴只会与前人的相差越大,简单地说,两个人根本不可能感悟出同一种剑意极境。"

当初秦云选择修炼游丝斜阳剑诀,就是因为游丝斜阳剑诀背后的剑意与烟雨剑意比较相似。

可秦云越往后修炼,他从游丝斜阳剑诀中悟得的剑意与创出这剑诀的高人的剑意之间的差距只会越来越大。

"学这剑诀,能掌握剑意吗?"伊萧问道。

"剑老人应该是有心留下传承,所以将剑诀的修炼之法记录得非常详细。"秦云点头,"凭这剑诀掌握剑意,还是有望的。"

秦云又翻看了其他六本典籍。

这七本典籍分别记录了七大剑诀，星光、残月、烈阳、玄机、天变、暗影、无形，每一门剑诀都直指剑意极境。将七大剑意结合，便可得完整的七杀剑道。

"按理说，只要让一种剑意达到极境，之后再进一步，便可入道。"秦云说道，"剑老人达到了七种剑意的极境，难怪他的七杀剑道那般厉害，原来是由七种剑意融合而成。这样看来，剑老人斩杀魔神也不奇怪了。不过，这再厉害，也是他的道，不是我的道。"

伊萧在一旁担心道："秦云，让你分心参悟七种剑意，会不会影响你修行？"

"不影响。"秦云笑道，"心诚于剑，心诚于道。我是不会走什么剑阵道路的，对我而言，所有剑意都是天道意蕴的一部分，参悟得越多，只会让我积累越多。他山之石可以攻玉，我悟得的剑意越多，我的烟雨剑意只会越来越强。"

"对了，我先看看剑老人所布的阵法有没有破绽。"秦云说完，便收起七本典籍走出石室，伊萧也跟着他出去了。

秦云走到花园的某个角落。

"破！"

随着秦云和伊萧的步伐，剑意领域中的石壁一面接一面地粉碎了。

"哧——"秦云很快便打通了一条通道。

秦云带着伊萧，沿着一条碎石路前行着。

"你在意境领域内挖矿，倒是快得很。"伊萧笑道。

"你可真厉害，竟然让意境领域高手去挖矿。"秦云也笑了，仅仅挖了数十丈，秦云和伊萧便看到了一个光芒流转的阵法。

"破！"

秦云放出飞剑。

秦云连续施展了数次飞剑之术，但始终撼动不了阵法，只能摇头道："剑老人的确没留一点机会，算了，现在我们还是为将来作打算吧。"

"为将来打算？"伊萧疑惑。

"我们得有一个住的地方吧。"秦云笑道。

"嗯。"伊萧似乎想到了什么，微微红了脸。

以修行人的手段，在岩石中打造出一个有厅、有卧室、有静室，带有门窗的房屋自然不是难事。

秦云、伊萧二人一同行动，心中都有一种幸福感，因为这是他们俩的住处。

"好了。"秦云、伊萧二人都站在厅内看着这住处。

桌、椅、床等都弄好了。

"我住这间。"伊萧选定一间屋子。

"那我住这间。"秦云选的住房在伊萧的旁边。

伊萧点头，之后便走到秦云的屋子内，从乾坤袋内拿出了一套被褥。

一旁的秦云惊讶万分："这、这……"

"我在外游历时，经常住客栈。可我不喜用客栈的被褥，只能随身携带几套换着用。"伊萧脸微红，"怎么，你嫌弃吗？那我拿走好了。"

"不嫌弃，不嫌弃，现在我一百万两银子都买不到一套被褥。"秦云坐在被褥上，闻着从被褥上传来的淡淡的香气。

伊萧脸微红，立即转身回自己那间屋子了。

当初她在外游历，可不只带了被褥，还带了一些生活器具。

至于秦云，他倒是没这般心细，如今倒是占伊萧便宜了。

接下来的日子里，二人朝夕相处，这里仿佛世外桃源，没有旁人，只有他们俩。

世俗离他们俩很远。

他们每日修行，论道，以及闲聊。

一日，二人坐在花丛旁，伊萧靠在秦云怀里。

"伊氏是千年大家族。"伊萧轻声说着，"子弟太多了，整个县城几乎哪儿都有伊氏子弟，我爹抛弃我后，我便孤零零一人了……幸好后来我炼气有成，日子才好过些。在没崭露头角前，我这个没爹没娘的小女娃娃可没几个族人在乎，像我二叔，他修行天赋颇高，我知道他这个人时他便是先天实丹境了。我炼气有成前都不曾见过他……"

秦云在一旁聆听着。

"在神霄门时，师父也只是将我当作寻常弟子看待，平时都是让我自行修行，师父偶尔才会过来指导我。"伊萧道，"后来我渐渐长大，师兄师弟们才注意到我，过来献殷勤。"

"因为伊萧你长得漂亮。"秦云笑道。

"你也是因为我长得漂亮才喜欢我的吗？"伊萧看向秦云。

"天下美女很多，我也没喜欢别人啊。"秦云道。

伊萧一笑，她对这个回答颇为满意。

二人随意聊着，天南地北，什么都聊。

"伊萧。"秦云忽然道。

"嗯？"伊萧应了声。

"等我们出去，我就上门提亲，怎样？"秦云开口道。

伊萧一怔，坐直身子，眼睛泛红地看着秦云："提亲？"

"嗯。"秦云看着伊萧。

"为何非要等到出去？"伊萧问道。

秦云一愣，喃喃道："难道在这儿？"

伊萧轻声道："这世间，我不在乎其他人，我只在乎你一人。你我成亲，为何还在乎他人？"

秦云看着伊萧，他明白伊萧的想法了。

"哈哈，倒是我太在意世俗之见了。"秦云笑了起来，"你我都是修行中人，何必太在乎世俗的规矩？这里犹如世外桃源，且又是仙府，你我便在这成亲好了。"

"嗯。"伊萧点头，她早就准备好了，除了秦云，她不可能嫁给别人。

二人当即开始尽心准备。幸好花园中有许多花瓣，可以点缀婚房，在二人的摆弄下，婚房显得颇为喜庆。

除了花瓣外，他们将从景阳洞府得到的宝物也拿了出来，拳头大的仙石、东海蛟油……样样都奢侈得很。没办法，此刻他们也找不到便宜的普通的东西。在各种法宝、天地奇珍的点缀下，他们的住处变得美轮美奂，犹如仙家洞府。

二人身上的衣袍都是法宝，在他们法力的催动下，都变成了大红色。

一幅道祖像被挂在了厅正中的墙上。

秦云、伊萧相视一眼，笑着同时跪下。

"道祖在上，弟子秦云，愿娶伊萧为妻，愿我二人白头偕老，生生世世永不分离。"秦云说道，这一刻，他有些紧张，也感到了溢满全身的喜悦。

伊萧也道："道祖在上，弟子伊萧，愿嫁给秦云为妻，愿我二人白头偕老，生生世世永不分离。"

跟着二人起身，深情相视。

"夫君。"伊萧轻声道。

"娘子。"秦云握着伊萧的手。

二人入房，在烛光的照耀下，秦云和伊萧二人喝了交杯酒。

"洞房花烛夜，娘子，该歇息了。"秦云道。

伊萧轻轻点头。

秦云一拉伊萧，伊萧便倒在床上，她脸红红的，看起来有些紧张，她低声道："望夫君怜惜。"

第二天一早，秦云睁开眼，便看到了还在熟睡中的伊萧，伊萧的皮肤白里透红，甚至有些晶莹，一是因为她有天生的好底子；二是因为修行可脱胎换骨剔除杂质。秦云就这么静静看着，暗道：眼前这个女子从今以后就是我的妻子了。

伊萧睁开眼，看到秦云正盯着自己，不禁露出笑容："怎么一大早就盯着我看？"

"你美得像一幅画，我当然要盯着看了。"秦云打趣道。

"之前我怎么没发现你嘴这么甜？"伊萧笑了。

"是吗？我心直口快，不喜欢撒谎。"秦云道。

"好了，别贫了，起床吧。"伊萧笑道。

"我来伺候娘子穿衣。"秦云拿起旁边的衣服。

"还是不劳烦夫君了。"伊萧无奈,她轻轻一挥手,衣袍就迅速裹住了她的身体。

成亲后,二人过着如胶似漆的生活。

伊萧指着铁锅里面的肉,道:"秦云,锅里的肉都快煳了。乾坤袋里一共就那么一点食物,你还给弄煳了,你不是说自己厨艺很好吗?"

"萧萧,肉还没煳呢。"秦云手忙脚乱地做着菜,"这乾坤袋内的冻肉,我一般都是直接烤了吃的,这炒肉……这铁锅还是一件八品法宝呢,本来就不是用来炒肉的,实在是难以控制火候啊。"

"我们又没别的铁锅,只能勉强凑合着用这法宝,我说我来,你却非得要抢着做。"伊萧无奈。

"娘子莫生气,莫生气。"秦云连忙道,"唉,我们什么时候这么担心过一块肉。"

在这地下,米和肉,他们俩都只能节省着在庆贺时吃一次。

这一锅肉稍微煳了一点,可两人还是吃得很香。

在洞府深处,伊萧一次次施展着雷法,攻击着剑老人的阵法。

"我累了,你上。"伊萧消耗了大半法力,精神有些疲倦,当即坐到一旁。

"好,娘子看我的。"秦云起身。

二人想施展雷法和飞剑之术时,大多都是将阵法当作假想敌一次次轰击着,如果能轰破阵法,自然就更好了。

时间流逝,日子过得很快。伊萧只要能和秦云在一起,便是在这住一辈子也很开心。可秦云心中牵挂着外面的父母,还是想要尽快出去。

转眼他们已陷入阵法两年了。

"萧萧,我要闭关修炼几日,想办法突破到先天实丹境。"秦云说道,"此外,本命飞剑也要提升了。希望到时能以力破开剑老人的阵法。"

"嗯。"伊萧点头,"你也别着急,剑老人的七种剑意,如今你已掌握了五种，我相信离你掌握剩下的两种剑意的日子也不远了。"

秦云点头，微微皱眉："只是这仅仅是三大石室的第二关，我估计第三间石室的难关会更加难。真按照剑老人说的，也不知道要等到什么时候我们才能破解三间石室的难关。或许以力破法能更快吧。"

"云哥。"伊萧郑重道，"不可急躁，突破之时，更得静心。"

"放心，这点我还是知道的。"秦云道。

秦云当即进入其中一间屋子，关上房门。

伊萧在外面耐心等着。

屋内，秦云盘膝坐在蒲团上，这蒲团也是秦云从景阳洞府内得到的法宝，是一件四品法宝，有静心之效。

秦云暗道：服用景阳真人留下的增长法力的灵丹后，我现在总算到了突破关口。

虽然他早已达到剑意领域层次，修行速度也颇快，可若没有灵丹，恐怕他还得多耗费几年。

秦云闭上眼，开始静心。

过去了一个时辰，等到心如止水，秦云才开始催动体内的虚丹，现如今他的虚丹比当年他刚跨入先天时要大得多，有本命飞剑剑丸的二十多倍，内部会聚着无数雾状之物，瑰丽而神秘。

"起！"秦云心念一动，丹田内便发出轰隆隆的响声。

随即，虚丹内的雾状之物转化为一道道剑气，每一道剑气都蕴含着烟雨剑意，随着烟雨剑意越来越接近剑意极境，剑气也变得越来越精纯。难以计数的剑气会聚在一起，以极其缓慢的速度旋转起来。

在剑气旋转之时，虚丹也在渐渐发生变化。

剑气每旋转一圈，虚丹便会小一圈。

就仿佛有磨盘在不断磨着剑气，剑气在不断地被挤压着，虚丹的核心，压迫力最大，那儿的剑气最先聚成一个光点，隐隐泛着一丝微弱的金光，只是无法再凝实一些，这是如今秦云能达到的极致。

"成了。"秦云顿时大喜。

这一个光点出现后,剩下的剑气便立即疯狂涌向中央,压缩为一个个光点,最终融入了起初的那个光点中。

在丹田平静下来时,原本有剑丸二十多倍大的虚丹竟然变成了比本命飞剑剑丸还小一圈的白色实丹。

这颗实丹,圆圆的,周围竟散发着微弱的金光。

秦云心中激动不已:实丹!从它泛的金光来看,我这实丹极厉害,比金丹只差了一点儿。

跨入先天境前,秦云就掌握了剑意,且达到了天人合一,所以他的虚丹要胜过其他人的虚丹半筹。

跨入先天境后,突破先天实丹境前,他更是达到了剑意领域层次,境界比大多数的先天虚丹境修行人都要高多了。像伊萧,她在先天虚丹境时才掌握一丝天道意蕴,便称得上顶尖宗派的天才了。秦云这实丹自然再度领先半筹。

步步领先,让秦云的实丹几乎及得上其他修行人的金丹了。

"呼——"

秦云很有耐心,他继续吸收着天地灵气,刚突破先天实丹境,他的灵魂、精神力、身体等都得到了质的蜕变,但丹田内的天地灵气已被消耗一空。

这一补充就补充了三个时辰。

实丹终于比本命飞剑剑丸大了两倍,达到了秦云的极致,若是他再吸收,他的丹田便要承受不住了。

秦云暗道:让我试试先天实丹境的实力。

秦云睁开眼,一伸手,本命飞剑便飞了出来,悬浮在他身前。

秦云将法力灌入其中,随即操纵本命飞剑。

"轰隆隆——"本命飞剑化作一道虹光,在秦云周围肆意游走,幸好整间石室都在秦云的剑意领域内,秦云轻易便能束缚住这股澎湃的力量,没让它破坏石室。

秦云也惊叹:我这实丹内的法力,虽没金丹外丹内的法力精纯,可论操纵飞剑，要比之略强。

金丹外丹内的法力并不适合操纵飞剑，秦云用之操纵飞剑时只能发挥飞剑七成的威力。

秦云自己修炼出的实丹，虽然比金丹外丹略弱，可是就秦云的感应来看，其内的法力却能发挥飞剑十二成的威力。毕竟剑仙的法力与飞剑，才是绝配。因此，秦云得出的最终结果是，论操纵飞剑的法力，实丹超越了金丹外丹，不过只强上一点。

秦云暗道：剑仙法力适合蕴养本命飞剑和操纵飞剑，可在蕴养肉身和魂魄上，只能算普通。

剑仙法力在秦云体内流转，却对肉身和魂魄没任何增益。

因为秦云的肉身和魂魄，早在金丹外丹的蕴养下提升到了足以和大多先天金丹境修行人的肉身、魂魄媲美的程度，现在秦云已经有五百年的寿命了。

突破到先天实丹境后，秦云又开始静心，随即开始提升本命飞剑。

其实，在来景阳洞府之前，他便已经凑足了让本命飞剑达到三品的材料，并在陷入阵法一年后，将本命飞剑提升到了四品，只是当时他还未曾突破先天实丹境，若不管不顾地将本命飞剑提升到三品，怕是以后他也难以操纵自如，因此只能暂时停止。如今境界够了，正是他将本命飞剑提升到三品的时机。

"呼——"

如蒙蒙烟雨的本命飞剑，悬浮在空中，大量光点从摆放于下方的珍材中飞出，涌入本命飞剑内。

一切都在秦云的预料中，本命飞剑震颤起来，疯狂吞吸着诸多珍材的精华，半盏茶后才停止，剑吟之声也随之消失了。

"本命飞剑突破到三品了。"秦云露出喜色，他还只达到了剑意领域层次，暂时也只能将本命飞剑提升到三品。

第86章 飞剑之术轮回

另一间屋内,伊萧盘膝坐在蒲团上,等候秦云出关,忽然,石门发出低沉的响声。

"云哥出关了?"伊萧起身,朝外走去。

她一出屋子,便看到了厅内的秦云。

"这才一天,你就出关了?"伊萧有些惊讶。

"一切都很顺利。"秦云笑道,"之前我还以为本命飞剑突破到三品可能需要多耽搁几天,没想到这一天之内就成了。"

伊萧惊喜道:"三品本命飞剑,据传施展起来能媲美一品飞剑,而且施展时消耗的法力比施展一品飞剑时消耗的法力要少得多。我神霄门只有少数传承中才有炼制本命符箓之法,而如今我的本命符箓才六品。"

符箓,便是一种法宝。

本命法宝很罕见。像神魔一脉、肉身成圣一脉的弟子,都是没有本命法宝的。

"萧萧,如今你我困在这儿,也没合适的宝物蕴养本命法宝。"秦云说道,"等我们出去后,你的本命符箓还能再提升。"

"哦，对了。"秦云从腰间的乾坤袋内拿出了一个火云葫，将之递给伊萧，道："萧萧，你现在可以收下这颗金丹外丹了吧，之前你都不愿收。"

"你不用了？"伊萧问道。

"嗯，我的剑仙法力虽略逊于这金丹外丹内的法力，但操纵起飞剑来，丝毫不亚于金丹外丹内的法力。"秦云说道，"我的肉身和魂魄也早就达到先天金丹境层次了，这颗金丹外丹对我再无用处。"

伊萧微笑道："好，那我就不推辞了。"

之前秦云就想把这颗金丹外丹给伊萧，可伊萧一直不肯要，因为秦云已服用的那一颗金丹外丹内的法力早就消耗殆尽。伊萧担心秦云破阵时会遇到危险，便一直让秦云收着。

"走，我们去试试，看这次，我能否破阵。"秦云说道。

"云哥，你施展自己最强的飞剑剑术，或许能强行破阵。"伊萧期待不已，她很清楚，这两年时间，秦云进步颇大。

二人并肩走着，很快便来到了那条石壁通道的深处，前方便是光芒流转的阵法。

"呼——"

秦云一伸手，一柄三寸的飞剑便浮现在他的掌中，如蒙蒙烟雨，在法力的催动下，产生了异常恐怖的威势。

在一旁的伊萧都感到了巨大的压力，道："云哥，你这本命飞剑的确比之前强了许多。"

"同样的招数，突破后的它施展出的威力能比突破之前的威力强很多。"秦云盯着眼前的阵法，"如今我的法力、本命飞剑都突破了，再施展之前新创的飞剑之术……看看能不能破阵吧。"

"一定能破。"伊萧对秦云很有信心。

秦云屏息凝神。

如今秦云的烟雨剑诀中，一共有三大绝招，第一招是自创出后便不断完善的江上明月，第二招是要用两柄飞剑同时施展的双飞翼，第三招最为特殊，被秦云起名为轮回。两年前秦云孤注一掷，独自进入阵法寻找伊萧，希望能兑现与伊萧生死不相弃的誓言，这种情感在他心中酝酿了一年多后，才逐渐融入这一剑招。

生命都可抛弃的疯狂而炽烈的情感，让秦云这一逐渐成形的剑招格外不同。

首先……

江上明月、双飞翼这两大绝招，瞬间便能施展，对魂魄和精神力的消耗也不多。

而施展轮回，对心境的要求很高。施展轮回前，秦云必须酝酿一会儿，让自己进入那种疯狂、炽烈的，能为伊萧抛弃一切的心境中去。只有在这种心境下，秦云才能施展出这一招。若是哪一天，秦云不再相信爱情，或者出于其他原因无法再进入这一种心境，那么他就施展不出这一招了。

这一剑招，带着疯狂，带着燃烧生命的孤注一掷，施展时，对魂魄和精神力的消耗极大。

施展一次轮回，精神便会疲累。

施展两次轮回，秦云倒下便能睡着。

若是施展三次轮回……秦云有感觉，后果可能会很严重，估计会伤到魂魄。

"破！"

秦云带着炽烈的情感和孤注一掷的决心，调动大量法力，将之注入本命飞剑。"嗡——"秦云忽然生出了一种奇特的感觉，本命飞剑在爆发恐怖威能之时，会引起周围天地之力的共鸣，这种共鸣非常奇特。

就仿佛在池塘里扔下一颗石子，会产生一圈圈涟漪。

就像在山谷中大吼时，会听到回声。

本命飞剑的威能在达到某个层次后，自然会引起周围天地之力的共鸣。

秦云心念一动。

"哗——"

本命飞剑周围便足足凝聚出了二十一道剑光。

"剑光分化？"伊萧吃惊。

传说中的剑光分化，不是施展烟雨剑诀中的春雨时产生的剑光可相提并论的，春雨是将飞剑凝聚的剑光分散开来，每一道剑光的威力都比不上分开之前的剑光。而剑光分化不然，飞剑所凝聚的剑光威能在达到某个程度后，周围的天地之力便会凝聚成剑光追随之，丝毫不会削弱飞剑自身凝聚的剑光的威力。

"轰——"

二十一道剑光跟着本命飞剑飞了出去。

雷音滚滚，剑虹夺目，本命飞剑猛地刺在光芒流转的阵法上，紧随而来的二十一道剑光也接连轰击在同一处。之前一直很稳定的阵法，此刻却开始扭曲、剧烈地震荡起来。

"还差一点。"秦云一咬牙，"破！"

本命飞剑一闪，带着二十一道剑光再度怒杀过去，轰击在阵法上。

阵法扭曲地更厉害，上面出现了细小的裂痕。

"呼——"秦云脸色发白，停了下来，现在的他极度疲倦。

"我差一点便成了，可惜，就差一点点。"秦云有些不甘心，却感到一阵眩晕。

伊萧在旁边安慰道："云哥，如今你已领悟剑光分化，已经很厉害了。那阵法也已出现裂痕，离被轰破也不远了。你只要将实力再提升几成，就能破开这阵法。"

"我的法力和本命飞剑都无法再提升，飞剑之术……轮回算是我的拼命招数，可我仅仅施展了轮回两次，我都快扛不住了。"秦云头脑清醒了些，只是脸色依旧发白，摇头道，"将实力再提升几成，短时间内怕是无望。真是不甘心啊，就差一点了。"

"你领悟剑光分化的事传出去，足以惊动天下。"伊萧安慰道。

"嗯。"秦云点点头，笑道，"没想到，我全力一击下竟能引起剑光分化的异象，那分化出的剑光，威力都不弱。据我所知，只有突破了剑意极境，剑仙的随意一剑才能引动剑光分化的异象。我这一招，也算触摸到这一门槛了，只可惜，我只能施展两次。"

秦云歇息几日后，试着从他们当初进来时经过的那条幽深廊道出去，却发现这比破阵还难。那白茫茫大阵的裹挟之力太强了，以秦云如今的实力，他依旧出不去。

轮回虽然触摸到了传说中的剑光分化的门槛，可到底没能破阵。秦云心底喜忧参半，只能继续熬着。

广凌，秦府。

"过年喽，过年喽！"

舒彦、舒冰两个孩童在放烟花，秦安和妻子在一旁看着，妻子怀里还抱着一个婴儿。

"过了年，舒彦、舒冰也满八岁了。"秦烈虎、常兰都坐在不远处看着，秦烈虎感慨道，"记得在云儿八岁那年，我们秦家遭遇变故，搬到了广凌城，云儿自此便开始勤奋练剑。"

"嗯，当初离开村子，来到城内，云儿练起剑来便跟疯了一样，好在他的悟性极高。"常兰无奈道，"舒彦和舒冰他俩就差远了，悟性不如云儿不说，也不如云儿勤奋。"

"他们俩娇生惯养的，每天都要在我的逼迫下，他们才会练一个时辰的剑。"秦烈虎摇头，看着夜空中不断绽放凋落的烟花，"今日是除夕，也不知道云儿他现在怎么样，何时才能回来。"

"两年多了。"常兰看着夜空，担忧不已。

这两年多，江州修行界有很多传言，大部分传言都说秦云进景阳洞府寻宝，时运不济，死在景阳洞府里了。但是，洪九等人都知道，秦云还活着，因为他的传信印记还没消散。只是即便如此，普通修行人只会将此事越传越玄乎。

"云儿一直不回，那些投靠他的修行人便都有些不安稳了。"秦烈虎道，"幸好洪九公子帮忙震慑了一番。"

"可他们还是走了三个。"常兰说道。

"他们要走就走，我们强留也没用。"秦烈虎说道，"不过那个叫吴俊的，太无耻了，离开秦府就算了，竟然还偷了我们秦府的布阵宝物，洪九公子打听后知道，那个吴俊都逃出江州了。"

"哼！"提及此事常兰十分生气，"幸好有洪九公子帮忙，重新布置了秦府的阵法，这下那些门客想要偷布阵宝物可就没那么容易了。"

"这些都是小事，我最担心的还是云儿，两年多了，连一封信都没有。"秦烈虎叹息道。

常兰也沉默了。

转眼，秦云和伊萧已经被困在景阳洞府内三年多了。

"呼——"

秦云站在远处，一挥手。

十余丈外的一朵花便无声无息地掉了下来，连精神力都感应不到任何剑气。秦云和伊萧都露出喜色。

"云哥，你参悟了无形剑意，你终于参悟了！"伊萧激动道。

"七大剑意，这无形剑意耗费了我这么多时间，总算被我给参悟了！"秦云也激动不已，他全身的血液都在沸腾，三大石室中第二间石室内的难关可是困了他们三年多，"走，我们去破那第二间石室的封印阵法，看看最后的那间石室里到底有什么难关。"

秦云和伊萧二人再度来到那通向第三间石室的石门前，看着上面的封印阵法。

"呼——"

这扇石门的中央，镶嵌着一个阵盘。

秦云走上前去，轻轻触碰阵盘，同时他心念一动，将一道道剑气注入其中，引得阵盘微微颤动。当带着七种剑意的剑气全都注入后，"轰隆隆——"阵盘的威能便消失了，阵盘也暗淡下来。秦云伸手一推，眼前的石门便被推开了。

"第三间石室。"秦云和伊萧一同入内。

这第三间石室的中央，悬浮着一个光球，光球上有许多符文，一颗古朴石球被困在光球的中央。

"云哥，你看。"伊萧指着旁边的石壁。

秦云转头看去。

石壁上刻着文字——

"你能悟出七种剑意，当真是剑仙中的奇才。你面前的石球便是最后一个难关，它被阵法保护，唯有意蕴才能伤它。只要毁掉它，你便可以出去，还可得到老夫多年之积蓄。"

将这几行文字看完后，秦云、伊萧二人便转头看向光球中央的古朴石球。

"要毁掉这石球？"伊萧疑惑，触摸着光球。

"萧萧，你先退后，我先试试看。"秦云说道，伊萧点头，退到秦云身旁。

秦云一挥手。

"轰——"一道剑光便轰在阵法上，激起了一阵恐怖的余波，好在秦云事先打开了剑意领域，余波都被镇压了。

"这阵法似乎比外面的大阵更牢固。"秦云摇头，他虽然没倾尽全力，可这一试足以让他知道这阵法的威力了。

伊萧道："若是雷法和飞剑之术都破不了这阵法，我们如何毁掉里面的石球？"

"便照剑老人说的那样，用意蕴破阵吧。"秦云道。

达到剑意领域后，剑意可外放，附在万物之上。

"只能用剑意的情况下，是不可以用兵器等物，也不可以依仗法力的。你只能将剑意附在天地之力上了。"伊萧说道，"附在自身法力所化的剑气对剑意的影响就已经不大，若是附在天地之力上，对剑意的影响便更小了。"

"剑老人应该是想要借此考验闯阵之人天道意蕴的强弱吧。"秦云说道，"唯有足够强的剑意，才能破开阵法。"

对剑仙而言，最寻常的招数便是放剑气。

剑气，乃法力凝聚而成，就算融入相同的剑意，剑气的威力也远远不及飞剑。

但剑意不管是融入剑气还是飞剑，都比附于天地之力强。

这阵法单纯考验天道意蕴，秦云只能摒弃法宝、法力等一切外力。

"我试试看。"

秦云走上前去。在阵法的保护下，只有意蕴才能触碰到石球。

"凝！"

秦云心念一动，球形阵法内部的一丝天地之力便凝聚成一柄若隐若现的飞剑，剑意附于其上。

"破！"

秦云盯着那石球。

天地之力所化之剑立即射出，轰在那古朴石球上，古朴石球虽微微震颤，却丝毫无损。

"破这石球对剑意的要求可真高。"秦云随即凝神静心，让自己进入疯狂而炽烈的心境，伊萧屏息看着，不敢打扰。

秦云眼中仿佛有火焰在燃烧。

"轮回！"

天地之力所化之剑变得疯狂而炽烈，威势迅速变大，这一剑超越了生死。这一剑中的情感太浓烈，太炽热了，以至于在一旁站着的伊萧也感受到了。江上明月和双飞翼中也蕴含着浓烈的情感，可都不及轮回，轮回的感染力太强，连旁观者的心都会为之动摇。

"嘭——"天地之力所化之剑轰击在石球上，石球震颤了一下，啪的一声，出现了一道细细的裂痕。与此同时，巨大的光球直接消散了，外面满是白色雾气的阵法也停止了运转。

"轰隆隆——"

一个底座从地面升起。

底座下方藏着一个黑色盒子。

"我打开了剑意领域，竟然都没感觉到它！不说之前，我现在都无法感觉到它。"秦云惊讶。

"这是域外陨铁？"伊萧一看，有些震惊，"这盒子便是用域外陨铁炼制的，难怪无法感应到。"

"听说域外陨铁坚不可摧，便是如今的我都无法破坏分毫。"秦云拿起这黑色盒子，"域外陨铁可炼制一品法宝和二品法宝，现在仅仅用来装宝物，实在有些大材小用。这盒子的价值就近乎一件三品法宝了，也不知道里面装的是何物。"

黑色盒子没上锁，也没用阵法封印，秦云轻轻一掀，盒子便打开了，露出了一个乾坤袋。

"嗡——"

黑色盒子上方显现出一段影像。

"是剑老人。"伊萧道。

半空中，白发黑袍老者轻轻抚摸着他周围的一堆典籍，开口道："不成元神，修行五百年后，终究要化为一堆黄土。我不甘心，便满天下搜集典籍，不管它们出自哪一脉，只要它们能助我创出让剑仙一脉突破元神境的法门，只要它们能助我成仙，我都不会放过。景山派曾是顶尖宗派，出过元神仙人。我进来搜集典籍，只能搜集到些许，最重要的典籍，被景阳真人保护得太好。即便他死了这么多年，我也没能破开他留下的阵法。

"我还是失败了，我创出的法门是错的。最后一次尝试时，我金丹碎了，撑不了多久了。

"你能练成化虹之术，意味着你至少悟出了剑意，如此才有资格接触到我的七大剑诀。

"能掌握七种剑意，在先天金丹境剑仙中，你都算奇才了。

"能破石球，你应该触摸到了剑意极境的门槛……既然如此，你倒也勉强可继续我未完成之事了。"

剑老人继续说道："我一生从不信命，只信人定胜天。即便早知道剑仙没有凝聚元神成仙的法门，可我从不畏惧，天不予我，我自取之。

"我虽纵横天下三百年，可最终依旧没能得到自己最想要的。"

"我现在便把这重担交给你了。我搜集的这些典籍或许对你有些许帮助。"剑老人咳嗽了下，他用手捂住嘴，嘴角都是血迹，他抬头看过来，道，"我没做到的，希望你能做到。你做不到，或许后辈能做到。我剑仙一脉，终究要创出凝聚元神成仙之法门，真正做到一剑破万法，傲视这天下！"

跟着，影像消散。

秦云、伊萧沉默了。

"剑老人性情乖张，却是历史上屈指可数的绝世剑仙之一。"伊萧道，"或许很多厉害的剑仙都是如此，很不甘心吧。毕竟有多少人能越阶击败仙人、魔神，甚至斩杀魔神呢？这样的奇才怎么会甘心因为没有突破元神境的法门而止步于先天金丹境呢？"

秦云点头，道："以先天金丹境的实力，自创凝聚元神之法门，难度的确大到匪夷所思。一个个掌握剑道的前辈最终都失败了。不过我还年轻，还有很多时间。"

"云哥，你一定能创出的。"伊萧道。

"嗯。"秦云点头。

秦云嘴上这么说，心里却明白这有多难。

对秦云而言，跨入先天金丹境只是时间问题罢了，可创出剑仙一脉成仙的法门……

后天就掌握剑意的，从上古至今，还是有不少的。比秦云还厉害的剑仙，也是有的。他们一个个或年少成名，或大器晚成，都曾惊艳了一个时代，可最终他们还是抱憾而终。

剑仙，无法凝聚元神，无法长生不老，最多只能活五百年。所以再耀眼的剑仙，最终都只能成为历史。

"云哥，你看看，剑老人留了哪些宝物。"伊萧道。

"好。"秦云打开乾坤袋，一感应查看，便露出惊叹之色。

"怎么样？"伊萧问道。

"这些宝物虽然远不及景阳真人的，可也很不错了。"秦云伸手进去一抓，便抓出来一个手串，手串上有七颗珠子，"最珍贵的就是这件，这应该是剑老人的本命飞剑。"

"剑老人的飞剑？"伊萧看着手串，十分疑惑。

秦云将手串戴在左手上，笑道："这些珠子，每一颗都是剑丸。"

"咻——"

七颗珠子舒展开来，飞向半空，正是七柄飞剑。

这七柄飞剑，每柄都是二品飞剑，包括耀眼夺目的烈阳剑，肉眼看不见的无形剑，梦幻的星光剑……星光、残月、烈阳、玄机、天变、暗影、无形，这七柄飞剑全都威势非凡。

"凝！"秦云一个念头，七柄飞剑便迅速融合成了一柄飞剑。

"传言果真不虚。"伊萧道，"剑老人的本命飞剑果真可一化七，七合一。"

"一品飞剑。"这是一柄灰蒙蒙的飞剑，散发着恐怖的杀气。

秦云将剑仙法力注入剑老人的本命飞剑，这柄飞剑立时散发出很大的压迫感，秦云必须得注入大量法力，才能操纵。

"云哥，你能操纵吗？"伊萧问道。

"能操纵，不过操纵起来挺吃力的。"秦云点头，"它消耗的法力，是我本命飞剑的数十倍。"

如今秦云的本命飞剑是三品法宝，已能发挥出一品法宝之威。

剑老人的这一品飞剑……毕竟不是秦云的本命法宝。秦云使用之时会消耗较多法力，更何况他终究只是先天实丹境，丹田内能蓄积的法力比不上先天金丹境的修行人。

"能操纵二品法宝的先天实丹境修行人，我听说过，我神霄门就有。"伊萧惊叹道，"可在先天实丹境就能操纵一品法宝的修行人，就真罕见了。至少我神霄门当代没谁做到过。"

"你现在不就看到了？"秦云笑道，随即心念一动，那灰蒙蒙的飞剑便分成了七柄飞剑，飞向他的手腕，再次化为手串。

"乾坤袋内还有其他宝物吗？"伊萧问道。

"一品法宝就这么一件，其他宝物虽有，但都差了些。"秦云笑道，"不过对我而言，最珍贵的或许是那些典籍，听说剑老人为了搜集这些典籍，可是得罪了好些仙人、魔神。"

曾被踏破山门的剑仙宗派，因丢失典籍，而断绝传承。

这些典籍自然就落到了妖魔手里，剑老人为此曾杀过去，战魔神，最终夺回了一些。

"典籍可以慢慢看，我们收拾下，先出去吧。"秦云道。

"嗯。"伊萧点头。

外面的阵法已破，对秦云和伊萧而言再无威胁，秦云和伊萧将那些布阵宝物都收起后，才回到住处，开始收拾东西准备出去。

"要走了。"伊萧颇为不舍，收拾着屋子内一件件装饰之物。

她和秦云在这里生活三年多了。

这是她和秦云成亲的地方，在这里，没有任何人来打扰他们。

"走吧，我们终究要出去的。将来等我们有了孩子，总不能让孩子一直待在这儿吧。"秦云安慰道，他看着周围，也很不舍。周围大部分器具都是他和伊萧亲手做的。

"嗯。"伊萧点头，"云哥，你我都成亲三年了，可我肚子一点动静都没有。"

"你我都是先天修行人，要孩子本就难，不急。"秦云说道。

伊萧微微点头。

二人一件件收拾着，将生活物品都收了起来。

伊萧站在园子内，看着远处的屋子，依旧不舍。

"我们走吧。"秦云催道。

伊萧这才跟着秦云，穿过殿厅，从幽深通道出去。

如今没有阵法阻挠，他们便能直接出去了。

或许是灵宝、超品法宝都被取走的缘故，出了阵法，秦云和伊萧也没遇到什么危险，二人很快就走出了景阳洞府的正门。

秦云和伊萧二人沿着那条石板路，并肩而行。

"要出去了，也不知道现在家里怎样。"秦云随即看向伊萧笑道，"到时候你还得见见我爹娘呢。"

伊萧有些紧张，低声道："我们成亲三年都没孩子，爹和娘会不满吗？"

"丑媳妇也得见公婆啊。"秦云打趣道。

伊萧忍不住道："丑媳妇？"

秦云笑道："孩子的事不必在意，你我都是修行人，何必太在意这些？"

二人边走边聊，很快便看到了远处巍峨的山门。

"朝霞门。"

秦云、伊萧都看向朝霞门，那是他们进来的入口。从朝霞门出去，他们就出了景阳洞府了。

朝霞门外，景山派的两个道人在看守着。

"快看！"其中一个道人指着朝霞门内。

"怎么了？"另一个道人疑惑地转头，一眼便看到了那走在石板路上的一对男女，这道人难以置信地瞪大双眼，"秦、秦云？他们俩活着出来了？"

"秦云和伊萧出来了，他们俩活着出来了！"

"快，快，快禀报宗门！"

这两个道人震惊万分。

那个带着超品法宝金丹炉，为救伊萧一去不回，被很多人认为太过愚蠢的剑仙秦云，如今带着伊萧一同出来了！

这消息足以惊动天下。

第87章
风起云涌

秦云和伊萧二人站在朝霞门前,不由得回头看了一眼。

"出去后,我们就进不来了。"伊萧低声道。

"如今六块符牌都在景山派手里。"秦云看着远处的景阳洞府,"萧萧,如果你想要再回来看看,到时候我们请景山派帮忙就是了。如今景阳洞府内也没什么重要宝物,我们要进来,并不难。"

"回不回来也没什么。"伊萧看向身旁的秦云,"云哥,走吧,我们出去。"

"嗯,我们走。"

二人一迈步,便跨出了朝霞门。

朝霞门阵法运转,空间膜在秦云、伊萧二人跨过时自然消失,待二人出去后才再度出现。

秦云和伊萧出朝霞门后,都感慨万千。

山门内是世外桃源,无人打扰他们俩的二人世界。

山门外便是万丈红尘。

"秦云公子,伊萧姑娘。"看门的两个道人都连忙行礼。

其中一个道人笑道："恭喜两位了，当初听闻秦云公子和伊萧姑娘陷入阵法，生死不知。众人知道阵法的厉害后，没谁敢进去相救。没想到三年多后，两位竟自己出来了。"

"只是运气好罢了。"秦云笑道，"敢问贵派可得到典籍了？"

"得到了。"这道人也满是笑容。

伊萧好奇地问道："谁得到了灵宝兜率神火符箓？"

"混元宗的朱公子。"

"不是那朱疯子，是朱八公子。"

两道人说道。

秦云和伊萧相视一眼，都惊诧得很。

"朱八？"秦云没想到，竟然不是姬烈或白君月得到灵宝兜率神火符箓，而是朱八。

"就像一品都天符箓主动飞到萧萧你手里，恐怕那灵宝兜率神火符箓也是和朱八有缘。"秦云感慨。

伊萧忍不住笑道："这样一来，那姬烈不是什么厉害宝物都没得到吗？"

秦云也笑着点头。

就在这时，远处，一个布衣中年男子从虚无中走了出来，他卷着裤腿和袖子，背着鱼篓，仿佛一个渔夫。

伊萧一看便连忙道："老祖宗。"

秦云一听，暗道：老祖宗？伊氏老祖？

伊氏老祖可是天下屈指可数的绝顶强者之一。能和伊氏相提并论的家族，整个天下都没多少。

"秦云见过前辈。"秦云恭敬行礼。

伊氏老祖仅仅几步，便走到了秦云和伊萧身前。他看着面前的二人，微笑着点头，赞许道："好，我也没想到，你们俩这么快便自己出来了。秦云，你不顾性命去救伊萧，不错。"

"萧萧是我的妻子，我做这些是应该的。"秦云开口道。

旁边的伊萧一怔，云哥就这么直接说了？伊萧虽然吃惊，却感到十分甜蜜。

"妻子？"伊氏老祖一愣，看了看秦云，接着又看向伊萧。

伊萧也乖巧地低声道："禀老祖宗，我和云哥困在阵法内，不知何时能出来，便在景阳洞府内成亲了。"

伊氏老祖愣了下，才哈哈笑道："好好好！秦云小子，若是在去景阳洞府之前，你要娶伊萧，我还得考验考验你。不过现在，你也算有资格娶伊萧了。"

"谢前辈。"秦云露出喜色，伊氏老祖宗都点头了，那伊氏这边就没谁敢反对了。

虽然说即便伊氏反对，他们俩依旧会在一起，可得到伊氏的支持自然更好。

"老祖宗。"伊萧听了伊氏老祖的话也很欢喜，欢喜过后，见着老祖宗的打扮便忍不住问道，"这三年多，你一直在这岛上？"

伊氏老祖淡笑道："我四处游历，待在哪里都不奇怪，这三年多在这岛上当个渔夫，不也挺好？如今你们已经出了景阳洞府，现在打算去哪儿？"

"巡天盟。"秦云开口道。

"我猜也是。"伊氏老祖点头，"这样，我送你们俩过去。"

秦云和伊萧都连忙道谢。

"萧萧，你们老祖宗这三年一直在岛上，看来很看重你啊。"秦云传音道。

伊萧微微点头。

"走！"伊氏老祖当即驾云，带着二人离去。

云雾飞行得极快。

"老祖宗。"伊萧低声道，"二叔他死在阵法中了。"

"我知道，他的传信印记早已散去。"伊氏老祖感慨道，"以我对景阳的了解，他的洞府内应该不会太危险，可谁承想……"

"这是二叔遗留之物，我们出来后搜集到的。"伊萧恭敬献上，又翻手拿出一个乾坤袋，"这是我和二叔在景阳洞府内得到的宝物，其中包括一品都天符箓。"

伊氏老祖看了秦云一眼，笑道："秦云，我听说若不是你出手，这一品都天符箓怕就被姬烈抢走了。"

"晚辈只是略尽薄力罢了,不敢居功。"秦云谦逊道。

"我可不会占你这小辈的便宜。"伊氏老祖点头,"这样吧,你得了超品法宝金丹炉,去巡天盟应该是想要将它卖掉?"

秦云点头道:"是。"

巡天盟不像其他势力,不是一家独大。他将金丹炉卖与巡天盟,到时候也可让朝廷、灵宝山、神霄门等各方争宝。

"你得了太多宝物,即便是仙人魔神也会眼馋。"伊氏老祖说道,"若是秦家有一个厉害的镇守大阵,便不必惧此。我便为你秦家布置一个九天星河大阵吧。"

秦云听了顿时大喜过望,他道:"谢前辈!"

伊萧也十分开心,道:"谢老祖宗。"

九天星河大阵是伊氏老祖所创,威名远播。单单布阵的诸多宝物,怕就抵得上一品都天符箓的一半了,更何况是由伊氏老祖亲手布置的九天星河大阵。

"女生外向啊。"伊氏老祖见伊萧欢喜的模样,忍不住感慨了一句。

伊萧顿时脸红,秦云脸上露出一个微笑。

"秦云小子,你天资不凡,将来创建一个顶尖宗派也不是难事。"伊氏老祖道,"就算你不开宗立派,也能让家族兴盛下去。只是现如今是你最危险的时候,你年纪轻轻,实力还不够护住身上的宝物,而各方妖魔或许已经盯上你了。无论之后是想要开宗立派,还是想要振兴家族,你都得多多思量,多多准备。"

"嗯,我也想过。"秦云点头,"我将超品法宝金丹炉卖与巡天盟,便可换些宝物,再加上前辈布置的九天星河大阵,秦府应当会安全几分。"

"哦?这金丹炉我神霄门也很想得到,不知你想拿金丹炉换什么宝物?"伊氏老祖笑道,"你提前告诉我,我神霄门也好提前准备。"

秦云一听,连忙道:"一是阵法,二是黄巾力士。当然,能媲美黄巾力士的也行,只要可驻守秦家,保护秦家。"

"黄巾力士?"伊氏老祖一听,便打趣道,"你倒是敢想,黄巾力士绝对是守山门的一把好手,无人能出其右。不过一个黄巾力士的价值不亚于超品法宝。"

"我只是想让黄巾力士守护我秦家百年,百年后便无须了。"秦云道。

"这我倒是可以想想办法。"伊氏老祖点头,"媲美黄巾力士的也可以,对吧?"

"是。"秦云点头。

"呼——"他们三人继续飞行。

秦云感受到巡天令的异动,一翻手将之拿了出来。

"秦云小友。"巡天令上显现出一道虚影,正是元符宫主。

元符宫主道:"恭喜秦云小友!你们俩能安然出来,我也松了一口气。你现在是去巡天盟吗?"

"是,我正在去巡天盟的路上,我想卖金丹炉,巡天盟是最好的选择,毕竟天下各方高手都会聚于巡天盟。"秦云笑道,"怎么,景山派也想要金丹炉?"

"不不不,我景山派对金丹炉一点想法都没有,买来,也没谁能用。"元符宫主连忙道,如今景山派只有一个不擅长炼丹的元神仙人,不惜一切代价买金丹炉回来作甚?如今景山派已得到诸多典籍,自然要大力发展宗派,并将其他宝物用在培养弟子上,一旦培养出几个元神仙人,便有望再度成为顶尖宗派。

二人闲聊几句后便切断了传信。

鄱州,神霄门,一座布有重重阵法的宫殿深处,一个穿着法袍,头戴高冠的中年道人盘膝而坐,他气息内敛,周围隐隐显现出一片星空,一颗颗星辰不停地运行着。

这中年道人微微皱眉,忽然,他睁开双眼。

"嗡——"他的旁边出现了一道虚影,是伊氏老祖。

"师尊。"伊氏老祖开口道。

"伊言,何事?"中年道人淡漠道,这中年道人便是带领神霄门跨入一流宗派的张祖师,他以一己之力不断完善神霄雷法,并使之成为天下道法之首。

"师尊不是想要那金丹炉吗?"伊氏老祖颇为恭敬,"那秦云小子最在意他秦家,他卖金丹炉,想以之换取阵法和黄巾力士。当然,他知道黄巾力士的价值,只希望黄巾力士能守护秦家百年。"

张祖师原本平静无波的眼睛中泛起一丝涟漪,总算有些神采了,他看向伊氏老祖的目光也亲切许多:"黄巾力士?"

"可媲美黄巾力士的也可以,只要能驻守秦家百年。"伊氏老祖连忙道,"我们可以派遣道兵过去。师尊擅长炼丹,我们神霄门已有两篇《金丹外丹三篇》。只要有金丹炉,想必师尊就有望炼出金丹外丹了。"

"金丹炉的确是极好的丹炉。"张祖师点头笑道,"至于黄巾力士,我这儿倒是有一尊,可以送去秦家驻守百年。"

"师尊有黄巾力士?"伊氏老祖惊讶。

"两百年前我捕捉后炼化的。"张祖师说道。

"恭喜师尊,贺喜师尊!没有想到这黄巾力士,除了灵宝山,我神霄门也能炼制了!"伊氏老祖喜不自胜。

"只是小道罢了。"张祖师摇头。

万象殿,深红色鳞片蛟龙盘踞在水中,龙须在水中漂荡,龙眼中露出惊讶之色:"没想到,秦云和伊萧竟能自己出来。"

随即,万象殿将消息迅速告知各方,人族和妖族都得到消息——秦云和伊萧已经出了景阳洞府。

钱州境内,有一片连绵三百里的山脉,名为狼山,山脉中妖怪无数,大多修行人根本不敢入内,即便是先天金丹境修行人无事也得绕行。

在大山深处趴着一头银色巨狼,银色巨狼约莫百丈长,体形庞大,站起来时和山一般高,此时正俯瞰着山中的子孙。这银色巨狼便是天下赫赫有名的恐怖大妖魔狼山老祖,他威名远播,朝廷军队见之都退避三舍,令众多修行人闻风丧胆。

天下间大妖魔很多，每一州都有几个，可真正名震天下的并不多，狼山老祖便是其中之一。

他也是妖魔九脉中云魔山一脉，先天金丹境大妖魔中实力最恐怖的一个。

"嗯？"忽然，这银色巨狼的眼眸中露出一丝惊讶，他开口道，"广凌郡秦云从景阳洞府中出来了？"

他的声音十分低沉，在周围回荡。

"对。"一道声音传来，却不见说话之人，"他得到的可是超品法宝金丹炉，想必有不少大妖魔眼馋，即便是四海水族也有可能出手。江钱二州乃我云魔山的地盘，如果秦云的宝物最终被其他妖魔夺去了，那便是打我云魔山的脸。更何况超品法宝金丹炉……哈哈，师弟，你也心动了吧？"

银色巨狼站了起来，浑身散发出森然的气息，远处的狼妖们都惊颤地看向他们的老祖宗。

"呼——"一阵诡异的风吹过，银色巨狼变成了一个银发老者。

"就我一个？"狼山老祖开口道。

"你可调动云魔山的六个大妖魔，事成之后，所得宝物五成交给云魔山，三成归你，两成归他们六个。"那道声音的主人继续传音道。

"好。"狼山老祖点头。

狼山老祖明白，云魔山允许他调动六个大妖魔，已经很难得了。

人族势力很强，包括朝廷和顶尖宗派等。

朝廷号称人族中最强的一股势力，拥有的先天金丹境的强者是所有势力中最多的，约莫有八十个。

像灵宝山、神霄门、混元宗，这三个势力都不及朝廷，合力才能压朝廷一头。

朝廷管辖的十九州里，每一州至少有两个先天金丹境修行人坐镇，包括北地边关等要塞。其中，属王都的强者最多。妖魔九脉之一云魔山的高手虽然远不及朝廷，可也有二十多个先天金丹境的大妖魔。

"呼——"

狼山老祖站在原地，周围接连显现六道虚影，每道虚影都是一个大妖魔。

"狼山老祖？"六个大妖魔都有些惊讶。

"进入景阳洞府的六股势力中，皇族、白家、朱氏、伊氏的弟子都将宝物交给了元神仙人。据说越门的袁公得了一品飞剑白露，可越门也请了元神仙人前来护送。越门从上古传承至今，宗门内阵法重重，我等也破不了。"狼山老祖开口道，"唯有秦云这一方，他们虽然在机缘巧合下得到了超品法宝金丹炉，可并没有实力与我等对抗。秦云带着金丹炉进入阵法救那个叫伊萧的小姑娘，困在景阳洞府内三年多，生死不知，今日却出来了。"

"哦？"

"秦云出来了？"

这六个大妖魔对此确实眼馋得很。

"他很可能会将超品法宝金丹炉卖给朝廷或顶尖宗派换取其他宝物。"狼山老祖嗤笑道，"如此多的宝物，老祖我活了这么多年，都没见到过，没想到居然被一个走运的小辈得到了。如今，我正需更多宝物来修炼这魔身。这次，你们助我杀了那秦云，夺来的宝物……自然按照我云魔山的规矩来分，一半交给魔神，剩下的一半我们一起分，你们六个，功劳越大者，分得的便越多。"

"嗯。"

对于宝物还得交一半给魔神们的规矩，这些先天金丹境大妖魔虽然有些不满，但也只能接受。

到了他们这层次的大妖魔，虽可以摆谱儿，和云魔山谈条件，但不能得罪云魔山，毕竟很多时候他们还得靠云魔山庇护。

"三眼老鬼，你负责探察秦云的动静，顺便看看他身上的宝光。"狼山老祖吩咐。

"好。"六个大妖魔中，一个拄着拐杖的三眼瘦小老头开口道。

"九山，广凌属于你的势力范围吧？听说你和这秦云还有些纠葛，你应该比我们更了解秦云。"狼山老祖继续道，"关于秦云的详细情报，你要仔细搜集，多出点力气，争取找到他的弱点，制定好相应的对策，一举拿下他。"

"你放心，秦云的底细我最清楚。"九山岛主一袭黑袍，血色眉毛，眼神如冰，"从他出生到现在的事，我几乎都查得清清楚楚，这次与诸位联手，我杀他如杀一鸡。"

"好！"狼山老祖大笑。

"九山，到时候可看你的了！"

"九山，你在秦云手上可吃了不少亏。"

其他几个大妖魔听了九山岛主的话都舒心了许多。

九山岛主的实力很强，在江州的大妖魔中都是数一数二的。即便是在云魔山的先天金丹境大妖魔中，敢说自己完全凌驾在九山岛主之上的，也只有一个，那便是狼山老祖。

"秦云？哼，没实力还敢贪这么多宝物，你死定了！"九山岛主眼中满是冷意。

九山岛主很清楚，在场的七个大妖魔都有自己的特长，而狼山老祖更是恐怖万分。九山岛主自问，即便他和其他五个大妖魔联手，对上狼山老祖，也只有狼狈逃命一途可走。所以这次宝物分配，他们六个只能分两成，狼山老祖一人便占去三成。

"据万象殿的情报，这秦云背后没师门，没靠山。"

"他得到的宝物，应该就是他自己的，没人帮他守护。"

"嘿嘿，超品法宝金丹炉？我也不要多了，只要得到他身上一两成的宝物，就足够我再进一步了。"

在遥远的北方，幽州。

一团黑云在云雾中迅速飞行，仔细看的话，便知道这黑云不是云，而是密密麻麻的乌鸦。远远看去，这群乌鸦似乎是一个巨大的头，遥遥看着南方的江州。一道怪笑声传出："江州和钱州是云魔山的地盘，虽然云魔山一定会派遣厉害的大妖魔夺宝，但其他势力的大妖魔必不会全都无动于衷，到时候我浑水摸鱼……嘿嘿嘿，论浑水摸鱼，谁能及得上我黑鸦大王？"

黑鸦大王臭名昭著。

虽然他的实力在先天金丹境的大妖魔中并不突出，可他的飞遁之术极厉害，他的身体随时可分化为无数乌鸦，本人近乎不死，最是难缠。凡是有油水的事，他都要掺和进去。

"秦云？超品法宝金丹炉？"

南海海底深处大峡谷的洞府内，一条黑色大蛇游了出来，黑色大蛇很快就游到了海面上，变成了一个脸上有着黑色花纹的妖异青年。妖异青年摸了摸小胡子，轻声笑道："如此厉害的宝物，你一个年纪轻轻的修行人哪有资格独占？还是让本洞主帮你分担些吧。"

跟着身影陡然一蹿，咻的一声在天空中化作一道电光，直奔江州而去。

在秦云刚从景阳洞府出来的消息传遍天下时，秦云、伊萧和伊氏老祖依旧在前往巡天盟的路上，他们并不知道有多少大妖魔正在从四面八方赶来，妄图夺宝。

"巡天盟到了。"伊氏老祖开口道。

"还没半个时辰我们就到了。"秦云看着云层上的巡天盟，感慨道。

"秦云小子，虽然我飞得很快，可我估计天下各方势力都已知道你从景阳洞府出来了。"伊氏老祖看着秦云道，"宝物得不容易，守也不容易。"

"晚辈明白。"秦云道。

（本册完）

《飞剑问道》第4册2018年8月强档上市，敬请期待！